Outras obras do autor publicadas pela Galera Record

Nick e Norah – Uma noite de amor e música (com Rachel Cohn)
Will & Will – Um nome, um destino (com John Green)
Todo dia
Invisível (Com Andrea Cremer)
Garoto encontra garoto

DAVID LEVITHAN
& ANDREA CREMER

INVISÍVEL

Tradução de
Ana Resende

3ª edição

GALERA RECORD
RIO DE JANEIRO • SÃO PAULO
2014

CIP-BRASIL. CATALOGAÇÃO NA PUBLICAÇÃO
SINDICATO NACIONAL DOS EDITORES DE LIVROS, RJ

L647i
3. ed.
Levithan, David
  Invisível / David Levithan, Andrea Cremer; tradução Ana Resende. – 3. ed. – Rio de Janeiro: Galera Record, 2014.

Tradução de: Invisibility
ISBN 978-85-01-40322-3

1. Ficção americana. I. Cremer, Andrea. II. Resende, Ana. III. Título.

14-10870
CDD: 813
CDU: 821.111(73)-3

Título original em inglês:
Invisibility

Copyright © 2013 by Broken Foot Productions, Inc.

Copyright © 2013 by David Levithan

Todos os direitos reservados. Proibida a reprodução, no todo ou em parte, através de quaisquer meios. Os direitos morais do autor foram assegurados.

Edição publicada através de acordo com Philomel Books, uma divisão da Penguin Young Readers Group, membro da Penguin Group (USA) Inc.

Composição de miolo: Abreu's System

Texto revisado segundo o novo Acordo Ortográfico da Língua Portuguesa.

Direitos exclusivos de publicação em língua portuguesa somente para o Brasil adquiridos pela
EDITORA RECORD LTDA.
Rua Argentina 171 – Rio de Janeiro, RJ – 20921-380 – Tel.: 2585-2000, que se reserva a propriedade literária desta tradução.

Impresso no Brasil

ISBN 978-85-01-40322-3

Seja um leitor preferencial Record.
Cadastre-se e receba informações sobre nossos lançamentos e nossas promoções.

Atendimento e venda direta ao leitor:
mdireto@record.com.br ou (21) 2585-2002.

PARA CASEY JARRIN
(que me vê no escuro)
AC

PARA JEN BODNER
(que nunca me é invisível)
DL

Com um agradecimento especial dos dois autores às nossas famílias, amigos, colegas autores, agentes, e a todas as pessoas maravilhosas da Penguin, especialmente nossa editora, Jill Santopolo.

CAPÍTULO 1

EU NASCI INVISÍVEL.

Não faço ideia de como aconteceu. Será que minha mãe foi ao hospital esperando que eu fosse apenas mais um bebê normal, visível? Ou será que acreditava na maldição, sabia o que ia acontecer e me deu à luz em segredo? É uma imagem muito estranha, até mesmo para mim: um bebê invisível, que nasceu neste mundo. Como será que foi aquele primeiro momento, quando fui levado até minha mãe e não havia nada para ver, só para sentir? Ela nunca me contou. Para ela, o passado era invisível assim como eu. E deixou escapar que existia uma maldição: palavras irritadas trocadas com meu pai, não para meus ouvidos. Mas foi só isso. Não havia outro "por quê". Nem outro "como". Havia apenas "o quê", e isso era minha vida.

Invisível. Eu sou invisível.

Quero continuar perguntando aos meus pais o "por quê". Quero continuar perguntando o "como". Mas não posso mais, pois eles já se foram.

Meu pai me abandonou quando eu era pequeno. Foi demais pra ele.

Minha mãe aguentou o quanto pôde. Quinze anos. E então seu corpo cedeu. Um vaso sanguíneo no cérebro.

Faz quase um ano que estou sozinho.

Ninguém consegue me ver, por mais que eu me esforce. Posso ser tocado, mas é preciso me concentrar muito. E sempre posso ser ouvido, se eu escolher falar. Essas, suponho, são as regras da maldição. Eu me acostumei a elas, mesmo sem compreendê-las. Quando era bebê, tinha peso naturalmente, mas quanto mais me tornava consciente, mais tinha de me concentrar para me pegarem no colo. Eu não evaporo (parte de mim ainda está aí, por isso não passo do chão nem atravesso paredes). Mas quanto a tocar — isso exige esforço. Não sou sólido para o mundo, mas o mundo é sólido para mim. A maldição é a própria teia, tecida de modo intrincado e, muitas vezes, contraditória, e foi nela que nasci. Inocente, sou um escravo de seus desígnios.

A cidade de Nova York é um lugar no qual é muito fácil ser invisível, desde que você tenha um pai ausente que contribua com sua conta bancária de vez em quando. Tudo: mantimentos, filmes, livros, mobília, pode ser comprado pela internet. O dinheiro nunca passa de uma mão a outra. Pacotes são deixados nas portas.

Fico muito tempo dentro de casa, mas nem sempre.

Moro a quatro quarteirões do Central Park e passo a maioria de minhas tardes ali. Foi onde resolvi viver minha vida sem rastros e sem sombra. Sou só mais um componente do espaço. Fico nas árvores, no ar, perto da água. Algumas vezes, me sento em um banco por horas a fio. Outras vezes, ando por aí. A todo instante, observo. Turistas e frequentadores. Passeadores de cachorro, que passam diariamente ao meio-dia em ponto. Grandes grupos de adolescentes, fazendo algazarra para chamar a atenção uns dos outros. Idosos que também ficam sentados e observam, como se tivessem todo o tempo do mundo, mas, bem no fundo, sabem que a verdade é o oposto. Eu observo todos eles. Ouço suas conversas, testemunho a intimidade. Nunca digo qualquer palavra. Eles estão mais conscientes da presença dos pássaros, dos esquilos, do vento.

Eu não existo. E, mesmo assim, existo.

Sinto saudade da minha mãe. Quando era pequeno, ela me ensinou a me concentrar, a me conceder um peso quando o instinto começava a falhar. Desse modo, ela ainda conseguia me carregar nas costas e dizer para eu me segurar. Ela queria que eu vivesse no mundo e não longe dele. E não tolerava nenhuma malcriação de minha parte: nem roubar, nem espiar, nem levar vantagem. Eu era amaldiçoado, mas isso não significava amaldiçoar as outras pessoas. Era diferente, sim, mas não era menos humano que o restante. Por isso, precisava agir como um ser humano, mesmo quando eu não me sentia nem um pouco assim.

Ela me amava, e essa talvez fosse a coisa mais extraordinária de todas. Nunca houve a menor dúvida. E o que quero dizer é que havia muitas dúvidas, mas nenhuma delas tinha a ver com o amor.

Ela me ensinou a ler, embora precisasse virar as páginas na maioria das vezes. A escrever, mesmo que o simples ato de digitar no teclado pudesse me exaurir. A falar, quando apenas ela estava por perto. A ficar em silêncio, quando mais alguém estava por ali. Ela me ensinou ciências, matemática e história, e a cortar o cabelo e as unhas. E me contou histórias sobre o bairro, histórias de sua época. Sentia-se à vontade me falando sobre o século XVI ou sobre um programa que assistira na TV. O único período em branco era o ano do meu nascimento. Ou qualquer coisa imediatamente anterior. Ou imediatamente posterior.

Ela nunca contou a ninguém. E, por causa disso, também ficou solitária — solitária comigo. Tal mãe, tal filho. Havia algumas crianças no lugar onde cresci, mas apenas as conheci de tanto observá-las, de vê-las muitas vezes por aí. Em particular, as crianças do meu prédio. Alex, do 7A, foi quem ficou mais tempo — talvez eu me lembre dele primeiro por causa do cabelo ruivo, ou talvez pela regularidade de suas queixas. Aos 6 anos, ele queria os brinquedos mais modernos. Aos 16, quer ficar na rua até tarde, que os pais lhe deem mais dinheiro, e que *o deixem em paz*. Estou cansado dele, assim como estou cansado de Greta, do 6C, que sempre foi má, e de Sean, do 5C, que sempre foi calado. Acho que ele invejaria minha invisibilidade se soubesse que era possível. Mas como não sabe, fica com outras opções, invisibilidades mais voluntárias. Ele se esconde nos livros. Nunca olha nos olhos, por isso o mundo se torna indireto. Resmunga enquanto passa pela vida.

E então havia Ben, que se mudou. Ben, o único amigo que quase tive. Quando ele tinha 5 anos e eu, 10, ele resolveu ter um amigo imaginário. *Stuart*, foi o nome que lhe deu, e era parecido o suficiente com meu nome, Stephen, para eu aceitar brincar com isso. Ele me convidava para o jantar, e eu aparecia. Ele fazia um gesto para segurar minha mão no parque, e eu a pegava. Ele me levava e falava de mim na "hora da novidade", no jardim de infância, e eu ficava ali enquanto a professora cedia ao capricho, concordando com o que quer que Ben dissesse a meu respeito. A única coisa que eu não podia fazer era falar com ele, porque sabia que ouvir minha voz iria estragar a ilusão. Uma vez, quando eu sabia que ele não estava ouvindo, sussurrei seu nome. Só para ouvir como soava. Mas ele não percebeu. E quando completou 6 anos, me abandonou. Eu não podia culpá-lo. Ainda assim, fiquei triste quando ele se mudou.

Meus dias são muito parecidos uns com os outros. Acordo quando quero. E tomo banho, mesmo que seja difícil me sujar. Faço isso sobretudo para que possa me concentrar no fato de ter um corpo e, então, ter a sensação da água tocando minha pele. Tem algo de humano nessa experiência, uma comunhão com o normal da qual necessito todas as manhãs. Não preciso me enxugar; simplesmente desapareço, e a água que estava no meu corpo cai diretamente no chão. Volto para meu quarto e visto algumas roupas para me aquecer. Elas desaparecem assim que as ponho — outro dos detalhes mais refinados da maldição. Aí ligo uma música e leio durante algumas horas. Quase sempre como alguma coisa na hora do almoço — o feitiço também afeta qualquer coisa que eu ponha na boca, portanto, felizmente, não sou obrigado a testemunhar os efeitos de minha digestão. Quando termino de almoçar, sigo para o parque. Aperto o botão do elevador, então tenho de esperar no saguão até que o porteiro abra a porta para alguém e eu também possa sair. Ou, se ninguém estiver por perto, abro sozinho e presumo que, se alguém me flagrar, vai pôr a culpa na porta ou no vento. Escolho um banco no qual ninguém vai se sentar, ou porque os pássaros tomaram conta ou porque tem uma ripa faltando. Ou sigo meu caminho pelos Ramble. Meu reflexo não aparece nos lagos. Posso dançar com a música na concha acústica sem ninguém perceber. Junto aos lagos, posso dar um grito repentino, o qual faz os patos saltarem no ar. Quem passa não tem ideia do que aconteceu.

Volto para casa quando escurece e leio mais um pouco. Assisto a um pouco de televisão. Navego na internet. De novo, digitar é difícil para mim. Mas, de vez em quando, com cuidado, formo minhas frases. Desse jeito posso participar da linguagem dos vivos. Posso conversar com estranhos. Posso deixar comentários. Posso oferecer minhas palavras quando são necessárias. Ninguém precisa saber que, do outro lado da tela, há mãos invisíveis digitando. Ninguém precisa conhecer minha verdade se eu puder lhes oferecer verdades muito menores em troca.

É assim que o tempo passa. Não vou à escola. Não tenho família. O senhorio sabe que minha mãe faleceu, pois precisei chamar a ambulância e fui obrigado a vê-la sendo levada, porém ele acredita que meu pai ainda esteja por aí. Verdade seja dita: ele nunca me renegou. Apenas não quer ter mais nada a ver comigo. Nem sei onde está. Para mim, ele é um endereço eletrônico. Um número de celular.

Quando minha mãe morreu, todos os "por quês" e os "comos" voltaram. O luto lhes deu gás. A incerteza me fez recuar. Pela primeira vez na vida, sem a proteção do seu amor, me senti verdadeiramente amaldiçoado. Eu tinha apenas duas opções: segui-la ou permanecer. Relutante, escolhi ficar. Mergulhei nas palavras de outras pessoas, no parque, em tecer um ninho para meu futuro além dos fios soltos que eu deixara em minha vida. Depois de algum tempo, parei de me perguntar sobre os "por quês". Parei de questionar os "comos". Parei de notar os "o quês". Permaneceu simplesmente minha vida, e eu simplesmente a conduzo.

Sou como um fantasma que nunca morreu.

Começa no antigo apartamento de Ben, o 3B. Duas portas antes do meu apartamento, o 3D. A família de Ben foi embora quando eu tinha 12 anos. Desde então, o apartamento passou por três ondas de inquilinos. Os Crane eram um casal horrível que passava o tempo todo dizendo coisas horríveis um ao outro. Gostavam demais da própria crueldade para pedir o divórcio, mas não era legal morar perto deles. Os Tate tinham quatro filhos, e foi a chegada iminente do quinto que os fez perceber que um apartamento de dois quartos não ia servir. E Sukie Maxwell estava planejando ficar somente um ano em Nova York, pois tinha apenas um ano para decorar o novo apartamento do cliente em Manhattan antes de partir para redecorar a casa do mesmo cliente, na França. Deixou uma marca tão pequena no meu universo que nem notei quando se mudou. Só quando vi o pessoal de uma transportadora trazendo um sofá antigo e gasto (um sofá que Sukie Maxwell nunca teria aprovado), é que eu soube que ela havia ido embora do nosso prédio e que uma nova família estava tomando seu lugar.

Passei pelo pessoal da empresa de mudanças e segui até o parque sem pensar muito naquilo. Em vez disso, me concentrei em Ivan, meu passeador de cães preferido, que está dando as voltas da tarde com Tigrão e Ió (um dachshund e um bassê, respectivamente). Pelas conversas com outros passeadores de cães, sei que Ivan veio da Rússia para Manhattan há três anos, e que está dividindo um quarto no Lower East Side com outros três russos que conheceu na internet. Não está dando muito certo, em especial porque Ivan está paquerando Karen, a babá que mora na casa dos membros mais jovens da família de Tigrão e Ió. Já os vi no parque, e acho que Karen e Ivan formariam um belo casal, só porque ele trata os cães com delicadeza e senso de humor e ela faz o mesmo com as crianças. Mas evidentemente está fora de questão Ivan passar a noite na casa dos patrões, e ele não quer levar Karen para conhecer os colegas de quarto problemáticos. É um impasse, e algumas vezes fico tão ansioso quanto Ivan para ver a solução.

Parece haver algum progresso hoje, porque cerca de dez minutos depois de Ivan chegar ao parque, Karen apareceu com as crianças. Eles parecem cientes da presença um do outro, mas ficam hesitantes com as crianças por perto. Acompanho enquanto se dirigem para a estátua de Alice no País das Maravilhas, então me aproximo quando as crianças os deixam para ir brincar. Agora são apenas Tigrão e Ió, e nem Karen nem Ivan dão o primeiro passo.

Não consigo me controlar. Eu me inclino, me concentro com força e empurro os dois cães em direções diferentes. Subitamente, eles estão correndo em círculos, e Ivan e Karen estão no meio das guias. São laçados um contra o outro e, ao passo que no início demonstram choque, é o tipo de choque que termina em sorrisos e gargalhadas. Os cães estão latindo feito loucos; as crianças correm para ver o que aconteceu. Ivan e Karen estão apertados um contra o outro, tentando se desenrolar.

Também estou sorrindo. Não tenho ideia de como seria meu sorriso. Mas a sensação está aí.

Não há certeza de que a pequena faísca que dei a Ivan e Karen vá se tornar algo mais que um momento. Mesmo assim, eu me sinto bem ao voltar para o apartamento. Espero a Sra. Wylie (4A) entrar e corro pela porta atrás dela. Aí subimos juntos no elevador até o quarto andar, e aperto o botão do três na descida. Quando saio do elevador, tem uma garota em frente ao 3B segurando três sacolas da IKEA. Quando ela tateia e procura pela chave, todas as três caem no chão. Passo por ela com cuidado, depois aguardo perto da minha porta — não tem como eu tirar minha chave do esconderijo e abrir minha porta até que ela saia do corredor. Fico parado observando enquanto enfia dois suportes de livros e alguns porta-retratos baratos de volta em uma das sacolas. Ela está xingando a si ou às sacolas; não dá para dizer direito. Fico pensando em como Sukie Maxwell teria odiado objetos da IKEA em seu apartamento perfeito e não presto muita atenção quando a garota nova olha direto para o espaço em que me encontro.

— Você vai mesmo só ficar parado aí? — pergunta ela. — Acha isso engraçado?

Toda a eletricidade em meu corpo fica subitamente alerta, amplificada a um nível de consciência que eu nunca sentira. Dou meia-volta e olho para trás a fim de ver quem está ali.

Mas não tem ninguém.

— Ei, você — diz a garota.

Não consigo acreditar.

Ela me vê.

CAPÍTULO 2

PENSEI QUE NOVA YORK seria diferente. E, ainda assim, cá estou, e palavras afiadas são disparadas dos meus lábios como dardos envenenados. É igual a todos os dias na outra casa. Mas esse menino não pediu por isso. Não de verdade. Ele não me *fez* derrubar as sacolas.

E, tudo bem, não é um menino. Sem dúvida, tem minha idade, e é alguém a quem minha mãe chamaria de "meu colega". Pelo menos de hora em hora durante a viagem para o leste ela me lembrava de procurá-los, como se meus "colegas" fossem uma espécie ameaçada, a quem eu deveria capturar e catalogar como se eu fosse entrar em extinção em consequência da migração da minha família para este território estranho.

No entanto, me acostumei a acrescentar mentalmente dez anos à minha idade. Não é que a ideia da maturidade ou coisa que o valha me encante, mas faz algum tempo que não me relaciono com meus ditos "colegas". Suponho que este seja um menino de 16 anos "normal", como o restante deles, ao passo que tenho 16 anos no estilo "a vida pode e, provavelmente, vai te ferrar direitinho".

E ao mesmo tempo que não defendo a ideia de que alguém ostentando um pênis deveria abrir a porta para mim ou jogar casacos sobre poças num passeio em dia de chuva, ele bem que poderia ao menos ter murmurado um "poxa, que saco" ou chutado o vaso Färm em minha direção. Porque, afinal, ele rolou pelo espaço entre nós e agora está parado aos pés dele.

Fico tentada a soltar um "ótimo, pode ficar com ele!" e jogar o restante das sacolas dentro do apartamento, finalizando toda a cena com uma gloriosa batida de porta.

Mas esse plano não daria certo, mesmo porque ainda estou ajoelhada em meio ao desastre de porta-retratos, almofadas e copos de água com nomes como Flukta e Varmt, os quais estou convencida serem palavrões que os suecos usam pra rir da gente. Fico tateando pelo corredor, tentando descobrir onde minhas chaves caíram.

Uma dor aguda no peito me informa que o ataque impulsivo passou e agora me sinto mal por gritar com ele, sem falar que estou toda atrapalhada.

E ele só fica parado, olhando para mim.

A culpa e o constrangimento já estão invadindo meu peito, obstruindo minha garganta, e me fazem desejar estar em qualquer lugar, menos parada naquele edifício que não se parece com minha casa, mas que, de algum modo, é minha casa. Pelo contrário, estou presa; meus pés parecem ter sido pregados no chão desse corredor claustrofóbico.

Sinto falta do ar que não está cheio de fumaça de carro. Sinto falta do horizonte. Como é possível um lugar que não tem um horizonte? Os seres humanos se desenvolveram em uma esfera que está girando num universo em constante expansão. O horizonte simplesmente existe. É como a gravidade. E mesmo assim as pessoas nessa ilha esquisita juntaram aço e concreto de qualquer jeito para apagar o local em que o céu toca a Terra. É como se quisessem fingir que as regras aceitas pelo restante de nós não se aplicam aqui. Talvez, se eu prestasse mais atenção, percebesse que todos caminham a 12 centímetros do chão também.

Dava até pra pensar que minha mãe tinha mencionado isso naquele discurso sobre como *Nova York vai ser muito melhor que Minnesota, e você quer ser artista e blá-blá-blá...* mas ela não fez isso. Não é como se eu precisasse do discurso. Depois que *aquilo* aconteceu, eu estava disposta a vir. Todos estávamos. Não havia razão para fingir que Nova York era algo além de uma saída de emergência para nós três. Mas isso não tornava a mudança fácil. Desde que chegamos aqui, meus dentes têm rangido por causa do barulho constante, nada tem um cheiro bom e eu me sinto sempre como se estivesse prestes a ter uma dor de cabeça.

Baixo os olhos para minha blusa porque, da última vez que um garoto olhou tanto assim para mim, eu tinha perdido três botões enquanto carregava as caixas que minha mãe tinha empilhado na sala, deixando meus peitos se mostrarem para o mundo sem nenhum pudor.

Quando baixo os olhos, vejo que a blusa está intacta, então faróis acesos não são o problema. Talvez as garotas com quem ele está acostumado não falem como eu. As garotas de Blaine não falavam como eu. Ser simpática era mais importante que ser sincera. Só que a definição de *simpática* delas incluía fofocas que te apunhalavam pelas costas.

Pensei que talvez minhas arestas afiadas significassem que eu me encaixaria melhor aqui. Obviamente, minha teoria de que *as garotas de Nova York são mais duronas* não vai fazer muito sucesso. Já dá até pra ouvir a reprovação de minha mãe: *não precisa ser áspera, Elizabeth*.

Essa é a impressão que transmito à minha mãe. A filha dela: uma palha de aço.

Estendo a mão para ele.

— Desculpe. É só que o metrô parecia uma sauna e o elevador estava ocupado, aí eu subi a escada, e foi uma péssima ideia. Quanto mais suo, menos educada eu fico.

Ele encara meus dedos como se estivessem com lepra, e eu recuo a mão. Ele pisca e ergue os olhos para mim. Com muito cuidado, se abaixa e coloca a mão, um dedo de cada vez, ao redor do vaso. Ele dá alguns passos comedidos na minha direção.

— Desculpe... eu... desculpe. — Suas palavras são mais lentas que seus passos.

Olho para ele com interesse, me perguntando se talvez ele não se sinta à vontade em falar inglês. Mas, para mim, ele parece americano. Existe isso? Uma pessoa pode parecer americana? Talvez seja porque ele é como sempre pensei que Nova York seria. Todo tipo de lugares e épocas diferentes misturados no corpo de uma única pessoa. Cosmopolita. Acho que a palavra é essa. Em Blaine, as pessoas parecem nunca ter saído de lá. E nunca vão sair.

Minha garganta está com um nó, e engulo algumas vezes.

— Não. Eu fui grosseira.

Dou uma olhada na pequena peça de cerâmica esquisita que é colocada com delicadeza em minha palma em vez de olhar para ele de novo, porque agora me sinto uma bruxa, uma idiota e uma possível racista por causa do monólogo interior sobre "parecer americano". O vaso que ele me entregou me lembra um ovo com um pescoço. Eu o jogara no carrinho da IKEA num impulso, acrescentando um item à minha lista de tarefas estranhas que eu completaria ao explorar minha nova casa na ilha.

Encontre uma flor silvestre para viver neste vaso. Nota: silvestre = nada arrancado de um jardim nem comprado. A flora que surge nas rachaduras da calçada é aceitável.

Eu me forço a fitá-lo.

— Eu não deveria ter tentado o número de equilibrar, que deve ser deixado para os profissionais. Não sei girar pratos.

Ridículo. Tão ridículo. Agora estou ficando vermelha, o que só piora as coisas. O sangue que colore minhas bochechas não melhora minha aparência. Em mim, não parece recatado nem fofo, só manchado e infeliz.

Ele sorri, e uma pessoa de verdade rompe a máscara de desconfiança que ele estivera usando até agora. É bonitinho. O tipo bonitinho desajeitado, com cabelos escuros que quero tirar dos seus olhos e movimentos corporais exageradamente conscientes, como se tocar alguma coisa por acidente fosse uma crise. E os olhos... são estranhos, porém atraentes. É da cor que um pintor criaria, mas com muito esforço e uma paleta infinita para testar. São azuis e não são. É aquela cor que a gente vê pouco antes de o céu azul anil se dissolver no cor-de-rosa e ferrugem do pôr do sol. É o horizonte que não vi desde que entrei na floresta de arranha-céus de Manhattan.

Já estou desenhando os olhos mentalmente e tenho de me obrigar a desviar o olhar para o restante dele. Nada fora do comum, mas também não é desagradável. Ele veste uma camiseta branca comum e jeans, e faz com que isso pareça bom de um jeito que só os garotos conseguem. Fico um pouco mais aliviada quanto noto que está suando tanto quanto eu.

— Não. Você está certa. Eu fui um idiota. — Ele parece se lamentar e soa meio tenso.

Baixo os olhos de novo. *Maravilha*. Meus peitos podem até não estar saindo da blusa, mas todo o suor me transformou na única concorrente de um concurso de camiseta molhada.

Desculpas à base de hormônios. Típico. Essa é minha vida.

Trinco os dentes porque posso ouvir a voz de minha mãe, como se ela estivesse pilotando o barco que é minha consciência. Me dizendo para ser simpática. Fazer amigos. Me apresentar aos vizinhos. Vizinhos são essenciais em Nova York.

Ela anda distribuindo a cota de sabedoria nova iorquina desde que anunciou a mudança, há um mês. Não sei de onde tirou isso, porque sua família saiu de Nova York quando ela tinha 5 anos. Tenho um pouco de preocupação de que seja das reprises de *Friends* e *Seinfeld*, o que não é um bom sinal para nós. Mas acho que é melhor que as maratonas de *Law & Order*, das quais ela é fã. Se essa era sua melhor fonte de informações, Laurie e eu teríamos aparelhos de GPS de tamanho industrial amarrados em nós sempre que saíssemos do apartamento.

O garoto estava me encarando de novo, mordendo o lábio. Parece que tem mil perguntas fermentando por trás daqueles olhos de aquarela, e juro que não sou tão interessante assim.

A tensão dele parece estar piorando. Dá para ouvir o som áspero da respiração ofegante. Seu olhar fica desesperado, como se ele estivesse paralisado pela indecisão. Então ele se joga para a frente e subitamente se ajoelha ao meu lado.

— Ei... — começo a gritar, mas ele já está mexendo o braço com movimentos lentos e conduzindo o arco-íris de objetos de decoração de volta para as sacolas da IKEA. O toque é tão deliberado, tão cuidadoso, como se estivesse fascinado pelo gesto. Ele parece estar gostando de pegar cada objeto e examiná-lo com atenção antes de guardar.

Tá bom, esquisito. Mas provavelmente só está preocupado que eu ainda esteja aborrecida por ele ter me visto derrubando todas aquelas coisas e que eu simplesmente comece a gritar de novo, caso quebre acidentalmente alguma coisa enquanto tenta me ajudar.

Envergonhada, junto os itens que faltam. Quando encho uma das sacolas, ele fica de pé de novo e segura as outras duas. Uma em cada mão. Ainda está me encarando e mal pisca. Seus olhos têm uma nova luz por trás, como se ele nunca tivesse feito coisa mais divertida que carregar as compras de alguém.

Hesito, olhando sem jeito para ele, e depois para as chaves em minha mão. Será que lhe devo outro pedido de desculpas? Posso deixar um estranho entrar em meu apartamento? Mas se é meu vizinho, não é um estranho, certo? Ele deve morar aqui. Minha mãe escolheu este prédio por causa da localização e da segurança. Acho que *Law & Order* a impressionou, afinal. Penso em minha mãe, que já está no hospital para o plantão dobrado, apesar de termos chegado ontem. "Alguém precisa pagar por esse lugar classudo", falou, dando um sorriso depois de dar uma olhada no meu quarto às 4h30 da madrugada. Mesmo grogue de sono, resmunguei uma risada por causa da piada. O apartamento era bom, mas eu estava dormindo num colchão inflável furado.

— Você gostaria de tomar uma limonada? — pergunto. Para mim, limonada é a oferta de paz definitiva em plena onda de calor. Embora me dê conta de que não temos limonada na geladeira. Faço menção de dizer isso, mas não abro a boca, porque ele ficou pálido, como quando se está prestes a vomitar.

Ele fecha os olhos, e, ao fazer isso, uma coisa estranha acontece. É como se eu tivesse piscado, mas sei que não pisquei. Ele desapareceu, do mesmo modo que uma pessoa desaparece da visão periférica. Mas não o estou olhando de soslaio. Ele está parado bem na minha frente.

Fico desesperada para entrar no apartamento porque tenho certeza de que isso significa que estou tendo um ataque de calor. Queria que ele dissesse alguma coisa, assim eu poderia ao menos receber sua recusa à oferta e ir embora. Mas então percebo que não me apresentei.

— Meu nome é Elizabeth — digo, e consigo enfiar a chave na fechadura. — Mas andei pensando em experimentar Jo.

— Elizabeth e Jo. — Ele inclina a cabeça, e um pouco de cor volta ao rosto. Ele fala muito baixo. — Você não gosta de Elizabeth?

Afe. A paixão da minha mãe pelo livro *Mulherzinhas* nunca vai me deixar em paz. Não estou disposta a explicar a quedinha de minha mãe por homenagens literárias nas certidões de nascimento dos filhos. Nem a tentar quebrar a cabeça com esse estranho garoto sobre o motivo que a levara a decidir que era uma boa ideia me dar o nome de uma garota que morre, e usar a alcunha da sobrevivente forte como meu nome do meio. A sobrevivência como algo secundário. Estou começando a achar que se não beber um pouco de água nos próximos cinco minutos, vou derreter feito um picolé humano.

— Meu nome do meio é Josephine. — Abro a porta e faço um gesto para ele entrar na minha frente. — E meu pseudônimo é Jo.

Ele gira e entra no apartamento de costas, como se não quisesse tirar os olhos de mim. Eu provavelmente deveria trocar a blusa antes de dizer que vai ser água em vez de limonada.

— Um pseudônimo? Você é escritora?

— Ainda não publiquei — respondo. — Mas o trabalho que quero escrever ainda é meio clube do bolinha.

— Jornalismo? — pergunta ele.

Adoro essa parte.

— Histórias em quadrinhos.

— Você quer escrever histórias em quadrinhos? — Ele está totalmente intrigado... acho. Talvez tenha certeza de que estou mentindo. Não seria a primeira vez.

— Roteiro, lápis, tintas. Tudo ou nada. — Engulo a atitude defensiva que está adensando e pergunto a ele: — Então, vai ou não vai me dizer?

— Te dizer?

— Seu nome.

Ele faz aquilo de novo. Os olhos se fecham, mas sinto como se os *meus* ficassem fora de foco. Depois ele fixa os olhos nos meus e, juro por Deus, não dá para desviar.

— Stephen. — Tenho de me inclinar para ouvir. Quando ele sussurra o nome, sinto seu hálito no rosto. É estranhamente frio comparado ao calor grudento do apartamento.

— Bem-vinda de volta!

Stephen tem um sobressalto e derruba as sacolas, e agora está tudo espalhado de novo na entrada. Ele não se abaixa para catar. Está olhando para meu irmão. Não posso culpá-lo.

Laurie está esparramado no assoalho de tábuas de madeira, cercado por pequenos ventiladores. Está sem camisa, os braços jogados sobre a cabeça, e olhando para o teto.

— Que tal o metrô? É tão fedido quanto imagino? Tive uma ideia: as empresas de cosméticos deveriam abandonar os quiosques das lojas de departamento e começar a borrifar as amostras nas pessoas do metrô. Bom, hein? Eu ainda vou governar esta cidade.

O ar-condicionado ainda está dentro da caixa, atrás dele e dos ventiladores. Parece que os ventiladores estão se preparando para sacrificar meu irmão caçula — uma horda de suplicantes que fazem um zumbido e oferecem sua vítima aos deuses do gás fréon.

Estou a ponto de gritar com ele por não ter instalado o aparelho da janela, mas então percebo o copo de limonada ao seu lado. Agora quero dizer ao meu irmão o quanto o amo.

— Vou instalar quando o sol se pôr — diz ele, obviamente captando minha primeira reação e se preparando para o pior.

— Tá bom, tá bom. — Abano a mão, deixando para lá. — Você pode só pegar um pouco de limonada para mim e para Stephen? E anote também o endereço do mercado para que eu possa comprar alguma coisa que você esqueceu, tá?

Laurie senta ereto. Está com uma cara que nunca vi ninguém fazer, como se estivesse sorrindo e franzindo a testa ao mesmo tempo: uma mistura de diversão e preocupação.

— Quem?

— Stephen — digo. — Ele me ajudou com as sacolas. Mais ou menos.

Dou um sorriso na direção de Stephen e aposto que uma amizade pode nascer se compartilharmos uma piada sobre nosso talento comum para derrubar sacolas. Mas ele está encarando meu irmão, e suas mãos tremem.

O olhar de Laurie desvia para minha direita, onde Stephen está paralisado. As sobrancelhas do meu irmão formam um vinco, então ele volta a olhar para mim.

— Tá bom, Josie, que brincadeira é essa?

— Sempre que você me chama de "Josie" fica impossível usar meu pseudônimo — respondo.

— Tanto faz, Betty.

Mostro o dedo do meio para ele.

— Anda, maninho. Como sua irmã mais velha, posso, não, eu devo mandar em você. Duas limonadas. Agora.

— Por que duas? Não está meio grandinha pra ter um amigo imaginário? — Ele sorri. — Sei que você anda sonhando em me juntar à minha alma gêmea agora que chegamos nessa metrópole supostamente amiga-do-seu-irmãozinho-gay, mas não estou tão desesperado assim... ainda. Além do mais, minha imaginação funciona muito bem quando preciso. De todo modo, manterei você informada.

Não entendo. Meus olhos passam rapidamente de Laurie para Stephen e voltam para meu irmão. Eu não poderia sentir mais calor nesse apartamento abafado, mas é como se alguém tivesse despejado um balde de água gelada nos meus ombros.

— Não seja grosseiro — falo, e mordo o lábio porque estou soando como minha mãe.

— Hum... — Laurie começa a parecer preocupado de verdade. — Quanto tempo você ficou no calor? — Ele se levanta com dificuldade. — Vou pegar a limonada.

Meu coração dispara na caixa torácica feito uma bola de pinball quando Laurie segue em direção à cozinha.

Ao meu lado, Stephen murmura:

— Está tudo bem. Vou embora.

CAPÍTULO 3

DURANTE OS PRIMEIROS MINUTOS, tento me convencer de que a maldição foi quebrada. Tinha prazo de validade, e eu o alcancei. Reapareci no mundo com tanta facilidade quanto desapareci. Ninguém me disse que esse dia chegaria. Talvez ninguém soubesse. Mas ali, no corredor, pela primeira vez, alguém me viu.

É uma euforia, mas também é uma loucura e é assustador. Ela me vê, e suponho que todo mundo vá me ver agora. Só que por acaso aconteceu com ela.

Minha maldição, minha sentença, chegou ao fim.

Tento ficar calmo. Não consigo expressar o que estou sentindo. Talvez me sentisse livre para contar o que me acontecera a um estranho que eu nunca voltaria a encontrar. Mas esta garota mora agora no mesmo corredor que eu. Devo agir normalmente. Não do jeito normal da minha vida, mas do jeito normal que testemunhei na vida de todos os outros.

É isso, pensei. *Sou capaz de fazer isso.*

A maldição foi quebrada.

Estou visível.

Conforme diminuem, a euforia, o horror e a normalidade enlouquecedora do que estou fazendo se misturam em uma estática feroz de emoções. Elizabeth não parece notar. Para ela, sou apenas um garoto que mora no mesmo corredor.

Extraordinário.

De algum modo, consigo conversar. De algum modo, eu falo.

Ela vê o rosto que nunca consigo ver, porque nenhum espelho me mostrou.

Ela me convida a entrar e beber uma limonada. Quero ver até onde consigo levar isso. Sinto que posso levar até onde quiser.

Ainda assim, pegar as bolsas exige esforço. Tenho de me concentrar, tornar meu corpo presente. Imagino que talvez seja porque as coisas não voltem todas de uma vez. É um choque no sistema. Uma completa reorganização. Isso vai levar tempo. Ergo as sacolas e a acompanho até o apartamento.

Imagino que estaremos a sós. Podemos continuar conversando. Posso ir me acostumando à ideia de ser visível. Então vejo o irmão de Elizabeth no chão. Outra pessoa.

Eu me preparo.

Estou pronto para que ele me veja.

Estou pronto.

Mas ele não vê.

Ele não me vê.

Agora a estática que andei sentindo preenche o cômodo, preenche o mundo. Noto a surpresa no rosto de Elizabeth, mas não é nada comparada à surpresa que parece atingir cada um dos meus pensamentos.

Ele não me vê.

Mas ela vê. Ela vê.

— Não está meio grandinha pra ter um amigo imaginário? — pergunta o irmão.

É isso. Estou preso na imaginação de outra pessoa. No sonho de outra pessoa. E essa pessoa está prestes a acordar.

De algum modo, encontro as palavras.

— Está tudo bem — digo. — Vou embora. — Por sorte, ela deixou a porta aberta. Por sorte, está confusa demais para me acompanhar. Corro até minha porta, e meus pés não fazem barulho. Ou talvez ela ouça. Sei lá. É como se eu não soubesse mais nada. Normalmente olho pelo menos quatro vezes antes de enfiar a chave na fechadura. Mas agora não ligo. Agora só preciso entrar. Agora preciso fechar a porta atrás de mim. Trancar. Respirar. Gritar. Respirar.

Tem um espelho na entrada do nosso apartamento. Durante todos esses anos, minha mãe nunca entendeu o que isso causava em mim. Ou talvez ela achasse que eu precisava de um lembrete, e não queria que fosse sempre ela.

Olho para ele agora.

Vejo a parede atrás de mim. As estantes. A luz que vem da janela, inclinada.

Isso é tudo.

Tem de ser ela.

Nos minutos que seguem, percebo que a maldição não foi quebrada. Foi ela quem achou um jeito de contorná-la. É ela; não eu.

Preciso testar essa teoria. Espero até tarde, até ter certeza de que ela estará dormindo. Antes de me esgueirar para fora, presto atenção no silêncio do corredor, no silêncio do prédio.

Talvez não seja só ela. Preciso saber.

Saio do meu prédio. O porteiro está tão ocupado assistindo à programação de fim de noite na TV que nem percebe a porta se abrindo. Esse porteiro sempre foi útil pra mim.

Está uma noite fresquinha, de fim de verão. Tem alguns pedestres no Upper West Side, mas não muitos. Vou até a estação de metrô e pulo a roleta com facilidade. Ninguém grita para eu parar.

O metrô chega assim que piso na plataforma. As portas se abrem, e me encontro num carro com metade da lotação. Olho ao redor, aguardando que alguém, qualquer pessoa, olhe nos meus olhos. Nada. Então começo a me mexer. Fico saltitando. Faço polichinelos. Giro ao redor de um dos postes de apoio. Ajo feito um doido. Ajo feito um louco. O tipo de comportamento que teria de fazer alguém olhar para mim ou desviar os olhos.

Nada.

Passo de um vagão para o seguinte. A porta se abre, a porta se fecha; as pessoas percebem *isso*. O último carro não está tão cheio. Só umas poucas pessoas, grupos de casais e um cara sozinho. Vou até ele. Está de terno, deve ter uns 30 anos. Tirou a gravata e tem uma cerveja na sacola a seus pés, perto da bolsa do laptop. Todos os centímetros de seu corpo dizem *Foi uma longa noite*.

Estou bem na frente dele. Aceno. Inclino-me até ficar a mais ou menos 3 centímetros de sua cara. Solto o ar. Ele recua um pouco.

— Você consegue me ver? — pergunto em voz alta.

Agora ele se assusta.

— Estou aqui? — pergunto.

Ele olha ao redor, em todas as direções. Os casais estão longe demais. Ele não tem ideia de onde a voz está vindo.

— Não consegue me ver, não é?

— Que diabos?! — resmunga ele, ainda olhando em volta.

Então ponho minha mão no seu ombro. Concentro-me.

Ele dá um grito.

Eu me afasto. Ele está de pé agora. Todos estão olhando para ele.

— Desculpe — murmuro. Chegamos à minha estação.

Saio do trem.

Estou no meio da Times Square, iluminada como um videogame. As multidões são maiores agora: casais, sim, mas também grupos de 12, vinte, trinta. Mesmo depois da meia-noite, adolescentes brincam de esbarrar uns nos outros. Pais carregam filhas que dormem em seus braços. Os flashes de câmeras pipocam.

Quero que uma pessoa me veja. No meio daquelas centenas. No meio daquelas milhares. Só quero que uma delas me pergunte as horas. Pergunte o que estou fazendo. Olhe nos meus olhos. Desvie quando parecer que estou bem no caminho.

Estendo os braços. Giro. Subo correndo a escadaria vermelha iluminada no centro do quarteirão. Esbarro num fotógrafo, depois em outro, e em mais outro. Faço pose com os turistas. Fico parado na frente da câmera. Eu os bloqueio e não bloqueio. Estou na frente deles e não estou. Estou aqui, mas não estou.

Meus pensamentos me mantêm acordado durante grande parte da noite.

Será que ela realmente me vê?

E se viu, por que viu?

Eu estava vestindo roupas. Devo ter parecido da idade certa. Mas mesmo assim.

Será que ela viu o que queria ver?

Será que viu o que eu queria que visse?

Será que ela é a única?

Durante dias, a evito. Ouço quando mais mobílias são levadas até seu apartamento. Ouço quando ela e o irmão estão no corredor. Ela e a mãe. Não me arrisco a ir até lá.

E se ela me vir de novo?

E se não me vir?

Todos os meus segredos começam com a primeira pergunta. Toda a minha vida é construída em torno de segredos.

Não estou preparado para deixar para lá. Não estou disposto a ver o que vai acontecer em seguida. Porque é possível que nada aconteça, e isso poderia acabar comigo.

Eu me lembro da época em que minha mãe morreu. Do jeito como tive de me esconder do mundo. De como fiquei num silêncio tão profundo que me esqueci do som da minha voz, bem como do som da voz dela. De como, para minha voz, não parecia haver razão de existir se eu não podia ter a outra.

Em algum momento vou precisar sair. Começo a me sentir como se estivesse dando voltas em minha jaula. Vou ao parque e procuro por Ivan e Karen. Procuro pelos outros frequentadores. Mas o dia está mais quente que o normal, e todos estão com pressa.

Volto para casa. Dou uma verificada na correspondência quando ninguém está olhando. Jogo tudo fora pra não ter de carregar.

Pego o elevador de volta até meu andar. Quando as portas se abrem, ela está bem ali.

Não resta dúvida: ela me vê. A expressão em seu rosto é de curiosidade e divertimento.

— Ora, se não é o Garoto que Desaparece! — diz ela. — Estava começando a me perguntar se você morava mesmo aqui.

Olho nos seus olhos. Procuro meu reflexo e tento descobrir como é minha aparência.

Mas tudo o que vejo são os olhos dela. A luz do elevador. A parede no fundo.

As portas começam a se fechar, e não saí do elevador ainda. Ela estica a mão para mantê-las abertas.

— Obrigado — digo.

— Saiu pra dar uma volta? — pergunta ela.

— Sim. Está calor.

— Ouvi dizer.

Isso é tão estranho. Tem mil coisas que eu poderia perguntar a ela, mas nenhuma delas seria normal.

Saio do elevador, e ela entra.

— Até qualquer hora — diz ela.

— Até — respondo.

As portas se fecham.

Ela se foi.

Não sei se sou capaz de suportar isso. Tudo estava sob controle. Tudo funcionava. E agora isso. Eu me esqueço de comer. Não consigo ler sem que as frases, de algum modo, apontem para mim. A TV parece superficial, irreal.

A chave para conviver com um problema é não pensar nele o tempo todo.

Agora estou pensando nele o tempo todo.

— —

No sétimo dia depois que ela me viu, quebro uma promessa que fiz a mim mesmo.

Mando um e-mail para meu pai.

Tem uma garota no prédio que consegue me ver, escrevo. *Como isso é possível?*

É tudo que consigo dizer. Não quero saber sobre a vida dele. Nem quero que saiba sobre a minha.

Só quero uma resposta.

Conte-me sobre a maldição, eu pedia a minha mãe. *É minha vida. Tenho direito de saber.*

Não posso dizer nada, justificava. *Se eu contasse, seria pior. Seria muito, muito pior.*

Ela não podia me abraçar sempre que queria. Nem podia me beijar sempre que queria. É impossível saber o que é o amor quando essas coisas são tiradas de você. Ela era obrigada a manifestar todo o carinho na voz, e toda a devoção no jeito como olhava para mim.

Pode ser muito pior que isso, dizia ela. *Você não faz ideia. E, enquanto eu viver, vai continuar não fazendo.*

Não havia outra frase depois do ponto. Nem havia história depois dessa página. Ao menos, não uma que ela me contasse.

No oitavo dia, comprei mantimentos pela internet. Normalmente, levam quatro ou cinco horas para entregar, mas dessa vez a batida na porta veio duas horas depois. Isso é estranho, pois sempre dou instruções claras para deixarem todos os pacotes do lado de fora sem bater.

— Basta deixar aí! — grito.

— Deixar o quê? — pergunta uma voz.

A voz dela.

Fico paralisado. Ela sabe que estou aqui. Eu sei que ela está lá fora.

Espio pelo olho mágico e vejo que está sozinha.

— Dá pra ouvir você respirando atrás da porta — diz ela. — Dá para abrir? Não quero ter de soprar e derrubar. Quando eu sopro e derrubo, a coisa pode ficar *sinistra*.

Tomo uma decisão: vou permitir que entre. Vou fingir que tudo é normal. Ela só está dando uma passadinha. Claro que consegue me ver. Todos conseguem me ver. E é só uma visita da vizinha. Sei ser um vizinho amigável. Principalmente quando não tenho escolha.

Eu me concentro para que minha mão consiga girar a maçaneta.

Abro a porta.

CAPÍTULO 4

EU NÃO DEVERIA estar aqui. Nunca fiz isso. Esse é o tipo de coisa que, acredito, pessoas desesperadas, egocêntricas fazem. Não quero ser uma dessas pessoas.

Mas estou aborrecida e frustrada... e estou solitária. Tenho andado solitária há algum tempo. É isso que acontece quando retribui cada "Ei, Liz" com um olhar hostil, esperando uma piada à sua custa. Acompanhado por socos de verdade.

A maior parte dos meus amigos desapareceu durante o último ano. Quando começaram os rumores sobre Laurie, os "amigos", que não eram amigos de verdade, sumiram com a força de uma avalanche. Isso não foi nenhuma surpresa.

O lento afastamento das poucas pessoas em quem eu realmente confiava foi o que magoou mais. Algumas das minhas melhores amigas tentaram continuar leais, mas, no fim, tive de afastá-las e observá-las flutuar para longe de mim. Eu não conseguia suportar os olhares de pena, mesmo quando tinham boa intenção, nem os telefonemas de solidariedade. Eu não queria compaixão. Queria que as pessoas ficassem furiosas tal como eu estava.

Quando meus amigos se foram, fiquei mais próxima de Laurie e de minha mãe. E depois que *aquilo* aconteceu, só da minha mãe, enquanto íamos e voltávamos do hospital para casa e, durante esse tempo, tramávamos nossa fuga. Mas não tínhamos feito muito além de planejar uma fuga. No fim das contas, nosso refúgio me deixa sozinha na maior parte do tempo. Minha mãe está no trabalho. Laurie está na escola de verão porque, depois que *aquilo* aconteceu, ele perdeu as últimas oito semanas de aula. Os dois parecem bem contentes.

Minha mãe sempre usou o vício em trabalho para lidar com o estresse. Laurie jura que, mesmo depois de uma semana de aula, tem certeza de que dois terços dos colegas são dez vezes mais gays que ele. Não tenho ideia de como ele fez essas contas. Imagino que a alegria por ficar preso na escola de verão seja menos por causa da relativa gayzice dos colegas e mais sobre a) o fato de o ar-condicionado da escola funcionar de verdade, ao passo que o minúsculo aparelho de janela do nosso apartamento passa mais tempo fazendo barulho que refrigerando e b) ao contrário dos métodos punitivos da escola de verão no local onde morávamos, Laurie está frequentando um programa para garotos com inclinação artística. Música, teatro, literatura, esse tipo de coisa — e está adorando. Se não fosse pelo fato de ter ficado deitado de costas, engessado dos pés à cabeça, e depois ter de se recuperar, provavelmente ficaria satisfeito por ter perdido o ano letivo, pois isso significava agora estar matriculado na própria versão de Hogwarts.

Eu meio que desejava poder acompanhá-lo. O programa da escola de artes visuais é muito bom e, sem dúvida, me ajudaria a criar meu portfólio. Mas minha mãe não pode bancar nós dois, e eu *tinha* terminado o ano letivo — fuzilando as pessoas com o olhar e com as mãos quase sempre em punho.

Exatamente do mesmo jeito que estão agora. Percebo que não estou diante da porta de Stephen apenas porque estou solitária. Fiz o que minha mãe queria. Fui educada. Tentei "fazer amizade" como uma pessoa normal faria. Até ofereci limonada, o néctar-que-evita-ataques-de-calor (e daí que eu não tinha limonada?) para dar início às negociações de nossa nova amizade. Mas Stephen saiu correndo e me deixou balbuciando para Laurie sobre um garoto que eu tinha conhecido no corredor, fato que depois me rendeu muitas horas de tormento-de-irmão-caçula sobre meu namorado invisível. E é culpa de Stephen. Estou aqui porque estou frustrada e não tenho com quem gritar.

Leva uma eternidade para ele abrir a porta. Quando finalmente vejo seu rosto, a boca está repuxando como se ele estivesse com medo, preocupado ou aborrecido. Qualquer que fosse o sentimento, não era nada bom. Não que eu esperasse que ele fosse ficar radiante em me ver. Obviamente, tem me evitado, e isso só desgasta ainda mais meus nervos já esgotados. Abro a boca para gritar, mas minha voz fica presa no meio da garganta. Em vez disso, o que sai é um grasnado ridículo. Um som sem graça e triste. Isso o faz sorrir. Depois encarar o chão.

Tento de novo. Dessa vez, consigo um "Ei".

Ele murmura alguma coisa. Não dá para ouvir, mas imagino que seja um cumprimento, porque ele é humano.

— Então...

Ele murmura novamente. Minha raiva recomeça a crescer.

— Esse é seu lance, certo?

A pergunta atrai seu olhar.

Forço um sorriso e completo:

— A falta de educação?

Ele arregala os olhos, o que considero muito satisfatório.

— Não — diz ele. Nada mais, apenas "não".

Olhamos um para o outro. Está ficando realmente constrangedor.

— O que você quer? — pergunta ele.

— Explique para mim de que forma isso não é rude — digo.

Ele dá um suspiro, profundo e estranhamente extenuado para esta hora do dia. Talvez sofra de insônia.

— Você tem razão. Desculpe.

Eu não esperava isso. Esperava que fosse gritar comigo ou bater a porta na minha cara.

— Gostaria de entrar? — Ele fala como se tivesse acabado de perguntar se eu precisava de uma doação de medula óssea.

De repente, me sinto desconfortável. Por que vim aqui mesmo? Percebo que estava esperando uma discussão em voz alta na porta, que terminaria comigo voltando para meu apartamento batendo os pés e passando a tarde xingando o fato de as outras pessoas serem totalmente horríveis. Agora tenho uma escolha: posso ser a mal-educada e a doida, porque afinal apareci do nada à porta dele, ou posso aceitar o convite.

— OK. — Passo por ele quando recua. O apartamento é frio, quase gelado, e esfrego os braços para acabar com os súbitos calafrios.

Dá para ver no mesmo instante que o apartamento é mais bonito que o nosso. A estrutura é idêntica, mas nossa casa está cheia de caixas de papelão e uma bagunça de móveis. Minha mãe me deixou responsável pela organização do apartamento, o que significa que isso ainda não aconteceu. Acho que ela estava tentando ser legal ao me deixar decidir qual seria a aparência do nosso novo apartamento, mas é difícil ficar animada desempacotando coisas, e ainda estamos vivendo como se tivéssemos chegado ontem em Manhattan.

Este apartamento é arrumado, para não dizer que tem pouca mobília. Qual é a palavra? Utilitário. Eba — vocabulário. Imagino que seu quarto tenha um pouco mais de personalidade. O hall de entrada e a sala de estar são rigorosamente adultos. Não importa quem tenha decorado, a pessoa estava profundamente comprometida com a organização e um estilo indiferente. Um dos pais, ou os dois, também deve morar no apartamento, mas, no momento, somos os únicos aqui.

— Posso te oferecer alguma coisa?

Tenho um sobressalto com a pergunta. Sua voz está mais calma agora, mais clara.

— Hã, claro.

— Limonada. — Ele esboça um sorriso, como se tivesse feito uma piada.

Quero olhar para ele de cara feia, mas apenas meneio a cabeça.

— Se você tiver.

— Fique à vontade. — Ele aponta para o sofá e observa o movimento da própria mão como se tivesse feito um gesto secreto, simbólico.

Eu me recosto no estofamento duro, que arranha a pele. Ainda está quente em nosso apartamento, por isso meu uniforme diário tem sido uma camiseta regata e um short. Espero que o quarto dele tenha móveis melhores, porque este sofá deve ser uma droga para assistir a filmes.

Eu me dou conta do meu próprio pensamento e sinto uma pontada no estômago. Já estou imaginando assistir a filmes com um garoto que nem conheço e que, obviamente, não queria me convidar para entrar, mas percebeu que precisava fazê-lo. Aperto bem os olhos, odiando parecer desesperada para ter alguém com quem passar o tempo. Quando foi que fiquei tão ridícula assim?

— Você está bem? — Ele está parado à minha frente, e estende um copo. O gelo está tinindo na borda, flutuando na transparência esbranquiçada da limonada.

— Sim. — Pego o copo. — É só uma dor de cabeça.

— Aspirina?

— Não. — Bebo um gole demorado de limonada. É do tipo pronta, mas ainda assim está gelada, ácida e gostosa. — Vou ficar bem. Limonada é o elixir universal.

Ele senta ao meu lado, perto, mas não perto o suficiente para a perna roçar na minha ou nossos ombros se tocarem. Percebo que tudo que ele faz é feito com cuidado. Senta muito ereto e não se reclina nas costas do sofá como eu. Fico me perguntando se ele acha que sou uma dessas pessoas folgadas e suadas, então me endireito e cruzo as pernas na altura dos tornozelos de um jeito que, imagino, a rainha Vitória teria aprovado. É muito incômodo, logo desisto e volto a me reclinar.

Nenhum de nós diz qualquer palavra. O único som é o da limonada mexendo enquanto tomamos uns goles a intervalos regulares. Não consigo concluir se ele é esquisito ou se me odeia de verdade, mas Deus do Céu, preciso de alguém com quem conversar. Passei muitos dias sentada em meu apartamento, sem desempacotar nem embalar.

— Você é um fantasma?

Ele se vira lentamente e olha para mim como se estivesse pensando na pergunta. Suponho que deve estar pensando que sou louca, por isso continuo falando:

— Ou um mágico?

Respiro mais devagar. Ele parece intrigado. Deixei meu amigo em potencial intrigado. Toda raiva que senti por ele ter saído correndo do meu apartamento vai sumindo enquanto me adianto, querendo manter aquele fio de conversa vivo.

— Não que meu irmão não ache que sou maluca, mas seu ato de desaparecimento no outro dia definitivamente reforçou a opinião dele.

Quando digo *desaparecimento*, ele hesita.

— Por que você não ficou? — perguntei. — Sei que Laurie sem camisa pode ser uma visão chocante, mas juro que ele é inofensivo.

Ele não responde; só fica me observando.

Torço os dedos, nervosa.

— Se Laurie acha que sou maluca, imagino que talvez eu deva aceitar isso. Este é um prédio velho, não é? Você poderia simplesmente ser um espírito prestativo que dá as boas-vindas aos novos moradores.

Ele dá uma risada, e seus olhos se iluminam.

Estou sorrindo.

— Também achei que você poderia ser uma miragem.

— Uma miragem?

— Estava muito quente naquele dia, e você sabe o que dizem sobre ver miragens no deserto quando se está praticamente morrendo de sede.

Ele faz que sim com a cabeça.

— Não resta dúvida de que eu estava morrendo de sede, e aí você apareceu.

— Eu sou uma miragem — diz ele, e faz uma pausa. — E você quem é?

— Sou a garota da porta ao lado — respondo. — Bem, a garota da porta ao lado da porta ao lado.

— A Elizabeth que é Jo. A garota da porta ao lado da porta ao lado. — Ele volta a dar risada. Gosto quando ele ri. Parece que fica mais caloroso quando isso acontece, como se tivesse se acostumado a ser tão formal quanto este apartamento e o ato de dar risadas o deixe relaxado e mais à vontade. Também gosto do fato de ele se lembrar que quero ser chamada de Jo. Isso é coisa recente, porque sempre fui Liz para meus "amigos" em Minnesota; minha mãe me chama de Elizabeth, e Laurie está sempre inventando combinações com meu nome.

— E aquele garoto era seu irmão? — pergunta ele.

Agora fico paralisada. Não tem motivo para isso, mas é um reflexo que desenvolvi. Sempre que a expressão "seu irmão" surgia onde morávamos, terminava com uma discussão aos berros ou, como aconteceu certa vez, numa luta de boxe. Descobri que tenho um *uppercut* cruel. Jennifer Norris ainda estava usando curativos no baile de formatura por causa da plástica de emergência no nariz. Não que eu estivesse no baile, mas as notícias me alcançaram.

Respiro fundo, o peito apertado.

— Sim. Laurie é meu irmão. Ele tem 15 anos.

— Quantos anos você tem?

— Dezesseis.

— Eu também. — Ele inspira e expira, fitando os dedos dobrados em torno do copo de limonada. — Mas você não o trouxe com você.

— Ele está na escola de verão — respondo. — Por isso fico sozinha a maior parte do tempo.

Preocupa-me o fato de ter sido óbvia demais. Ou negligente. Não se deve contar a estranhos que está sozinha em casa. Será que estou tão desesperada assim por um amigo? Hã. Sim, estou.

Ele senta um pouco mais ereto e me encara. Seus olhos, com aquele fascinante tom de azul que prende meu olhar, estão mais penetrantes e menos evasivos.

— E seus pais?

— Minha mãe é administradora hospitalar — digo. — Acho que a antecessora foi um desastre, por isso ela passa todas as horas tentando convencer a equipe de que não é o diabo encarnado. Fica muito tempo fora de casa.

Ele assente.

— E quanto aos seus pais?

A princípio ele não responde, depois só diz:

— Não estão por aqui.

Comento rapidamente:

— Legal. — Não sei o que *não estão por aqui* realmente significa, mas não quero me intrometer. Pais são complicados. De qualquer forma, não estou tentando fazer amizade nem com a mãe nem com o pai dele.

Mordo o lábio, querendo acabar com essa história antes que vire alguma conversa profunda e dolorosa. Estou procurando companhia; não quero ficar revirando o passado. Quero o passado morto e enterrado em Minnesota.

— Então, eu vim até aqui porque tenho de te pedir um favor. — Estou improvisando agora. Eu vim para fazer picadinho dele, mas agora voltei a querer um amigo. Ele é meu melhor e único candidato.

— Que tipo de favor?

— Você conhece bem a vizinhança, não é?

— Sim.

Excelente. Era exatamente isso que eu estava esperando.

— Preciso da sua ajuda — digo.

Ele olha para mim, e a desconfiança começa a surgir em seus olhos.

— Juro que não tem nada a ver com carregar caixas.

A campainha toca. Fico tensa.

— Pode deixar aí! — grita ele.

— Quem é? — murmuro, como se bandidos estivessem à espera do outro lado da porta.

— Minhas compras — diz ele.

— Eles entregam suas compras? — Estou de pé e cruzando a sala. — Preciso ver isso.

Abro a porta com força e encontro três sacolas de supermercado aos meus pés. O rapaz da entrega já seguiu para o elevador, mas olha por cima do ombro quando ouve a porta se abrindo.

Ele olha para mim e franze a testa.

— Hum. Pensei que você fosse um cara.

Reviro os olhos e pego as sacolas.

— Onde fica a cozinha? — pergunto, indo na direção desta. Imagino que seja no mesmo lugar da nossa cozinha. Como ele se levanta e me acompanha, presumo que imaginei certo.

Ele me observa desempacotar os mantimentos enquanto separa os itens que precisam de refrigeração.

— Sabe, se pretende evitar acusações futuras de falta de educação, abrir a porta é um bom começo. — Eu lhe entrego uma caixa com ovos.

— Vou tentar me lembrar disso — diz ele.

— Então, o negócio é o seguinte — falo. — Sou nova aqui, e, como me abandonou com minhas sacolas e te ajudei com as suas, você me deve uma.

Ele parece querer discutir, mas não diz nada.

Suspiro. Eu queria ser agradável, não mandona.

— Desculpe. Não sou boa nisso.

— Boa em quê? — pergunta ele.

— Em pedir favores.

— Por que não?

Minha garganta se fecha. Eu não quero falar sobre o "por que não". Não quero pensar sobre o "por que não".

— Não tenho muito jeito com pessoas.

— Já percebi isso.

Rindo, roço os dedos pelo braço dele ao estender uma embalagem com cenouras. No momento em que o toco, nós dois paramos. Não sei bem ao certo o que aconteceu, mas é como se o ar tivesse sido retirado do cômodo, e simplesmente ficamos olhando um para o outro. Acho que nenhum dos dois estava respirando.

Dou meia-volta e reviro a outra sacola do mercado. Que diabos foi aquilo?

— Qual é o favor? — Sua voz é baixa. Não posso olhar para ele, por isso olho para a caixa de cereal em minhas mãos.

— Eu não saquei.

— O quê? — Ele pega a caixa da minha mão, mas ainda não estou olhando para ele. Olho para a bancada da cozinha.

— Manhattan — digo, constrangida pelo rosto vermelho, pelo coração disparado e por meu péssimo senso de direção. — Sei que o formato da cidade é tipo uma grelha ou coisa assim, mas continuo me perdendo e, para ser sincera, é meio assustador. Não quero me perder em Nova York.

Eu me viro para encará-lo. Quando foco em seus olhos, nada mudou. A cozinha voltou ao normal. Consigo respirar. Talvez eu simplesmente tenha imaginado aquele momento.

— Preciso de um guia turístico — digo.

Ele olha para mim.

— E você quer que eu te ajude?

— Me ensine sobre Manhattan. Moro aqui agora. Preciso entender a cidade.

Acho que posso sentir o pulsar de sua veia no pescoço.

— Eu...

— Podemos começar aos poucos. Só uma volta na vizinhança.

Ele desvia o olhar.

Tento animar a voz.

— Prometo que se eu for uma pessoa insuportável, nunca mais vou te incomodar. Nem para dizer o quanto é mal-educado.

— Posso ter isso por escrito?

Meu sorriso formiga quando percebo que ele vai dizer sim.

— E se eu for? — pergunta ele.

Dobro a sacola vazia.

— Como é que é?

— E se eu for um fantasma? — Ele se apoia no balcão e me observa. — Ainda ia querer dar uma volta comigo?

Fico confusa com a pergunta. É uma piada? As palavras soam como uma piada, mas o tom não é de zombaria, nem mesmo é alegre.

— Se você chegar à conclusão de que me odeia, prometo que não vou te incomodar — digo. — Então que tal, se eu chegar à conclusão de que é um fantasma, você promete que não vai me assombrar? Pode ser?

Ele fecha os olhos, e os meus ficam cheios de água, transformando Stephen em um borrão. Esfrego os olhos; quando abro, ele está me observando, e estremeço diante daquele olhar intenso.

— Pode ser.

CAPÍTULO 5

NÃO SEI COMO conseguirei fazer isso. Precisa haver um jeito de sair dessa. Eu poderia fingir que estou muito doente. Poderia fingir que minha mãe está em casa. Poderia começar um pequeno incêndio.

Mas quero fazer isso. Gosto do jeito como conversamos. Gosto do jeito como estou desenvolvendo uma conversa.

Ainda quero saber por que a maldição está brincando comigo.

Mas enquanto isso, eu vou brincar.

— Que tal o parque? — pergunto.

Nada na vida real me preparou para isto. Para o cara a cara. Sim, eu tinha minha mãe e, embora fosse invisível para ela, podíamos conversar todo tempo. Mas uma conversa com uma garota? Era inédito.

Em vez disso, eu me dedicara aos livros. E aos programas de televisão. E aos filmes. Às conversas que ouvia por acaso. Por causa disso, os ritmos e os padrões que todas as outras pessoas acham naturais são estranhos para mim. Esse dar e receber das palavras, essa dança verbal de compartilhar e esconder, confiar e obrigar, é algo no qual posso tentar me incluir. Pratiquei por tanto tempo na minha mente, sem nem mesmo saber que estava praticando. Agora estou buscando as palavras e a maneira de dizê-las.

Ela não faz ideia de como essa conversa é surpreendente para mim. Não tem ideia de como é ser um intruso no mundo exterior... e então, de repente, ser convidado a entrar.

Quero continuar dizendo "olá". Porque tudo parece um "olá".

No elevador, trocamos ideias sobre o elevador. Ela já teve uma discussão com o Cara Fedorento do sexto andar, mas, milagrosamente, ainda não conheceu Irma, do 2E, que gosta de passear com os gatos três vezes ao dia. Usando coleiras.

No saguão, tento ficar em silêncio para que o porteiro não pense que tem algo errado. Ele abre a porta para ela, e passo, depressa.

Elizabeth percebe.

— Acho que você já está familiarizado até demais com minhas costas — diz ela quando saímos. — Tem alguma rixa entre você e o porteiro? Temia que ele fosse te trancar ali dentro?

— Todos eles querem me pegar — digo a ela. — Todos os porteiros de Nova York.

— Por quê?

Por quê? É uma sequência bastante natural, o próximo passo lógico na conversa. Mas fico preso, sem saber a fala seguinte.

— Hã... porque uma vez eu disse uma coisa ruim sobre a mãe de um porteiro?

As palavras saem de modo estranho. É até mais constrangedor ficar com as bochechas ardendo quando sei que elas podem ser vistas.

Elizabeth não se deixa abater.

— Então... há quanto tempo mora aqui? — pergunta ela.

Por sorte, é uma pergunta fácil.

— Toda a minha vida — digo. — No mesmo apartamento. No mesmo prédio. Na mesma cidade.

— Sério?

— Desde que me lembro, e mesmo antes de não me lembrar. Desde o dia em que nasci, na verdade. De onde você é?

— Minnesota.

Adoro a maneira como ela diz isso. *Minn-uh-soh-ta.*

— Deve ser uma mudança e tanto — observo, gesticulando para os táxis que passam correndo, para a fileira infinita de edifícios, para a barreira de pessoas à nossa volta.

— É.

— Por que vocês partiram? — pergunto.

Ela desvia o olhar.

— É uma longa história.

Tenho certeza de que existe uma versão resumida da longa história, mas não parece certo pedir para ouvi-la.

Ela pergunta:

— Onde você estuda?

Percebo que estão começando a olhar quando ela fala comigo. Porque ninguém mais consegue ver com quem está conversando. E mesmo numa cidade onde é lugar-comum encontrar pessoas falando em celulares microscópicos ou murmurando algum diálogo solitário, ainda é estranho ver alguém conversando com o ar.

Aperto o passo.

— Kellogg — digo, inventando o nome de uma escola. Ela é de Minnesota, não vai conhecer todas as escolas particulares de Manhattan. — Fica do outro lado da cidade. Bem pequena. E você?

— Vou para Stuyvesant no outono.

— Ah, a Stuy. Legal.

— Stuy?

— É. É como todo mundo chama.

— Bom saber.

Estamos no parque agora. Há mais gente, e olham para ela. Mas não acho que ela tenha notado. Ou achou que esse simplesmente é o jeito de ser das pessoas da cidade: mal-educadas que ficam encarando. Mas essa desatenção não vai durar muito.

Para que isso funcione, vou ter de falar durante a maior parte do tempo. Ao menos agora, enquanto outras pessoas estiverem por perto. Mantenho a voz baixa, assim ela vai se misturar a todas as outras vozes.

— Então, o que você quer saber sobre a cidade? — pergunto, quando começamos a seguir uma das trilhas. — É difícil falar com algum tipo de perspectiva porque nunca morei em nenhum outro lugar. — Na verdade, nunca *estive* em outro lugar. Mas não digo isso a ela. — Acho que tem uma linguagem um pouco diferente do restante do mundo. Quando se mora em Nova York, não dá pra deixar de saber as coisas que só os nova-iorquinos sabem. A maioria delas tem a ver com se acostumar às coisas. Como o metrô. Na maior parte do mundo, a ideia de que existem centenas de quilômetros de túneis subterrâneos com trilhos eletrificados que correm para a frente e para trás seria ficção científica. Mas aqui é apenas a vida. Todos os dias você desce ali. Você sabe exatamente onde ficar na plataforma. Se faz isso por muito tempo, começa a reconhecer alguns rostos. Mesmo com milhões de pessoas, começa a reunir uma vizinhança ao seu redor. Os nova-iorquinos adoram coisas grandiosas: arranha-céus, liberdade, luzes. Mas também adoram quando podem criar seu próprio mundinho. Quando o cara na loja da esquina sabe qual jornal você lê. Quando o atendente do bar já sabe seu pedido antes mesmo que abra a boca. Quando você começa a reconhecer as pessoas na sua órbita e sabe que, por exemplo, se estiver esperando pelo metrô às 8h15 em ponto, há uma chance de a ruiva com o guarda-chuva vermelho também estar ali.

Elizabeth franze a sobrancelha.

— Conte mais sobre a ruiva com o guarda-chuva vermelho.

Dou de ombros.

— Não sei muita coisa. Ela só tenta estar no metrô às 8h15 em ponto. Provavelmente tem uns 30 anos, ou talvez seja um pouco mais velha. Está sempre lendo revistas: *New Yorker*, *Harper's*, esse tipo. Inteligente. Um dia estava chovendo, e ela carregava um guarda-chuva vermelho. Talvez eu o tenha visto apenas uma vez, mas foi marcante, por isso agora sempre a associo ao guarda-chuva vermelho-vivo. Sabe como se faz isso? Como se criam estigmas para pessoas estranhas ou para pessoas que acaba de conhecer? Tipo, ele é o cara com o espaço entre os dentes. Ou aquela é a mulher da bolsa roxa. Ela é a ruiva com o guarda-chuva vermelho. Tudo o mais é só especulação.

— E você especula com frequência?

É como se ela estivesse me perguntando se eu respirava com frequência.

— O tempo todo! — digo, talvez com ênfase demais. — Quero dizer, há muitas vidas ao nosso redor. Como não especular?

Dá para ver que Elizabeth gostou da brincadeira. Ela aponta para um homem corpulento num banco, que come um donut.

— Que tal ele?

— Gastroenterologista. A segunda mulher acaba de largá-lo. Ele ronca.

— E ela? — Elizabeth aponta para uma adolescente piriguete que está ouvindo música com o som no máximo enquanto olha de cara feia para o telefone.

— Espiã russa. Muito, muito, *muito* disfarçada. Ela olha as bandas favoritas dos agentes da CIA no Facebook e informa de volta à Mãe Rússia.

— Aquele garoto de fraternidade ali?

— Poeta premiado do estado do Wyoming, mais conhecido por seus hinos sobre o amor entre caubóis e seus cavalos.

— Que não seja imortal, posto que é chama, mas que seja relincho enquanto dure?

— Você conhece!

Ela meneia a cabeça um pouco para a esquerda.

— E aquela mulher com quatro filhos?

— Atriz da Broadway. Está fazendo laboratório para o papel de uma mulher com quatro filhos. Está descobrindo muita coisa, porque a amante lésbica não a deixa nem ter um bichinho.

— E que tal esta garota?

Complicado. Ela está apontando para si.

— Essa garota? Parece ser nova na cidade. Mas isso não a assusta; isso a anima. Ela quer ver tudo. E, sim, também é parte da máfia de Minnesota. Os mafiosos estão em guerra por causa de queijo.

— Isso é em Wisconsin.

— Quero dizer, eles estão em guerra para decidir qual das cidades gêmeas nasceu primeiro.

— Uau. Ouvir você é como olhar em um espelho.

A mulher com quatro filhos está olhando de cara feia para nós agora, como se seu radar materno estivesse sintonizado em garotas que falam alto demais consigo mesmas em locais públicos.

— Vem, tem uma coisa que quero te mostrar — digo e saio correndo.

Chegamos à trilha que passa pela concha acústica e leva ao Bethesda Terrace. As árvores de centenas de anos protegem nossos passos e nos guiam para mais adiante. É um dos meus locais favoritos em Nova York, onde a natureza desenha uma abóbada sobre todos os pensamentos da cidade e deixa você com uma sensação profunda de folhas e luz, na qual as pessoas passam e o mundo permanece. Eu corro, e ela me acompanha. Pulo os degraus até a Bethesda Fountain, e ela está bem ao meu lado. A estátua de anjo nos saúda, impressionante em sua paz, grandiosa em sua base. A água da fonte faz uma mesura para ela enquanto os músicos a fazem vibrar com melodias. Atrás dela, casais remam seus barcos. Além deles, as árvores se espalham livremente.

Elizabeth nunca esteve aqui. Isso fica claro em sua expressão. Já vi esse olhar nas pessoas, que perdem o fôlego por causa da admiração. Quero dizer a ela que é apenas a primeira vez, que vai ter uma segunda, uma terceira e uma quarta. Que virá aqui dia após dia, ano após ano. Porque foi isso que fiz. E a sensação de estar aqui, de estar no turbilhão da cidade, não diminui.

— Isso é incrível — diz ela.

— É, não é? — diz um cara a poucos centímetros dela. Imagina que ela esteja falando com ele. E pelo modo como olha, dá para notar que quer continuar conversando.

— Tem mais — digo a ela. Estico a mão para pegar a dela e então me lembro de que não, eu não deveria tentar isso. Não deveria fazer isso. A mão dela só vai ficar flutuando no ar de modo ridículo, com todo mundo percebendo.

Eu a conduzo para longe dos turistas e músicos, e do anjo que preside tudo isso. Eu a levo até a ponte de madeira, para dentro da mata, para dentro do silêncio. Chegamos ao Ramble, onde o parque resiste à paisagem e se transforma em um grande emaranhado de trilhas secretas. Em cinquenta passos, você pode fugir da cidade, do mundo.

Elizabeth percebe a mudança.

— É aqui que todos os serial killers se encontram? — pergunta ela.

— Só às quartas-feiras — respondo. — Estamos seguros.

As árvores se fecham, e por causa disso, sinto que podemos nos abrir mais. Não tenho de me preocupar em como isso parece para qualquer outra pessoa.

— Então embora eu tenha percebido facilmente sua ligação com a máfia de Minnesota — digo —, imagino que minhas especulações tenham deixado passar uma coisa ou outra. Se importa de preencher as lacunas?

— Ah, sou apenas uma garota simples — diz ela, e sorri com sarcasmo —, que simplesmente complica tudo o que toca. Sou um Midas às avessas. Tudo que toco vira um drama. Ou, pelo menos, é isso o que meus abre-aspas-amigos-fecha-aspas lá no abre-aspas-antigo-lar-fecha-aspas diriam. Nunca provei comida tailandesa e só tarde na minha vida foi que descobri, para meu constrangimento, que tailandesa se escrevia com S e não com Z. Quando estava na quinta série, fiquei temporariamente obcecada com tatuagens, a ponto de precisarem esconder todas as minhas canetinhas. Participei do coro por três anos para acompanhar meus abre-aspas-amigos-fecha-aspas, e jamais cantei uma única nota. Mas me tornei boa em dublagem. Isso deixa Laurie com inveja, porque se alguém deveria ser a drag queen da família, esse alguém é ele. Mas não acho que ele realmente goste de drags. Não acho que já tenha perguntado isso a ele.

Chegamos a um banco escondido, com uma placa de latão. DEDICADO À GRACE E A ARNOLD GOLBER EM HOMENAGEM À SUA GENEROSIDADE.

Acho que Elizabeth vai se sentar, mas, em vez disso, simplesmente para e lê a placa, depois caminha mais um pouco antes de parar e olhar para mim.

— Acredito que isso preencha as lacunas para você — diz ela. — Agora tenho de especular sobre você também?

— Claro, vá em frente.

Ela olha para mim com uma expressão séria durante muito tempo. É assustador. Não estou acostumado a esse tipo de exame minucioso. Não sei que expressão fazer nem qual postura assumir.

— Desculpe — diz ela. — Me distraí por um instante com todas as suas vidas passadas. Deixe eu me concentrar.

Ela me olha por mais tempo. Sorri.

— Você lê muito, não tenho dúvida sobre isso. Pode ter lido *Mulherzinhas*, mas não gostou o suficiente para ler *Um colégio diferente*. Está tudo bem; te perdoo. Talvez você seja um *fanboy* de Twain. Ou de Vonnegut. Bem no fundo do seu coração, tem uma parte que acredita em Nárnia, na Fantástica Fábrica de Chocolate e nos Cavaleiros da Távola Redonda. Talvez não no Jardim Secreto, mas também te perdoo por isso. Estou esquentando?

— Fervendo — respondo.

— Excelente. Tenho a sensação de que talvez você também gostasse de matemática, especialmente como uma metáfora. Costumava tocar um instrumento... será violino? Você tem cara de violinista. Mas desistiu. Tinha de treinar demais. E ficar muito tempo fechado em casa. Você gosta deste parque... mas isso não é uma especulação porque já foi demonstrado. Claro, aqui é onde traz todas as garotas. Neste exato lugar. E todas sempre adoram.

— Adoram?

Ela faz que sim com a cabeça.

— É a atmosfera dos serial killers. É afrodisíaca.

— Tipo as ostras.

— Uau. Acho que é o primeiro cara com quem já dei uma volta que sabia o que era afrodisíaco. Isso por si só já é afrodisíaco.

Eu deveria ter uma resposta para isso, mas acabo recuando.

— É isso que estamos fazendo? — pergunto. — Dando uma volta?

Ela se aproxima.

— É inegável, você não diria isso?

Ela está me fitando de novo. Me estudando. Não consigo evitar me sentir atraído por isso. Uma experiência tão nova. Uma reviravolta tão inesperada. Uma pergunta invade meus pensamentos, e, antes que consiga contê-la, me flagro perguntando em voz alta:

— Quando você olha pra mim, o que vê?

Nunca tive a chance de perguntar isso. Até mesmo o ato de perguntar me faz tremer, me faz sentir como se estivesse abrindo o peito e exibindo o que tem ali dentro. Não estou pronto para nada disso, mas pergunto assim mesmo.

— Eu vejo um garoto — responde ela. — Vejo alguém que está sempre prestes a desaparecer num pensamento. Vejo cabelo bagunçado e lábios fartos. Vejo o jeito como não consegue ficar parado. Vejo o modo como a camiseta e o jeans se ajustam ao corpo. Vejo que você não sabe muito bem o que fazer. E consigo entender isso. Sério.

— Qual é a cor dos meus olhos? — pergunto. É quase um sussurro.

Ela se inclina em minha direção.

— São azuis. Azul anil com uns salpicados castanhos.

Não há meio de descrever o que sinto. É uma coisa que eu nunca soube. Ela me descreveu uma coisa que eu nunca soube como era.

Estamos muito próximos neste momento. Nenhum de nós sabe o que fazer.

— De que cor são *meus* olhos? — pergunta ela.

Agora é minha vez de me inclinar. Embora já saiba a resposta.

— Castanhos — digo. — Castanho-escuros. Como café sem leite.

Ela dá um sorriso, e não sei mais o que dizer, que momento deveria suceder a este.

— Eu gosto de dar uma volta com você — diz ela; aí dá um passo para trás e olha em volta, para as árvores. — Não dá para acreditar que estamos no meio da cidade de *Nova York*. Esse parque é o máximo.

— Eu sei — respondo, e recomeço a caminhar. Perdi a noção de onde estamos, e ela nota imediatamente.

— Estamos perdidos? Quero dizer, no meio do Central Park.

— Não — insisto. — Se continuarmos andando, vamos chegar ao Castelo.

— Isso é tão príncipe encantado da sua parte! — Ela tira a bússola do bolso e joga na minha direção. Mas não percebo o que está acontecendo até ser tarde demais. Percebo o suficiente para estender as mãos, mas não para me concentrar e torná-las sólidas.

A bússola passa direto pelos meus dedos.

Ela a vê passar direto pelos meus dedos.

— Desculpe — digo. Eu me inclino e, com muito cuidado, muito deliberadamente, pego a bússola. Faço uma encenação ao olhar para ela. Calculando nossa direção. Depois, eu a devolvo. Quando ela a pega, nossos dedos se tocam. E a sensação reverbera em todo meu corpo, nos meus pensamentos e em esperanças demais dentro de mim.

Será que ela viu?, é o que me pergunto. *Será que viu a bússola passar por mim? Ou pareceu que eu de fato a deixei cair?*

Ouço um corredor se aproximando, ofegando pelo último quilômetro. Eu me afasto de Elizabeth. Não digo nem uma palavra até o sujeito passar. Ela está distraída e espera que ele vá embora antes de falar alguma coisa.

— O que foi? — pergunta assim que o corredor se vai.

— O que foi o quê?

— Aquela expressão no seu rosto. O que significou?

Todos os segredos remetem ao grande segredo. Revelar uma coisa significa revelar tudo.

Devo tomar cuidado.

— Não estou acostumado com isto.

— Com o quê?

Aponto para ela e para mim.

— Com *isto*. Com falar a verdade e ter alguém para ouvir. Oferecer palavras e receber outras em troca. É só que... não estou acostumado a isso.

Ela volta a me avaliar.

— Você fica muito sozinho?

Assinto.

— Sim. Fico muito sozinho. Só que agora não estou sozinho. Estou... com você, acho. Eu estou com você.

Muita coisa. Muito rápido. Muito intenso. A alma de vidro cai no chão e se parte em mil palavras. O garoto invisível se torna visível e suas emoções explodem em néon.

— Desculpe — digo. — Só estamos dando uma volta. Não é nada. Estou sendo ridículo.

— Não — diz ela. — Não faça isso.

Ela estica a mão para mim, e, por um momento, acho que vai passar direto. Mas permaneço ali. Ela me toca, e estou ali.

Estamos no meio de uma cidade, mas por um minuto não há cidade. Estamos no meio da mata, mas por um minuto não há mata. Estamos cercados de pessoas, mas por um minuto não temos medo de ser interrompidos.

— Isso é o começo de alguma coisa — diz ela. — Nenhum de nós sabe o que é, mas está tudo bem. O que importa é que é o começo de alguma coisa. Você sente isso, não sente?

Sinto. E é tão surpreendente quanto ser tocado, quanto ser visto.

Ela vê nos meus olhos.

— Ótimo — diz ela. — Melhor não ir além disso agora. Afinal, você tem o restante do parque para me mostrar.

A mata retorna. As pessoas retornam. A cidade retorna. Voltamos às trilhas, e elas nos levam a outras trilhas. Caminhamos até o escurecer e os lampiões serem acesos. De vez em quando, digo alguma coisa, e, de vez em quando, ela diz alguma coisa. Mas, na maior parte do tempo, só observamos. Especulamos. Lançamos olhares um ao outro. Observamos um ao outro. Especulamos um sobre o outro. Depois andamos um pouco mais.

Somente quando retorno para casa é que volto a sentir o peso de todas as coisas que não posso contar a ela, de todas as coisas que sou.

CAPÍTULO 6

QUANDO GIRO A chave, ouço a gargalhada de Laurie através da porta fechada. Dou uma última olhada em Stephen, que destranca a própria porta. Ele me dá um rápido aceno antes de desaparecer no apartamento. Engulo um suspiro, e meu coração fica apertado agora que ele se foi.

Meu amigo. Mais que um amigo. Minha esperança de algo iminente.

Minha mão fica apoiada na maçaneta da porta enquanto enfrento a vontade de correr atrás de Stephen e roubar mais uma hora a sós com ele. Percebo que nunca voltei realmente ao edifício. Ainda estou lá fora no parque, jogando desejos para o anjo. Desejos de que a metrópole me ofereça a vida que andei pedindo em segredo. A fonte de anjo fornece um local perfeito para os desejos que você teme admitir ter escondido a sete chaves, mesmo nos minutos sombrios antes de dormir, quando seu coração se abre como uma flor que desabrocha à noite. Portanto, é muito mais difícil esconder seus desejos. Mas, ao ficar parada ao lado de Stephen em uma floresta tranquila e íntima, qualidades que eu pensava serem impossíveis nesta cidade, meus desejos transbordaram, e não tive escolha senão colocá-los aos pés do anjo, na esperança de obter sua compaixão.

Eu queria ainda estar ao lado dele, caminhando no parque como se fôssemos as duas únicas almas a explorar regiões ocultas. Mas é tarde e Laurie vai ficar preocupado se eu não aparecer. Afasto a lembrança insistente do dia e giro a maçaneta.

Jogo as chaves em uma caixa ainda cheia à entrada. Muitas caixas idênticas ocupam nosso apartamento em diversas pilhas, de acordo com o cômodo que o conteúdo teoricamente vai ocupar. Teoricamente porque os objetos precisam ser retirados das caixas e postos de volta à função original, como abajures ou obras de arte. Teoricamente porque minha mãe e Laurie obviamente estão esperando que eu tire as coisas das caixas, afinal sou eu quem fica o dia inteiro sozinha em casa, mas a suposição deles me irrita. É chato ser a única cuja vida está parada, a única obrigada a suportar o peso grudento do calor do verão até o outono, quando a escola vai me puxar de novo para o ciclo regular da vida.

Chuto a caixa, mas meu humor fica mais leve quando me deparo com a ideia de que esvaziar as caixas é um jeito de passar mais tempo a sós com Stephen. Quase dou meia-volta e saio correndo, mas engasgo um pouco quando percebo que, na verdade, queria *sair correndo* até o apartamento dele para pedir que me ajudasse a tirar nossos lençóis extras das caixas no dia seguinte. O grito de Laurie impede minha retirada eufórica.

— Ei, estranha!

Giro, abandonando meu impulso e voltando à sala de estar para descobrir que Laurie está agachado feito um gato nas costas do sofá. Tem um garoto que não conheço ao seu lado. Meu irmão havia me chamado para a sala, mas não sou eu a estranha ali. Quando dou o primeiro passo, o rosto do garoto novo se ergue, aberto e sorridente, mas quando ele me vê, se fecha feito uma caixa de origami.

— Hã... oi. — Tento sorrir para o estranho, mas ele evita meus olhos.

Laurie escorrega da posição empoleirada para se ajeitar ao lado do garoto cauteloso.

— Sean, esta é minha irmã... — Ele olha para mim e torce a boca. — Como é que você se chama atualmente?

— Jo... ah, tanto faz, só me chame de Elizabeth. — Estou cansada de ficar lembrando a todo mundo que queria mudar meu nome no minuto em que nos mudamos: ambos representantes de uma mudança vital para nossa sobrevivência. Eu posso ser Elizabeth pelo bem do desembaraço, mas juro para mim mesma que sempre serei Jo no papel.

O sorriso torto de Laurie fica maior.

— Quanta classe. Sean, esta é Elizabeth. Ou pelo menos por enquanto.

— Pirralho — digo e me jogo numa poltrona ao lado de Sean. No instante que minha bunda toca o estofado, ele se encolhe, como se fosse uma tartaruga e o sofá fosse o casco no qual estivesse tentando se esconder. Ele resmunga alguma coisa. Presumo que seja "oi".

— Prazer em conhecê-lo também. — Meu tom de voz é mais agudo do que deveria, mas estou aborrecida por Sean agir como se eu estivesse invadindo seu espaço quando ele é quem está sentado no meu sofá. Laurie me fuzila com o olhar.

— Sean mora no 5C — diz meu irmão. — Dois andares acima, uma porta para o lado. A gente está sempre se esbarrando ao pegar a correspondência, aí pensei que seria legal conhecer um dos vizinhos.

Ele dá um daqueles sorrisos que só-o-Laurie-sabe-dar, e Sean se estica um pouco.

— Vocês dois iam ser bons amigos. — Laurie assumiu a cena e agora a dirige com a habilidade de um profissional. — Começamos a conversar porque ele estava carregando isto por aí. — Somente agora percebo o gibi na mão que Laurie sacode para mim. As páginas balançando fazem Sean se encolher, e eu gosto um pouco mais dele. Ele tira a edição das mãos descuidadas de Laurie.

— *Fábulas*. — Esboço outro sorriso para Sean. — É uma boa. A Vertigo faz um monte de coisas interessantes.

Ele meio que retribui o sorriso, então murmura alguma coisa ao mesmo tempo que levanta rapidamente do sofá e caminha até a porta. Laurie o acompanha, e ouço quando meu irmão se despede; a porta abre e fecha.

— O que foi aquilo? — pergunto. Laurie dá meia-volta até a sala e se deita bem esticado no sofá.

— O que foi aquilo? — repete Laurie.

— Por que ele saiu tão de repente? — Fiquei me perguntando se eu tinha deixado uma primeira impressão tão ruim assim.

— Ele pediu desculpas e disse que tinha de ir jantar — diz Laurie. — Não ouviu?

Não ouvi nada do que Sean disse e fiquei imaginando como Laurie já havia sintonizado na linguagem secreta de murmúrios do nosso vizinho do andar de cima. Mas esse é o dom de Laurie: ele conquista as pessoas. Embora nem sempre.

— Fofo, né? — Laurie fita o teto, mas capto o brilho em seus olhos e sinto um nó no estômago.

Não me lembro da fofura. É difícil me lembrar de alguma coisa sobre Sean. Acho que tem cabelo preto e é magro, mas não esquelético. Ele estava ocupado demais tentando se fundir ao nosso sofá para eu ter uma boa percepção da sua aparência.

— E ele gosta de ler — completa Laurie. — Tem pontos extras aí. Acho que vou esperar pelo carteiro com um pouco mais de frequência...

— Para com isso, Laurie — digo. — Você ao menos sabe se ele é...

Tento me segurar, mas é tarde demais. O rubor eufórico nas bochechas de Laurie desaparece. Ele senta muito ereto, tirando as pernas do sofá, e me encara.

Minha garganta está se fechando, mas me esforço para dizer alguma coisa.

— Eu não quis dizer... desculpe. — Não quero ter esse tipo de reflexo de golpes baixos. Eu me odeio quando deixo o medo levar a melhor sobre mim. Reajo feito um cão que apanhou; sempre que vejo uma vassoura, me encolho e rosno.

Ele me deixa imersa na poça de culpa por mais um minuto silencioso.

— Desculpe — digo mais uma vez.

— Esquece.

A porta do apartamento se abre com uma pancada. Laurie e eu damos um pulo. Minha mãe entra na sala aos tropeços.

— Cheguei! E trouxe o jantar! — Ela ergue as bolsas de quentinha do restaurante chinês. Pelo visto, comprou o restaurante inteiro.

Laurie assobia e se joga em cima da minha mãe. Espalhamos caixas de papelão no assoalho da sala de estar. Ela pede desculpas por nunca estar presente, mas parece radiante de um jeito que dá para notar que adora o novo emprego. Laurie fala sobre a escola, e, quando menciona Sean, eu pisco para ele, provocando. Ele me oferece um sorriso, e sei que estou perdoada. Quando eles perguntam sobre meu dia, peço desculpas por não ter desempacotado as coisas e digo que fui explorar o parque. Não menciono Stephen. Algo que ele disse no parque ainda está correndo em minhas veias, movimentando-se em ritmo perfeito com as batidas do meu coração. "Fico com você." Eu quero isso. Não estou pronta para deixar mais ninguém chegar perto. Por isso, fico em silêncio enquanto Laurie e mamãe dão uma ideia geral sobre suas vidas. Não conversamos sobre Minnesota. Não conversamos sobre papai. E, em algum lugar entre guiozas e porco mu shu, nos tornamos uma família por algumas horas.

Passa da meia-noite, mas não consigo dormir depois de descobrir que o mapo tofu de Nova York é muito mais apimentado que a versão de Minnesota. Apesar da barriga reclamando, não me importo de ficar acordada e sozinha no quarto. Nosso apartamento está em silêncio, mas ainda dá para ouvir a cidade, viva e ativa, na rua abaixo. Pensei que a ausência de silêncio fosse ser umas das coisas que me incomodaria em Manhattan, mas gosto do zumbido constante da humanidade. Faz lembrar um relógio que nunca precisa de corda; suas engrenagens sempre estão girando, sempre acompanham o ritmo da vida, movendo-se tal como deveriam.

Também não me aborreço por perder o sono porque estou pensando em Stephen. Fico deitada, olhando para o teto acima da cama onde preguei um mapa celeste que comprei no planetário de Chicago durante as férias da família, quando tinha 10 anos. Mas não estou olhando para as estrelas como costumo fazer quando tento encontrar um jeito de dormir. Estou rebobinando meu dia, revivendo o parque, o toque frio de Stephen que me aquece inteira, o timbre da voz reduzindo minha ansiedade em relação à pouca familiaridade do meu novo lar. Foi o melhor dia que já tive. Quero estar lá de novo, de novo e de novo.

Viro para o lado, estendo a mão para baixo da cama e pego a caixa de material de pintura. Foram as primeiras coisas que desempacotei.

Antes das roupas, antes dos travesseiros. Remexo nos pincéis, tubos de tinta e caixas de pastel. Se não consigo dormir, ao menos posso guardar o dia da melhor maneira que conheço. Meu primeiro pensamento é que aquarelas são o meio perfeito para isso. As cores borradas, que se dissolvem umas nas outras, combinariam com a instabilidade entre nós. Mas quero sentir o peso do carvão na minha mão quando toco na folha e traçar linhas que vão se transformar em um rosto que já memorizei. Que memorizei sem nem precisar pensar.

Vou até a escrivaninha e pego um bloco de desenhos. Ajeito-me na cama, esfrego o dedo sobre o toque de camurça do pedaço de carvão, retiro um e começo a desenhar. Desenho durante horas e não me lembro de ter adormecido. Acordo quando a luz entra no quarto. Estou esparramada na cama, as folhas do papel pesado espalhadas ao redor. Meus dedos estão manchados de carvão, mas eu devia ter sonhado antes de ter a chance de desenhar Stephen ou o parque. Todas as folhas à minha volta estão em branco.

Tomo café da manhã e um banho rápido. Minha mãe e Laurie já saíram e vão passar o dia fora, e eu quero prosseguir com minha ideia do encontro-com-Stephen-para-esvaziar-as-caixas. Em menos de uma hora, estou batendo na porta do 3D.

— Quem é?

Meu braço formiga de alto a baixo ao ouvir sua voz.

— Sou eu.

Ao contrário de ontem, ele não me deixa esperando do lado de fora. A porta se abre quase que no mesmo instante, e ele sorri para mim. Passo um tempo olhando o cabelo, os olhos, os lábios, as mãos. Meu coração tem sobressaltos.

— Oi — diz ele com a voz baixa. Parece algo íntimo, a voz baixa, só para mim. Encolho os dedos dos pés nos chinelos.

— Oi. — Sorrio feito uma idiota, mas não consigo evitar.

— Quer entrar? — Ele dá um passo para trás, mas eu balanço a cabeça.

— Queria pedir um favor — digo. — E isso requer sua presença em minha casa. Sei que é pedir muito, pois é superlonge e contramão e tal.

Eu rio, mas ele parece pouco à vontade. Acho que sei por quê.

— Minha mãe e Laurie vão passar o dia todo fora — respondo rapidamente. — Somos apenas eu e as caixas.

Ele sorri para mim, e acho que levitei uns 3 centímetros.

— Caixas?

— Poderia ser útil ter ajuda para tirar as coisas das caixas. — Tento parecer sensual. — Prometo recompensa.

Ele dá uma risada, e é aí que me lembro de que sensual não costuma funcionar para mim; acabo parecendo meio maníaca, e agora estou vermelha e chuto o batente da porta.

— Posso ajudar a esvaziar as caixas — diz ele, mas a voz soa um pouco insegura.

Estou começando a duvidar do plano. Por que ele iria querer desempacotar livros e louça? Ontem ele me levou a locais bonitos no Central Park, e é isso que sugiro na minha vez? Sou uma idiota.

Apresso-me para salvar a ideia:

— Não precisamos esvaziar as caixas de verdade. Só tenho de apresentar provas do meu progresso. Sou a responsável por elas e, se não abrir uma ou duas por dia, talvez me expulsem do apartamento.

— Despejada, hein? — Ele abre um sorriso. — Ia ser uma tragédia.

— Eu sei — respondo. — É um prédio tão bonito. E ouvi dizer que é difícil encontrar bons vizinhos.

Começo a me afastar.

— Chego lá em um minuto — diz ele, e volta ao apartamento. Vou até o 3B e espero por ele à porta. Stephen aparece alguns minutos depois, tranca seu apartamento e me segue para dentro do meu.

Paramos no meio da sala de estar. Seus olhos varrem o ambiente.

— Você tem uma infestação de caixas — diz ele. — Temo que seja grave.

Dou uma risada e me dirijo à cozinha para pegar uma faca. Quando volto para a sala de estar, Stephen empurra uma caixa para mim.

— Encontrei — diz ele. — *Esta* é a caixa para nós.

— Que seja. — Balanço a faca e começo a cortar a fita adesiva. Abrimos juntos, e retiramos lentamente os restos grudentos de fita. A caixa está cheia até a borda com objetos enrolados em plástico bolha. Pego uma das formas misteriosàs e estouro algumas das bolhas, me divertindo com o estalido antes de rasgar o embrulho de plástico. Stephen fica se balançando nos calcanhares e me observa como se uma pessoa brigando com plástico bolha cheio de fita fosse o passatempo mais fascinante da Terra. A atenção me deixa eufórica.

— Lindo — diz ele, quando jogo fora a embalagem protetora e mostro uma bombonière em vidro furta-cor que pertencia à minha avó.

— Toma, pode decidir onde pôr. — Entrego a bombonière a ele, que a segura com cuidado, e fico grata por isso. O valor é apenas sentimental, mas acho fofo o modo como ele é cauteloso ao pegar.

— Então quando olha para mim, você pensa "decorador de interiores" — diz ele, e anda ao redor da sala, procurando o novo lar da bombonière.

— Acho que você tem as qualidades necessárias — respondo, desembrulhando uma caixa de música. Automaticamente, dou corda, embora já saiba que fazer isso vá roubar um pouco da minha alegria. A música tilintante vibra através da sala de estar.

Ele faz uma pausa enquanto ouve com atenção.

— *Send in the Clowns*?

— É do Laurie.

— Sério?

— Ele tem desde que tinha 5 anos — respondo.

— É uma canção meio pesada para uma criança de 5 anos. — Stephen põe a bombonière sobre um extremo da mesa. Ela parece solitária sem os bombons coloridos que costumam a preencher.

— Minha avó. — Aponto para a tigela vazia de vidro. — A vó da bombonière deu para ele de Natal porque ele adorava música e palhaços. Não acho que ela tenha percebido que era uma música triste. Ficaria chocada se soubesse quem era Stephen Sondheim.

Fico de pé, segurando a caixa de música.

— Como seu irmão está se adaptando?

— Melhor que eu. — Suspiro.

Ele se encolhe um pouco, e mordo o lábio.

— Não quero dizer... Estou bem agora — digo. — Quando estamos juntos.

Parece que meu coração vai parar. Não quero falar muito e estragar tudo. Completo:

— Mas Laurie tem o colégio e as coisas que o mantêm ocupado. Fico presa com a tarefa de tirar tudo das caixas.

— Ah... que injustiça. — Ele volta a sorrir, e eu relaxo.

— Não é? — digo, e apoio as costas da mão na testa, fingindo sofrer. — Ele já conseguiu capturar alguém do prédio. Um garoto que mora no andar de cima... no 5C.

— Sean — diz Stephen.

— Ah. — Inclino a cabeça e observo sua expressão pensativa. — Você o conhece?

Ele hesita.

— Um pouco. Acho que ele prefere livros a pessoas.

— Sou a última pessoa que poderia chamar isso de falha de caráter — retruco. — Mas, ainda assim, ele não é exatamente um tagarela, é? Não consegui entender nem uma palavra do que estava dizendo, mas tenho quase certeza de que é a nova paixão de Laurie. E que Deus nos ajude.

Observo sua reação, que é praticamente uma não reação. A expressão é aberta, agradável. Tudo o que diz é:

— Sean parece ser muito tímido. Por isso resmunga.

Seguro a caixa de música um pouco apertado demais.

— Vamos dar uma parada. Vou pôr isso no quarto de Laurie.

— Uma parada, já?! — Stephen olha para as outras pilhas de caixas ao redor da sala. — Nós só tiramos duas coisas da caixa.

— Eu disse que só precisava apresentar provas do progresso. — Meneio a cabeça em direção à bombonière. — Você já a providenciou.

Ele dá de ombros.

— Quem vai ser despejada é você.

Eu o conduzo para fora da sala de estar, pelo corredor, e faço uma pausa para colocar a caixa de música no topo da cômoda de Laurie.

Cerro os dentes, frustrada por estar fazendo isso de novo. A autossabotagem como mecanismo de defesa jamais termina bem.

E não ajuda o fato de Stephen ter passado em todos os meus testes. Isso aconteceu ontem também. Guardei mentalmente a plaquinha que indicava "fase de testes" — mas ainda estava testando. Quando mencionei Laurie e drag queen na mesma frase, Stephen nem se encolheu. E mencionar Sean e Laurie juntos também não foi um problema para ele.

Eu não conseguiria suportar se Stephen fosse um *deles*. Os únicos que tentaram não ficar de cara feia, mas que inevitavelmente ficaram. Os que deram de ombros e disseram: "não me importa o que *eles* façam, mas não quero ouvir falar disso." Aqueles que cochichavam pelas nossas costas, que davam desculpas quando você reclamava que tinham sumido.

Meu último namorado acabou se tornando um deles. Observar aquele relacionamento se desfazer não foi, de maneira alguma, uma tragédia épica. A relação teria morrido por si só, de qualquer maneira. A reação dele ao meu irmão foi apenas um catalisador que acelerou o fim.

Ultimamente é raro pensar em Robbie, exceto quando fico parada em frente ao meu quarto; sei disso porque estou pensando agora, embora preferisse não admitir. Associação machuca. Mas não posso negar que esses sentimentos acelerados, o rastejar do calor no meu pescoço combinado aos movimentos do meu estômago, todos os sinais de uma paixão nascendo, apareceram pela última vez quando esbarrei em Robbie enquanto levava um monte de suprimentos para a sala de arte do colégio. Xinguei até ficar sem fôlego, e ele riu. Uma semana depois, saímos juntos. Dois meses depois, eu estava gritando com ele no estacionamento da escola enquanto nossos colegas assistiam, cochichavam e davam risadinhas.

— Este é meu quarto — digo. — Quer ver? — Temo estar sendo atirada demais. Deveria perguntar se ele quer assistir a um filme na sala de estar, mas quero que me veja, e eu sou meu quarto.

— Se quiser me mostrar — responde ele.

Respiro fundo e entro. Apesar de todo o meu pré-planejamento do evento tirar-as-coisas-das-caixas-com-Stephen, não acrescentei a limpeza do quarto ao esquema. Os remanescentes da minha noite sem dormir desprovida de criação ainda estão espalhados pela cama. Meu pijama estava pendurado na cadeira da escrivaninha. Há um cesto cheio de roupas limpas que aguardam para ser dobradas.

— Ah — digo, e entro para tirar o papel e o carvão da cama. Enfio tudo na pasta de material de desenho e a deslizo de volta para baixo da cama. — Desculpe pela bagunça.

— Está tudo bem — diz ele. — Pelo menos não está fedendo.

Eu me sento na cama, alisando o cobertor amassado perto de mim.

Stephen se ajeita ao meu lado; não perto o suficiente para me tocar. De algum modo, um martelo aterrissou no meu peito e agora está golpeando minhas costelas. Quero percorrer os dedos ao longo do seu antebraço, depois do cotovelo ao pulso e então segurar a mão dele. Mas tem uma coisa que preciso fazer primeiro. Tenho de superar meu próprio medo.

— Odeio fazer isso — digo. — Mas depois de ontem, quando eu disse que tem uma coisa acontecendo, eu falava sério.

— Sei que falava. — Ele pousa os dedos de leve nos meus.

Mudo a mão de posição, envolvendo os dedos dele com os meus.

— Mas eu preciso lidar com uma bagagem antes.

— Mais coisas para arrumar? — Ele sorri lentamente.

— De um tipo diferente. — Eu me apoio nos cotovelos e peço desculpas quando minha mão se afasta da mão dele, mas tenho de me concentrar se quiser resolver isso. Quando me toca, é difícil pensar em outra coisa.

Ele se curva para a frente e apoia os braços nas pernas. Sua voz fica rouca.

— Você tem namorado lá em Minnesota?

Levo um susto, e isso me faz rir de nervoso, sobretudo porque eu acabara de pensar em Robbie.

— Só o babaca do meu ex. Ele dizia que reconstruir motocicletas era sua vocação — digo. — Mas nunca o vi chegar perto de uma moto e tenho certeza absoluta de que, se eu desenhasse uma chave inglesa, uma chave de soquete e um martelo, ele não seria capaz de dizer qual era qual. Bem, talvez o martelo.

Fico aliviada quando ele ri.

— Mas você ainda está presa a isso?

— O que me prendia acabou em abril — digo.

— Então onde estão as bagagens? — pergunta ele.

Volto a ficar inquieta e começo a desejar não ter mencionado isso.

— Você perguntou por que viemos embora.

— São bagagens pesadas? — pergunta ele.

Contraio meus lábios e respiro lentamente pelo nariz.

— Sim.

— Então deveria me dizer. Seriam mais provas do seu progresso na arrumação. — Ele fala com tanta calma que quase me encolho feito uma bola, desejando apoiar a cabeça no seu colo. Em vez disso, retorço meus dedos nas cobertas.

— Nós nos mudamos por causa de Laurie.

Ele não reage, apenas se inclina e ouve.

— Meu irmão é gay.

Mais uma vez, nada. Ele não pisca, não se mexe, apenas ouve com atenção. Quando permaneço calada, parece concluir que preciso de alguma coisa. Aí ele meneia a cabeça.

— Na primavera, seis imbecis da minha escola bateram nele. — Minha voz começa a tremer. Não consigo me lembrar da última vez que conversei sobre o ocorrido. — Disseram que foi trote do time de beisebol. Mas pareceu mais crime de ódio.

Começo a ficar tonta. Meu estômago revira, e eu me sento ereta.

— Ele ficou muito machucado?

— Mandíbula quebrada, clavícula quebrada, costelas quebradas, braço quebrado. — Aperto a beirada da cama. — Eles usaram tacos.

Noto que ele toma fôlego.

— Ele ficou no hospital durante semanas — explico.

— Deve ter sido horrível — diz ele.

— Sim. Mas considerando que foi Laurie quem teve todos os ossos quebrados, ele até que superou melhor que a gente. Sempre foi o animador da família. Mas minha mãe e meu pai se distanciaram. Papai não aceitou muito bem quando Laurie saiu do armário e... ninguém imaginou o que meu pai faria em seguida. Ele culpou o próprio filho pelo ataque e ficou falando que Laurie deve ter provocado os garotos, que eram "bons garotos" e que não deveríamos prestar queixas. Minha mãe ficou furiosa.

— Imagino que seus pais estejam divorciados — diz Stephen. — Você veio para cá apenas com sua mãe.

— Eles estarão divorciados assim que a papelada sair — digo a ele. — A família do meu pai é conservadora, mas ele sempre alegava ser o liberal do bando. Nunca passamos muito tempo com esse lado da família. Mas acho que o liberalismo dele simplesmente chegou onde dava antes de ruir.

Stephen está balançando a cabeça.

— Sinto muito.

— Não foi só meu pai — retruco. — As pessoas não sabiam como lidar com isso. Meus amigos ficaram estranhos, mesmo aqueles que não se importavam de verdade. Tenho certeza de que também foi minha culpa, mas eu estava com muita raiva. Não conseguia confiar em ninguém. — Olhei para ele. — E, às vezes, acho que ainda não sei como confiar.

— Faz sentido.

— O que estou tentando dizer é que passei os últimos quatro meses aprendendo a ser sozinha, evitando o mundo e odiando praticamente qualquer um que simplesmente olhasse para mim — digo. — Mas quando estou com você, não quero mais ser essa pessoa.

— Obrigado — diz ele baixinho.

A âncora de dor que tenho arrastado por Manhattan se rompe, afundando no passado, onde eu esperava que ficasse sem ser perturbada. Ele sabe. Ele sabe e ainda está aqui. Quero rir e chorar. E desejo uma coisa, mais que qualquer outra. Eu me aproximo dele na cama. Ele não se mexe. Estou olhando para seus lábios e traço o contorno com os olhos.

Fecho as pálpebras e rapidamente me inclino para a frente. Sinto o sopro frio da sua respiração em meu rosto, mas então não estou mais inclinada. Estou caindo. Bato de cara na cama, e o aroma familiar do amaciante de roupas atinge meu nariz. Cuspindo em meio ao algodão, eu me viro. Stephen se inclina sobre mim, os olhos arregalados. Olho para ele. Meu estômago quer sair pela boca. Obviamente, ele se desviou quando tentei beijá-lo.

Minhas bochechas estão ardendo, mas a humilhação faz meu sangue esfriar.

Sou tão idiota. É cedo demais.

Pisco o mais depressa que consigo para não chorar, mas as lágrimas ardem nos cantinhos dos olhos. Quero chorar porque o garoto de quem gosto não quer me beijar. Quero chorar porque estou sozinha numa cidade estranha.

— Você está bem? — pergunta ele.

Não consigo balançar a cabeça nem para negar nem para concordar. Tenho medo de me mexer. A paralisia é a única coisa entre mim e o colapso total.

— Sinto muito, Elizabeth, mas preciso ir. — Ele ainda paira acima de mim, e suas mãos apertam a cama de cada lado. — Não foi sua culpa.

Ele crava um olhar em mim que me faz parar de respirar. Sem fechar os olhos, ele se inclina. Então seus lábios roçam os meus, suaves como penas.

O beijo se prolonga, elétrico em minha boca, mas ele está saindo do meu quarto.

Ainda estou deitada ali quando ouço a porta do apartamento abrir e fechar. Ainda estou deitada quando percebo que não tenho ideia do que ele quis dizer.

CAPÍTULO 7

ESTÁ CADA VEZ mais difícil me concentrar quando fico perto dela. Se me concentro muito, em cuidar dela, em matar minha curiosidade, me esqueço do meu corpo. E desapareço nos meus pensamentos a seu respeito.

Não é um problema que eu já tenha experimentado: escapar da própria história por tempo suficiente para fazer parte da história de outra pessoa; nunca fui tentado a isso. Com meus pais, sempre havia conhecimento do que estava se passando. Todas as interações deles para comigo eram limitadas ao fato de eu ser o que era. Todas as nossas conversas eram, de algum modo, a meu respeito. Mas com Elizabeth, perco esse limite. Meus pensamentos estão livres para pensar apenas nela. Mas se meus pensamentos vão muito longe, e meu corpo, deixado por conta própria, perde a capacidade de tocar, de segurar, de permanecer.

Tenho de aprender a ter consciência dela e consciência de mim ao mesmo tempo.

Sou tão novato nessa coisa toda e desconfio profundamente de que isso seja o que as outras pessoas chamam de amor.

Volto ao apartamento dela uma hora depois, após conseguir exercitar meu foco, praticar minha concentração.

Felizmente, ela me deixa entrar de novo. Felizmente, o irmão e a mãe ainda não voltaram.

Ela andou descontando a raiva e a confusão nas caixas. Tem um brilho de suor na pele, e o quarto é um assombro de pilhas e coisas espalhadas.

— O que foi aquilo? — pergunta ela.

— Quero que a gente acelere as coisas — digo a ela. — Mas a gente precisa ir devagar.

Ela me examina.

— Por quê?

Se não posso contar *a* verdade, posso ao menos contar *uma* verdade.

— Porque eu nunca fiz isso.

— Nunca?

— Não. Nunca.

— Nenhuma ex malvada?

— Ex nenhuma, pode acreditar. Nem malvada nem outra coisa.

— Por quê?

Balanço a cabeça.

— Simplesmente não aconteceu.

Não posso dizer que ela é a primeira pessoa pela qual já senti alguma coisa. Não é. Mas, ao mesmo tempo, não posso dizer que é a primeira pessoa pela qual já senti alguma coisa e que sabe de fato que existo. Porque ela é. E, sem dúvida, isso a assustaria.

— Não pode simplesmente ir embora — diz ela. — Se um momento dá errado ou se algo não está certo, não pode simplesmente dizer que lamenta e sair. Da próxima vez que fizer isso, a porta vai estar trancada e aferrolhada atrás de você. Entendeu? Gosto de você, está bem? Mas também preciso gostar do modo como você me faz sentir. E nesse exato momento? Não gostei nem um pouco disso.

Digo a ela que sei.

— Muito bem, então. — Ela olha ao redor do quarto. — Então quem é meu escravo das caixas?

Dou um sorriso.

— Eu sou seu escravo das caixas.

— Acho que não consegui te ouvir.

— EU SOU SEU ESCRAVO DAS CAIXAS!

Agora ela sorri.

— Muito melhor. Vamos ao trabalho.

Eu me concentro. Enquanto rasgo a fita adesiva, eu me concentro. Enquanto dobro as caixas vazias até ficarem totalmente planas, eu me concentro. Quando ela me mostra os livros e me pergunta se gosto de determinado autor, eu me concentro. E, então, quando os livros estão em pilhas ao nosso redor e ela me convida a ouvir seu poema preferido de Margaret Atwood, eu me concentro. O título do poema é "Variações sobre a palavra *Dormir*", e, no fim, a poetisa diz que gostaria de ser "o ar que te habita por um instante"... Ao ouvir isso, minha respiração fica mais intensa, como se a respiração em si fosse um sentido.

O tempo não para, mas nós paramos. Não podemos pedir para o tempo parar, mas nós podemos parar.

Ela se vira para mim, e eu me concentro. Na respiração. Nos olhos. Nos lábios. Ela se inclina para mim, e eu me concentro. No calor. Na pele. Nas mãos dela.

Nós nos tocamos, e eu me concentro. Nós nos beijamos, e eu me concentro.

Somos o tempo. Somos a respiração.

Somos o ar.

O que vem a seguir é uma semana quase perfeita.

O tempo fica horrível, tempestade após tempestade após tempestade, o que acaba sendo o pretexto perfeito para ficar dentro de casa. Com o irmão na escola de verão e a mãe trabalhando, tínhamos os dias para nós. Nossos apartamentos e o corredor entre eles se tornaram o único território de que precisávamos, a Nação Profundamente Soberana de Nós Dois, e alternamos entre a novidade da sua casa e a longa história da minha.

Ela descobre os velhos jogos de tabuleiro dos meus pais no closet do nosso corredor, e logo estamos jogando todos eles, às vezes dois ao mesmo tempo. Risco, Monopoly, Palavras Cruzadas, Master. Faz muito tempo que joguei pela última vez, e isso me deixa um pouco sentimental no começo.

Elizabeth percebe e pergunta:

— Está com saudade dos seus pais?

Fico parado com uma peça na mão. Como ela sabe? E então percebo que ela acredita na minha história: meus pais estão fora num tipo de viagem de pesquisa durante o verão. Acredita que sinto saudade deles do mesmo modo que se sente falta de alguém que sabemos que um dia vai voltar.

— Um pouco — digo. Depois: — Sua vez.

Durante as partidas, ela me conta muita coisa sobre Minnesota, Robbie, Laurie e os pais. Falo sobre as pessoas no parque, os moradores do prédio, outras coisas que ouvi ou testemunhei nos últimos anos. É a diferença entre autobiografia e biografia, e, se ela percebe, não diz. Algumas vezes, ela me pergunta sobre a escola, e invento coisas. Ou pergunta sobre meus pais, e ofereço a ela uma versão modificada. A mãe sobre a qual falo ainda é uma versão reconhecível da minha mãe: as mesmas esquisitices, as mesmas risadas, a mesma história da família ausente. Mas não está morta. E não tem um filho invisível.

Minha versão do meu pai é mais complicada. Ou talvez não seja. Como não o conheço realmente, sempre há a possibilidade de que as coisas que conto sejam verdadeiras.

Enquanto isso, nem tudo é conversa, arrumação e jogos de tabuleiro. Há momentos sublimes nos quais ficamos abraçadinhos, respiramos juntos, beijamos, sentimos juntos. De vez em quando, consigo me perder em minha felicidade particular, aí percebo que havia perdido meu foco. Mas então vejo que seus olhos estão fechados e que ela não percebeu. Meus lábios, naquele momento, simplesmente pareceram leves para ela. Ou meu abraço era delicado, meu toque, semelhante à brisa.

De alguma forma, funciona.

A única fonte de tensão é o fato de eu não ter encontrado nem o irmão nem a mãe de Elizabeth.

— Eles estão começando a pensar que inventei a história — diz ela.

Não posso contar que vi Laurie ontem, perambulando pela sala onde fica a correspondência e fingindo ler um livro enquanto seus olhos eram atraídos constantemente para a porta. Quando eu o vi pela primeira vez, no primeiro dia, tudo que eu consegui enxergar realmente foi a bravata sem camisa. Mas agora, olhando com mais atenção, sabendo o que sei sobre o que passou, sou capaz de enxergar a vulnerabilidade, a ansiedade, a mistura de ousadia esfrego-na-sua-cara e a solidão na-minha-mente. Durante 15 minutos, ele aguardou na sala, e, durante 15 minutos, aguardei com ele. Se percebeu minha presença, não demonstrou. Vi as cicatrizes — as visíveis — e vi que o fato de terem-no quebrado não o deixou menos bonito. Na verdade, ele saiu mais forte, pois sobrevivera. Eu sentia inveja, de verdade, do modo como habitava confortavelmente o próprio corpo. Do modo como não ia deixar ninguém tirar isso dele.

Depois, Sean apareceu. Também estava lendo um livro. E no rosto de Laurie havia mais que o lampejo do nervosismo, seguido pelo clique da determinação e da ilusão de calma total.

— Ei, você — disse ele, e Sean pareceu contente por vê-lo.

Depois eu os deixei. Pensariam que eram apenas os dois naquela sala, mas eu saberia que estava lá. E não tinha esse direito, independentemente do que resolvessem compartilhar ali.

Mais uma vez, não posso contar nada disso a Elizabeth. Não posso contar que seu irmão começou a significar alguma coisa para mim, mesmo que, até onde ela saiba, eu o tenha visto somente durante a breve conversa no dia em que se mudaram. Ela quer que a gente saia para que eu o conheça, e não sei realmente como lidar com isso. Então um dia está lá, bem na minha frente. Depois da escola, Laurie telefona, como sempre, para saber como estão as coisas, e digo a Elizabeth para passar o telefone.

— Jura? — diz ela.

Faço que sim com a cabeça, e ela me entrega o fone.

— Laurie? — falo.

— Sim?

— É Stephen.

— Não pode ser!

— Pode.

— Não é um ator que minha irmã contratou para representar o namorado imaginário?

— Se for, estou me divertindo muito com os ensaios.

— Eca!

— E, por falar nisso, você sabe que dia é hoje?

— Dia do sorvete de graça?

— Quase. Vamos começar com um dia da semana.

— Se não me engano, é quarta.

— Correto! E o que acontece na quarta?

— Hum... é o dia que vem depois da terça?

— Não. É o dia em que saem os gibis novos.

— Fascinante ver aonde quer chegar.

— Não sou eu que vai a algum lugar. É você. Vai até a Midtwon Comics comprar um exemplar da edição especial de *Fugitivos* lançada hoje. Sua irmã quer um.

— E o que ganho com isso, exatamente?

— Sean, Laurie. Você ganha Sean. Toda quarta, às 16h, ele vai até lá.

Ele faz uma pausa.

— O que minha irmã te contou?

— Estou supondo que ela não é a única com um namorado imaginário, Laurie. Torne isso real. Se quiser, claro.

— Obrigado, meu novo conselheiro espiritual. Vou levar isso em consideração.

— Apenas faça isso antes das 16h, está bem? E falei sério sobre trazer o gibi de *Fugitivos* para sua irmã.

— Muito bem, capitão.

Elizabeth e Laurie conversam mais um pouco. Mesmo antes de desligar, ela me olha como se eu tivesse feito alguma coisa muito, muito boa.

— Tem certeza de que Sean vai, hum, retribuir o sentimento? — pergunta ela assim que finaliza a ligação.

Dou de ombros.

— Não. Mas só vai doer até ele tentar. E se Sean não estiver a fim dele, tenho certeza de que vai ser gentil em relação a isso.

(Não conto a ela sobre a vez em que vi Sean no corredor tentando desesperadamente obter uma conexão wi-fi para poder continuar a conversar com um garoto de Dallas.)

— Bom, acho que já ganhou meu irmão — diz Elizabeth.

— E você? Já ganhei você?

Ela dá risada.

— Ah, não sou tão fácil quanto meu irmão.

Sei que não posso continuar assim. Sei que esta felicidade foi construída sobre uma base pouco sólida, e que, a qualquer momento, o vento pode surgir.

Mas estou me divertindo. E eu a divirto. O que torna fácil esquecer.

Elizabeth volta ao seu apartamento para o jantar. Ela me convida, mas digo que não posso ir. E ela não faz muitas perguntas, simplesmente me dá um beijo de despedida.

Duas horas depois, estou sentando no sofá verde-limão lendo o exemplar de *Retalhos* que ela me emprestou quando ouço um barulho na porta.

No início, não compreendo. Não é uma batida. Nem uma entrega...

É uma chave na porta.

Largo a revista. Fico de pé.

A chave gira na fechadura.

A porta se abre.

E meu pai entra.

Está mais velho.

A última vez que o vi foi há um ano, mas era o funeral da minha mãe e eu não estava prestando muita atenção.

Agora, no entanto, eu o vejo. Seu cabelo está todo grisalho. Ainda é alto, ainda é forte... mas está abatido. Usa óculos diferentes. Finos e prateados.

— Stephen! — chama.

Estou bem aqui, quero dizer. Em vez disso, fico parado ali, observando-o. Ele olha em volta do apartamento. Fecha a porta. Põe a valise no chão — é uma valise, não uma mala, por isso sei que não planeja ficar.

É como uma versão adulta do jogo que sempre jogávamos antes de ele ir embora: esconder e não procurar. Sempre sou o garoto que se esconde. Ele sempre é o pai que não procura.

Estou bem aqui.

Ele chama meu nome de novo. Reveza o peso do corpo entre os pés. Está começando a entender.

— Stephen — diz em voz mais baixa agora. Sabe que estou no cômodo.

— Oi, pai.

Rápido demais. Não é o suficiente para ele. Ele se vira em minha direção, mas erra por uns poucos passos.

— Como vai? — pergunta para o espaço vazio.

Não consigo evitar; me afasto ainda mais para que ele se sinta mais tolo ainda.

— Estou bem — respondo.

A cabeça vira para outro local.

Continuo me deslocando.

Não é um jogo engraçado para nenhum dos dois.

— Por que você está aqui? — pergunto.

— Recebi seu e-mail — diz ele. — Sobre a garota. E percebi que faz muito tempo...

— Desde que você me viu?

— Desde que estive aqui.

— Você não esteve aqui desde que ela morreu.

Ele assente.

— Você tem razão.

Parei de me deslocar, e ele está de frente para mim agora. Parte de mim quer trucidá-lo — perguntar se ele acredita se é aceitável deixar um adolescente sozinho durante um ano após a morte da mãe. Mas a outra parte de mim continua a se lembrar. Ele assina os cheques. Se parasse de me dar dinheiro, eu estaria na rua. E não é como se eu quisesse tê-lo por aqui. Sou mais feliz sozinho.

Além disso, de certa forma, sinto pena dele. Durante toda a minha infância e adolescência, um dos grandes temas na minha mente seria: qual dos seus pais você é? O que queria dizer: se você tivesse, digamos, um filho invisível, o que faria? Seria o cara que foge ou o que fica? Minha resposta jamais foi muito consistente. Em determinados dias, certamente eu seria minha mãe. A responsável. Aquela que sentia o vínculo intensamente. Aquela que construiu o ninho. Em outros dias, em especial conforme eu crescia, pensava: *você está se enganando. Você quer ser sua mãe. Mas, na verdade, você é seu pai. Se estivesse nessa situação, iria embora num segundo.*

Seria cruel fazer isso, mas não estou acima da crueldade. Basta me ver agora ao perguntar ao meu pai: "como está a nova família? Todos os meus meios-irmãos e meias-irmãs são meio-visíveis?"

Minha mãe diria: *está magoando apenas a si mesmo quando fala desse jeito.*

Mas ela não está mais aqui.

— Você não tem nenhum meio-irmão. Apenas duas irmãs. Margaret e Lyla. Elas estão bem, obrigado. São lindas.

— Então acho que consegue vê-las.

— *Stephen.* — Agora ele está ficando meio nervoso. — Vim até aqui para ajudá-lo. Mas se você vai assumir essa atitude, posso simplesmente entrar no próximo avião de volta à Califórnia.

— Atitude? O quê, tem alguma coisa na minha expressão que está te incomodando?

— Nas últimas oito horas, viajei de avião e de táxi. Vou tomar um banho, beber alguma coisa, depois volto aqui para conversarmos. Quando retornar, espero que você esteja disposto a isso.

— Você lembra onde fica o banheiro? — pergunto.

Ele sai sem dizer uma única palavra.

— ▬ ▬

Volto a me sentar no sofá. Tento ler *Retalhos*. Tento me perder nas palavras e nos desenhos, mas fico tão distraído que mal consigo me concentrar para virar as páginas.

Sei o que meu pai vai fazer. Quando voltar, vai fingir que a conversa anterior jamais aconteceu.

Nesse ponto, ele nunca decepciona.

— Então — diz ele, com a manga da camisa enrolada e um ginger ale na mão —, me fale sobre a garota.

— O nome dela é Elizabeth. Mora a duas portas daqui; mudou-se para o antigo apartamento de Sukie Maxwell. Se é que você se lembra dela no funeral. — Não há resposta. — Apenas esbarrei nela no corredor um dia e... bem, ela me viu.

— Você tem certeza?

— Sim. Passamos muito tempo juntos nas últimas semanas. Tenho certeza de que ela me vê.

Ele senta-se ao meu lado no sofá.

— Sabe, Stephen, é natural querer estar com outra pessoa. E talvez você tenha ficado sozinho por tempo demais. Isso explicaria o que está acontecendo.

— O que quer dizer com isso?

— Você sai com essa garota? Vai ao cinema?

— Ao parque. Mas na maior parte das vezes ficamos por aqui.

— E ela conversa com você?

— O tempo todo.

Ele balança a cabeça com um ar triste.

Fico quase surpreso ao descobrir uma nova camada na minha decepção com ele.

— Não acredita em mim, não é? — falei.

— Quero acreditar, Stephen. Mas precisa entender... ninguém é capaz de enxergar você.

— Foi isso que pensei! Mas ela é. Ela me vê.

— E as outras pessoas o veem? Quando você vai ao parque?

— Não! Mas ainda funciona. — Percebo que não consigo convencê-lo. — Acha que estou inventando isso?

— Tenho certeza de que você quer que seja real. E seria perfeitamente compreensível deixar sua imaginação correr solta enquanto fica aqui sozinho o dia inteiro...

Não consigo ter esta conversa.

— Não acredita em mim? — grito e fico de pé. — Ora, muito bem. Vou mostrar. — Caminho até o telefone, pego o aparelho e teclo o número de Elizabeth.

— Oi — diz ela. — Pensei que estivesse ocupado hoje à tarde.

— Olha, tenho uma pequena surpresa. Meu pai está na cidade. Uma visita totalmente inesperada. Não tenho certeza de quanto tempo vai ficar, mas ele quer conhecê-la. Você se importaria de passar aqui?

— Para conhecer seu pai? Uau. Estou meio que vestindo as roupas que uso para desenhar agora, então, se eu chegar aí correndo, temo que ele ache que sou uma maluca infeliz e manchada de tinta. Então me dê dez minutos.

— Vejo você em dez minutos.

Pela cara do meu pai, imagino que deseja que estivesse tomando uma bebida mais forte que ginger ale. Creio que nenhum de nós sabe o que fazer agora — é como se nossas vidas estivessem em pausa até a chegada de Elizabeth. Não tentamos nem falar sobre coisas amenas. Simplesmente ficamos sentados lá. Esperando.

Finalmente, ouço a batida à porta.

— Vou atender — aviso.

Meu pai se levanta e paira atrás de mim enquanto abro a porta. Elizabeth está lá, praticamente eufórica. Olha para mim, diz "olá", e eu me concentro rapidamente, pois ela me dá um beijo na bochecha e eu quero que ela tenha um lugar para encostar.

Depois passa por mim e cumprimenta meu pai. Que está sem fala.

— Elizabeth, pai. Pai, Elizabeth.

— É ótimo conhecer o senhor — diz Elizabeth.

As palavras de meu pai surgem de repente:

— É um prazer conhecê-la também.

— A Sra. Swinton ainda está em Londres? — pergunta Elizabeth.

Meu pai exibe uma expressão de sofrimento, e eu estou tremendo. Não contei a ele essa parte: que Elizabeth acha que minha mãe ainda está viva.

— Queria que ela pudesse estar aqui para conhecer você. — É assim que ele responde.

Pela primeira vez, olho para meu pai e vejo que está assombrado com tudo isso. Ele não quer ter esta conversa. Não sabe o que fazer.

— Sr. Swinton? — chama Elizabeth. — O senhor está bem?

Ele balança a cabeça.

— Desculpe. Foi um voo longo e temo estar cansado.

Elizabeth entende a deixa.

— Está tudo bem. Fico contente por ter tido uma chance de dizer "olá". Tomara que eu o veja novamente antes que vá embora. — Ela vem até mim de novo e me dá outro beijo na bochecha. — Vou deixar vocês dois conversarem.

Agradeço e a levo até a porta. Meu pai e eu estamos em silêncio; ouço os passos dela pelo corredor, depois, o abrir e fechar de sua porta.

— Como isso é possível? — pergunta meu pai, e afunda de novo no sofá.

— Não sei, pai — digo. — Me diga você.

— Você não entende. Simplesmente não é possível.

— A única razão de eu não entender é porque você nunca me contou por que isso tudo aconteceu.

Ele balança a cabeça. Não é o tema sobre o qual deseja conversar agora.

— Ela é a única? — pergunta ele.

— Sim.

— Tem certeza?

— Sim.

— É impossível.

— Você já disse isso. Mas... adivinha? Ela me vê.

Ele suspira.

— Queria que sua mãe estivesse aqui.

Agora ela volta... a raiva.

— Você não tem o direito de dizer isso — falo.

— O quê?

— Não tem o direito de desejar isso. Se quisesse mesmo que minha mãe estivesse aqui, deveria ter ficado quando ela ficou. Deveria ter ficado. Ponto.

— Stephen, não dá para discutir isso com você. Não agora. Preciso descobrir o que está acontecendo.

— Nós *dois* temos de descobrir o que está acontecendo. Me ajude, pai.

Ele se levanta.

— Vou ajudar. Prometo. Vou tentar. Mas agora... não consigo pensar em nada. Vou embora. Tenho um quarto reservado no hotel e... bem, vou para lá. Mas voltarei amanhã. Nós podemos jantar. Passarei às 18h. E, nesse meio tempo, vou... tentar compreender as coisas.

A valise está na sua mão. Sei que não adianta impedir, e meu pai sabe que não vou tentar.

Ele abre a porta, mas, antes de ir embora, me diz mais uma coisa:

— Antes, quando falei que queria que sua mãe estivesse aqui, quis dizer que se alguém no mundo tinha o direito de ver você, esse alguém era ela. E o fato de alguém mais poder ver você... teria sido tudo para ela. Independentemente do que isso pudesse significar. É isso. É injusto que seja essa garota, e não sua mãe, a ver você. Mas sei que ela ficaria contente.

Finalmente ele descobriu a única coisa que sou incapaz de contestar.

CAPÍTULO 8

EU DEVIA ESTAR FELIZ. Na maior parte do tempo, estou. Na maior parte do tempo, *feliz* não é palavra suficiente para descrever como me sinto. Eu me perco em Stephen sem estar perdida. Eu me encontro em Stephen quando nem sabia que esperava ser encontrada.

Quando ele fala comigo, quando me toca, fico tão eufórica e abobalhada que tenho medo de vomitar as pétalas de rosa e coraçõezinhos cor-de-rosa que se avolumam em meu corpo. Não quero fazer isso. Não é meu estilo e ainda estou muito nervosa com o fato de que, de algum modo, vou estragar isso. Nunca senti que precisava de outra pessoa além da minha família. Stephen está mudando isso.

Tirando a maluquice e os sorrisos bobos, estou inquieta. E essa agitação não é do tipo que acompanha naturalmente o medo da rejeição. A sensação de alguma coisa errada se esgueira quando estamos longe um do outro. Tento ignorá-la e finjo não perceber a dúvida bruxuleando em minha visão periférica. Mas está lá, cada vez mais difícil de ignorar.

Culpo minha família. Não de uma forma zangada, mas do modo busco-os-responsáveis. Mesmo depois que minha mãe organizou um pouco mais a rotina no hospital, ela ainda trabalha muitas horas; no entanto aparece para o jantar e para as noites de filmes em família com mais frequência. Laurie anunciou que sua nova missão é ampliar nossa coleção de DVDs porque, embora seja um filme incrível, não damos conta de assistir a *Os caça-fantasmas* mais de duas vezes por semana. *Os caça-fantasmas* é nosso plano alternativo e o único filme com o qual todos nós conseguimos concordar com regularidade. Meus votos são para *Watchmen* ou *Donnie Darko*, mas minha mãe e Laurie reviram os olhos para os dois. Mamãe gosta de filmes estrangeiros, mas eu não, pois a ideia de ação destes equivale a um falatório sem fim, e Laurie diz que não consegue acompanhar porque fica trocando mensagéns no celular constantemente durante os filmes. Laurie vota em Cary Grant, o que é bom, mas eu e mamãe cansamos de preto e branco. Por isso todos concordamos que foi uma boa ideia quando ele se ofereceu para ajudar em nossa causa. Suspeito que seja uma desculpa para concluir a tal missão tendo Sean como fiel escudeiro. A tartaruga resmungona de sofá não esteve no nosso apartamento de novo... pelo menos não o vi... mas flagrei Laurie cochichando ao telefone algumas vezes. Quando tentei chamar sua atenção, ele me deu aquela olhada de *sai daqui agora ou não falo mais com você* e não insisti mais no assunto.

Entretanto, depois do jantar, quando ele revela *O fantasma do futuro* com um floreio, não consigo manter a boca fechada. Na mesma hora isso chama minha atenção por ser um anime, e minha mãe está intrigada por ser japonês. Laurie se anima e sorri satisfeito quando nós duas damos um risinho de aprovação. Mas de jeito nenhum ele escolheu o filme sozinho.

— Acho que isso demonstra que seu novo namoradinho tem bom gosto — digo.

Minha mãe se anima.

— Que história é essa?

— Cale a boca, Elizabeth — diz ele. — Ou vou pegar de volta o *Fugitivos* que seu namorado me fez trazer para você.

Eu e meu irmão somos o reflexo um do outro, frente a frente à mesa da cozinha. Os braços estão cruzados, os sorrisos, trincados, e os olhares, ácidos.

— Não acho que a gente precise de um filme — diz minha mãe. — Assistir a vocês dois brigando pelos interesses amorosos secretos já é diversão suficiente.

A ironia sutil transforma nossa raiva de lábios apertados em rubores constrangidos. Ela é mestra em dissolver a tensão, e provavelmente este é o motivo pelo qual nunca tem dificuldade em conseguir os melhores empregos administrativos em hospitais renomados.

— Quem vai me contar primeiro? — pergunta ela.

As bochechas de Laurie estão bem coradas, e a culpa por provocá-lo me leva a confessar.

— Conheci um garoto — começo, e penso que não poderia ter me expressado de modo mais infantil.

— Ele existe mesmo — diz Laurie. — Conversei com ele pelo telefone.

— Pela última vez — olho com ar severo para Laurie —, por que eu inventaria um namorado?!

— Sei lá — retruca ele. — Você é escritora... mais ou menos. Talvez seja como laboratório pra criar um personagem.

Faço um ruído que está a meio caminho de um engasgo e um rosnado.

Minha mãe afaga minha mão.

— Como ele se chama?

— Stephen. — Quando digo o nome, percebo que a voz muda. Mal a reconheço. O sorriso de minha mãe, surpreso, porém meigo, me diz que ela entende perfeitamente como me sinto. Não preciso falar mais nada.

Ela se vira para meu irmão.

— Então?

— Só isso? — Ele me lança um olhar de acusação. — Você só informou um nome para ela.

Eu o ignoro.

— Estou esperando, Laurie — diz minha mãe, interrompendo outra discussão sobre meu romance recente.

Abandonando a chance de me provocar pela felicidade de extravasar as próprias aventuras amorosas, Laurie dá um sorriso patético.

— Ele mora aqui no prédio — explica. — Dois andares acima de nós. Seu nome é Sean. Tem 1,83m. É magro sem ser esquelético. Os cabelos são lindos e caem nas sobrancelhas da maneira mais adorável. E ele é tãooooooo inteligente. Muito mais inteligente que Elizabeth.

— Obrigada — digo.

Minha mãe sorri para mim.

— Sério. Sem dúvida.

Aceno solenemente com a cabeça.

— Vocês duas — resmunga Laurie —, parem de me sacanear. Eu gosto dele de verdade.

— Nós apenas provocamos porque o amamos, querido. — Minha mãe dá risada. — Fico feliz por você ter um novo amigo.

Laurie está tão cheio de êxtase que acho que poderia quicar na cadeira.

— Não se esqueça de respirar, Tigrão — digo.

— Como já ouvimos sobre Sean — diz minha mãe —, é justo que você nos conte um pouco mais sobre Stephen, Elizabeth.

Ao contrário de Laurie, para quem romance é igual a uma explosão de palavras, eu fico inquieta. Meus dedos envolvem o assento da cadeira.

— Hum. Ele é legal.

— E?

— Mora a duas portas daqui.

— Sério? — Mamãe ergue as sobrancelhas e olha para mim e para Laurie. — É um bocado de romance no prédio. Isso poderia se transformar numa farsa francesa, se os dois não tomarem cuidado.

Minha mãe ri da piada, que apenas faz com que a gente olhe para ela com uma expressão vazia. Ao se dar conta de que a tirada não teve graça, ela fica séria.

— E quanto aos pais? — pergunta.

— Sean não se dá bem com os pais — diz Laurie. — Parece que são uns idiotas.

— Você não os conhece ainda — censura minha mãe.

— Sei o que ele me contou — explica Laurie. — E definitivamente são uns idiotas. Só vamos pra casa dele quando eles saem

— Entendo — diz mamãe, e desvia o olhar para mim. — Elizabeth?

— A mãe de Stephen está em Londres no momento, e eu conheci o pai ontem à noite.

Minhas sobrancelhas franzem quando digo isso. Fiquei muito animada por Stephen ter desejado que eu conhecesse seu pai, mas foi meio estranho e aumentou minha inquietação inexplicável sobre como as coisas estavam entre nós.

— Ai, céus — diz minha mãe, e entrelaça os dedos. — Bem, acho que não posso contar com mais ninguém para ficar de olho em vocês, assim como não podem mais contar comigo.

— Ficar de olho?! — Laurie faz o sinal da cruz. — Gah!

— Eu não fico muito aqui — diz ela, balançando a cabeça para ele. — E sei que vocês são responsáveis o bastante para ficar sem supervisão. Mas apaixonar-se pode gerar decisões impulsivas.

Laurie e eu resmungamos na expectativa do que vinha a seguir, mas minha mãe ignora nosso protesto:

— Espero que, se for necessário, conversem comigo sobre o que é necessário para ser seguro. E vocês sabem que, por mim, abdicariam de atividade sexual até os 18 anos... pelo menos. Vocês dois têm de se desenvolver muito, física e emocionalmente.

Começo a achar que vou entrar em combustão espontânea, ao passo que Laurie apenas parece confuso. Minha mãe pode ser a rainha da resolução de conflitos, mas quando se trata de assuntos relacionados à saúde, só sabe conversar com um tom profissional.

Ela pousa o guardanapo no prato vazio e alisa a saia.

— Como já está tudo resolvido, vamos limpar isso aqui e assistir ao filme.

Depois de lavar, secar e guardar os pratos, eu me sento no sofá. Laurie liga o filme e minha mãe põe sal na pipoca, que já está brilhando com a manteiga derretida, exatamente do modo como nós gostamos: desprovida de qualquer valor nutricional redentor. Laurie ainda está conversando com minha mãe sobre o mérito do cabelo de Sean por cobrir a sobrancelha, e eu sorrio, pois embora tenha pulado em cima de mim por contar a ela sobre Sean, Laurie estava morrendo de vontade de falar sobre a nova paixão. Sean é o primeiro namorado em potencial que meu irmão já teve, e mesmo não tendo muita certeza do que esteja acontecendo entre eles, sei que está fazendo Laurie feliz. Isso faz com que alguma coisa dentro de mim, uma coisa que outrora fora pontiaguda e quebradiça, comece a suavizar. Uma ferida antiga e cheia de cascas está cicatrizando.

Laurie e eu nos aninhamos um de cada lado de mamãe, e subitamente fico tão contente que lágrimas surgem nos cantos dos meus olhos. A única coisa que eu poderia querer era que Stephen estivesse aqui também. Depois que minha mãe soube dele, e depois de ouvi-lo conversando ao telefone com Laurie — além da fofura do presente que ele fizera Laurie trazer para mim —, quero que conheça minha família.

Pesco o celular no bolso antes de me lembrar de que ele está jantando com o pai.

Quando conheci o pai de Stephen, fiquei pouco à vontade. O cômodo parecia pequeno demais, o ar, muito abafado. Ao pensar na análise que Laurie fizera da família de Sean, me perguntei se Stephen e o pai tinham brigado antes de eu chegar. Mas, nesse caso, por que ele me convidaria para ir até lá? Porque ele não queria esconder a vida de mim, nem mesmo as coisas ruins. É assim que estamos juntos. É por isso que eu o a...

O pensamento me vem quando estou com a guarda baixa. Eu estava pensando isso. *É por isso que eu o amo.*

— Você está com medo? — pergunta Laurie, e me tira do meu próprio pensamento. — É só um trailer.

Baixo os olhos e vejo que estou apertando uma almofada contra o peito.

— Não — respondo rapidamente. — Apenas tive um calafrio.

— Sério? — Laurie olha para mim. — Lá fora tá tipo um zilhão de graus.

— Espero que você não esteja ficando doente — diz minha mãe.

— Estou bem — respondo, e afasto a mão dela antes que possa tocar minha testa. — Vamos apenas assistir ao filme. Estou bastante animada.

Agradeço por não insistirem no assunto. Ainda tremendo levemente pela admissão do sentimento que abriu caminho, fazendo estremecer meus braços e pernas, envio uma mensagem a Stephen.

Fugitivos *é o máximo. Você é meu herói. Provavelmente é o herói de Laurie também, pois ele não para de falar em Sean. Espero que o jantar esteja indo bem. Sinto sua falta.*

Quero escrever *Eu te amo*, mas estou apavorada demais para arriscar. Até pensar nisso ainda é assustador.

Quando vou para a cama, ainda não há resposta. Acordo e ainda não tenho notícias. E se ele leu nas entrelinhas do meu texto e, enxergando meu sentimento desejoso de "Eu te amo" nas palavras de alguma forma, ficou irritado? E se o jantar com o pai foi horrível e ele está muito chateado, mas tem medo de telefonar? E se eles se envolveram num trágico acidente no táxi e agora estão na UTI do hospital da minha mãe? Minhas explicações para o motivo de eu não ter nenhuma mensagem ou ligação de Stephen nas últimas 12 horas estão ficando cada vez piores. A mais recente inclui macacos que fugiram do zoológico do Bronx e as carruagens com cavalos do Central Park. A ansiedade se esgueira sob minha pele e me faz andar pela casa de pijama enquanto Laurie lê para mim os ingredientes dos biscoitos Pop-Tarts para provar que eles são 99 por cento artificiais.

— Então por que você come? — pergunto, e dou uma olhada no telefone pela milionésima vez.

Ele dá de ombros.

— O sabor é ótimo. Tenho um vício por conservantes e frutas artificiais.

— Um autodiagnóstico interessante — digo.

— Tenho habilidades incríveis no que se refere a avaliar meu estado de ser. Minha avaliação atual é a de que o vício mais grave é ao mirtilo artificial.

— Ah.

Ele lambe as migalhas de Pop-Tart dos dedos.

— Então... quando é que vou conhecê-lo?

— O quê? — Estou olhando mais uma vez para o telefone, sem escutar realmente.

— O namorado misterioso, mas que não é imaginário — diz ele. — Stephen. É óbvio que você está na dele. E, embora o telefonema tenha sido um primeiro passo agradável, eu gostaria de ter certeza de que aprovo. E tal aprovação exige um cara a cara.

Não respondo e fito Laurie.

— Você não quer que eu o conheça? — Ele parece desanimado.

— Claro que quero — digo. Percebo que Laurie ofereceu uma solução perfeita para minha crise atual. Stephen me convidou para conhecer o pai. Foi um grande passo, do ponto de vista do relacionamento. Portanto, o passo seguinte deve ser minha retribuição. Laurie é perfeito. Pais intimidam mais, e tenho certeza de que se Stephen tivesse um irmão ou irmã para me apresentar, ele ou ela teria sido o primeiro. Além disso, o pai nem sempre está na cidade, por isso havia uma data de validade na chance de encontrá-lo.

— Tem alguns minutos antes de sair? — pergunto a Laurie.

— Estava planejando saborear mais um Pop-Tart — diz ele. — Você vai convidar o garoto maravilha para vir aqui?

Mordo o lábio.

— É cedo demais?

— Não mesmo. — Meu irmão fala isso e me olha de cima a baixo. — Mas você não está exatamente arrumada.

— Quer conhecê-lo ou não? — Faço uma careta.

— Se você está à vontade com o fato de ser a namorada de pijama, não vou atrapalhar. — O Pop-Tart de Laurie pula da torradeira. Ele cheira o biscoito como quem distingue as notas de um vinho fino.

Fico meio constrangida de ver Stephen antes de tomar um banho, mas não quero perder a chance. O fato de ele não ter telefonado me preocupa, e também tenho medo de perder a coragem em relação a um encontro dele com Laurie caso não aja de acordo com o impulso do momento.

Disco o número de Stephen. O telefone toca duas vezes.

— Ei. — A voz dele está cansada.

Fracasso.

— Acordei você. Desculpe.

— Não — diz ele. — Não acordou. Estou de pé. Simplesmente não dormi.

— Oh — digo. Ele ficou acordado a noite toda e não me enviou nenhuma mensagem nem telefonou. Parece que meu coração está desmoronando. — Você está bem?

— Estou tentando entender as coisas — diz ele. — Como foi a noite de filmes?

O tom de voz fica mais animado, e eu sorrio, aliviada.

— Ótima, na verdade... — Dou uma olhada em Laurie, que está com os olhos fechados como se aparentemente tivesse chegado ao nirvana do Pop-Tart. — Você pode passar aqui?

— Agora? Você está sozinha?

— Sim — respondo. — Eu... — A culpa seca minha garganta. Vou ficar sozinha daqui a pouco, mas quero que Laurie conheça Stephen. Não é uma mentira tão grande assim, é?

— Tá — diz ele, me interrompendo. — Preciso conversar com você sobre uma coisa.

Meu sorriso desaparece, e meu coração agora está em pedaços. A conversa. Ele quer ter a conversa do término. De algum modo captou o *Eu te amo* do texto, concluiu que sou carente demais, e está vindo até aqui para romper comigo. E quando me vir com o cabelo despenteado e um pijama surrado, vai ter ainda mais motivos para se livrar de mim.

Tento falar, querendo atrasá-lo, dizer que mudei de ideia e que a gente não deveria se ver. Mas minha boca parece cheia de algodão, e meus lábios ficaram dormentes.

— Já estou indo. — Ele desliga.

Coloco o telefone no balcão.

— Ele está vindo? — pergunta Laurie.

Faço que sim com a cabeça. Meu irmão desliza da cadeira e vem até meu lado, a testa franzida.

— Qual é o problema? Parece que você vai vomitar.

Não quero responder porque provavelmente vou vomitar se abrir a boca.

Ouvimos uma batida leve à porta, que é aberta.

Laurie se vira e sorri.

— Ele deve gostar mesmo de você se tem o hábito de simplesmente entrar como se morasse aqui.

Se eu não estivesse tremendo por saber que ele estava prestes a me dar um pé na bunda, eu ia sorrir. Sempre deixo a porta aberta para Stephen. Adoro quando ele entra assim, sempre abrindo os braços para mim antes mesmo de dizer "olá".

— Isso é estranho. — Laurie fita a porta aberta e olha além de Stephen, que está paralisado depois de dar alguns passos para dentro do apartamento.

Laurie olha para mim.

— Alguém bateu?

— Stephen bateu. — Minha voz sai como o grasnado de um corvo.

Stephen continua parado. Obviamente, não queria terminar comigo na frente do meu irmão. Mas cá estamos todos nós.

— Stephen, este é Laurie — digo. — Ele já vai sair para a escola. Achei que você iria querer cumprimentá-lo antes de ele sair.

— Elizabeth... — Laurie franze a testa para mim. — Não tem ninguém aqui.

— Não comece com a história do amigo imaginário de novo — retruco. — Não tem graça.

Laurie fica pálido.

— Não estou brincando.

Ele não fala mais, apenas se vira para a porta e fica olhando.

— Stephen, você o convenceu a fazer isso? — pergunto.

Stephen não se mexeu, mas as mãos estão cerradas ao lado do corpo agora.

— Que diabos está acontecendo aqui? — Laurie esfrega o olho.

— Laurie — diz Stephen, calmamente porém num tom firme.

— Ai, meu Deus. — Laurie dá um pulo para trás. O cotovelo bate no copo de suco, que cai no chão. E se quebra. — Quem falou?

Stephen está me olhando agora. Encaro o olhar triste. Seus ombros sobem e descem quando ele suspira. As peças faltantes começam a se encaixar.

Acontece uma coisa que jamais aconteceu comigo. Nem mesmo quando vi Laurie entrar no pronto-socorro. Começo a gritar e não consigo parar.

CAPÍTULO 9

POR UM MOMENTO, minha mente fica presa numa ciranda.

Isso não pode estar acontecendo.

Portanto, não está acontecendo.

Isso não pode estar acontecendo.

Portanto, não está acontecendo.

Então Elizabeth começa a gritar e sei que, sim, isso pode estar acontecendo e, sim, definitivamente está acontecendo. E todas as coisas que pensei que ia dizer: o pedido de desculpas pelo meu pai, mais mentiras sobre minha mãe e mais outras mentiras para desviar o olhar de Elizabeth da verdade real... todas essas coisas desmoronam.

— Está tudo bem — digo. Talvez seja a maior mentira de todas. Mas é uma daquelas coisas que você diz. Você diz "Está tudo bem" não porque, de fato, tudo esteja bem, mas porque torce para essas palavras fazerem, de alguma forma, com que tudo fique bem. Embora elas nunca, nunca o façam.

Laurie agarra os ombros dela e pergunta o que está acontecendo. Está muito confuso, e ela está muito confusa. Sou o único na sala que compreende o que está acontecendo.

— Elizabeth, me desculpe — digo, e me aproximo dela.

— Não — diz ela, e se afasta. — Não chegue perto de mim.

Laurie se coloca entre nós dois, embora não consiga me ver.

— Isso não é engraçado — diz ele.

— Não — digo a ele. — Não mesmo.

Ela está apoiada na parede agora. Olha para mim. Laurie olha para ela. Vê a intensidade do olhar.

— Você realmente o enxerga, não é? — pergunta ele.

— E você não consegue enxergá-lo — diz ela. Não é nem mesmo uma pergunta. Ela sabe.

— Posso explicar — retruco. — Embora não possa.

— Você é... é um fantasma? — pergunta Elizabeth.

— Não. Estou vivo. Apenas sou... invisível.

Pronto. Falei. Usei a palavra.

Laurie está com Elizabeth agora. Com o braço em volta dela. Acalmando-a. Exatamente onde quero estar.

— Se você é invisível — pergunta Laurie —, como é que ela pode te ver?

— Não sei. Fiquei tão surpreso quanto qualquer um com isso. Ninguém jamais tinha me visto. Ninguém.

Digo isso a Laurie. Mas agora olho para Elizabeth. Olho fixamente para ela.

— Você não faz ideia de como é — digo a ela. — No primeiro dia, no corredor... ter passado a vida inteira sem uma única pessoa me ver, e então você diz "olá" e me convida para entrar. Foi impressionante. Mas essa história toda... você e eu... não tem a ver apenas com isso. Tem a ver com muito mais. E embora eu não saiba o motivo de você ser capaz de me enxergar, fico muito feliz que seja você.

— Por que não me contou?

— Não achei que fosse acreditar em mim. Ou, pior ainda, achei que isso aconteceria quando você finalmente descobrisse, e que você ficaria aí, e eu aqui. Não queria que sentíssemos o que estamos sentindo agora.

— Onde você está? — pergunta Laurie.

— Bem aqui — digo. — Siga o som da minha voz. — Ele começa a andar em minha direção. — Sim. Bem aqui. Isso. Aqui.

Estamos frente a frente. Só que ele não consegue ver meu rosto. Fico imaginando se vai me bater. Me empurrar. Em vez disso, ele estende a palma da mão. Sei o que está fazendo. Imito seu movimento. Eu me concentro.

Quando nossas palmas se tocam, ele dá um pulo para trás, chocado. Mas depois se recupera. Volto a me concentrar. Ele toca minha mão. Traça meu braço. Ombro. Pescoço. Rosto.

— Ai, meu Deus — diz ele. — Quero dizer, ai meu santo Deus.

Elizabeth está observando tudo.

— Sou real — digo a ela. — Ainda sou eu.

Laurie volta a recuar.

— Há quanto tempo você é assim? — pergunta ele.

— Toda a minha vida — digo a ele. — Aparentemente foi uma maldição que me fez assim. Nasci invisível.

— Então, de verdade, ninguém nunca te viu?

— Não. Ninguém além de Elizabeth.

Torço para notar alguma brandura emergindo na expressão dela. Agora que tem uma explicação, agora que sabe, quero que dê sinais de que as coisas entre nós ainda são possíveis. Que mesmo que eu a perca como namorada, que mesmo que ela nunca queira me tocar de novo, nunca a perca da minha vida.

Mas a brandura é abafada. Confusão e raiva ainda estão no comando.

— Então você não vai à escola — diz ela. — Óbvio.

Balanço a cabeça.

— E quando passei na sua casa ontem à noite, seu pai não podia ver você de fato.

— Correto.

— Que outras mentiras você me contou?

Agora há um tom ferido, agudo em sua voz. E eu penso: *não é assim que eu queria contar a ela.* Mas não posso evitar por mais tempo.

— Minha mãe morreu — digo. — Ela morou comigo durante a maior parte da minha vida. Até um ano atrás. Meu pai não tem nada a ver com isso; apenas paga as contas. Mas minha mãe era tudo.

É Laurie quem diz:

— Lamento saber disso.

Elizabeth, no entanto, ainda está presa na raiva mais ampla

— Você mentiu sobre isso? Por que mentiria sobre isso?

— Elizabeth — adverte Laurie.

— Não — digo. — É uma pergunta válida. Embora não haja uma resposta válida. Quero dizer, eu não sei. Essa é a resposta. Foi apenas uma coisa que saiu da minha boca na primeira vez que conversamos sobre isso, e então, assim que falei, fiquei preso naquilo. E, confesso, houve momentos em que foi bom fingir que ela ainda estava viva. Uma mistura de dor e prazer, mas boa.

— Acho que dei um monte de chances para você fingir — diz ela. — Para fingir ser visível. Fingir ter uma mãe. Fingir gostar de mim. Que piada. Que piada incrível deve ter sido.

Não consigo realmente entender por que ela está dizendo essas coisas.

— Eu não estava fingindo — digo. — Não com você. Sou verdadeiro com você. Mais do que jamais pude ser. Porque você pode me ver.

— Não é justo — diz ela. — Simplesmente não é justo.

A raiva está diminuindo, mas é a tristeza, não a ternura, que está surgindo em seu lugar.

É Laurie quem diz:

— Acho que você devia ir embora.

— Não — retruco. — Não até... — Então congelo. Não até o quê? Não até ela reconhecer que o tempo que passamos juntos nunca foi uma mentira? Não até ela dizer que, ei, mesmo eu sendo invisível para a maior parte das pessoas, ela está feliz por ficar comigo para sempre? Não até alguém na sala reconhecer que não é fácil para mim também? Que não tem sido fácil para mim, e que isso está tirando todas as esperanças que eu tinha e pulverizando-as em um buraco negro minúsculo?

Estou tentando pensar em algo para dizer quando de repente Elizabeth me surpreende ao começar a rir.

— O que foi? — pergunto.

Ela balança a cabeça. Mas não consegue parar de rir.

— É só que... pensei comigo mesma: preciso dizer a ele que não consigo mais vê-lo. Não é engraçado? Não consigo mais te ver. É tão incrivelmente engraçado.

— Muito bem, Jo, venha cá — diz Laurie. Ele se aproxima para consolá-la novamente, mas ela o afasta.

— Não, Laurie... não acha engraçado? Não é histérico? Minha vida, tudo o que aconteceu até agora em Nova York, é uma piada completa. Eu não deveria rir disso?

— Pode rir de tudo o que quiser — diz Laurie calmamente. — Mas realmente não acredito que você esteja achando graça. E não acho que Stephen ache isso engraçado também.

— Obrigado, Laurie — digo.

Agora é ele quem balança a cabeça, como se não pudesse aceitar meu agradecimento.

— Sério — diz ele —, você precisa ir embora. Apesar de todos sabermos que isso não é uma piada, tem de admitir que é extremamente, extremamente confuso.

— Pode acreditar, eu sei. Vivi nessa situação minha vida inteira.

Sei que devo ir agora. Sei que ao deixar a sala, corro o risco de nunca mais poder entrar nela de novo. Essa decisão não é minha. Sei disso.

— Eu vou — digo. Olho mais uma vez para Elizabeth. — É isso que você quer?

Ela não diz palavra. Simplesmente concorda com a cabeça.

Eu me viro para ir embora. Mas então Laurie me chama:

— Ei... só mais uma coisa — diz ele.

— Sim?

— Sean... Ele não é, tipo, como você, é?

— Como eu?

— Tipo, a gente não se mudou para um prédio secretamente projetado para mutantes, mudou?

Talvez seja uma boa coisa Laurie não conseguir ver minha expressão.

— Não — garanto a ele. — Só eu sou assim.

— Obrigado.

Eu me concentro na maçaneta da porta, em sair dali. Daí, quando chego à minha própria porta, me concentro na outra maçaneta, em entrar ali. Acho que essa poderia ser a maneira mais fácil de viver: simplesmente me concentrar nas coisas pequenas e não deixar a mente divagar até as coisas grandes. Mas é uma premissa falsa, construída sobre a ideia de que é possível escolher para onde sua mente vai. Ou para onde seu coração vai.

Sinto muito. Devia ter dito isso novamente a ela, antes de sair. Embora eu não tenha escolhido isso, sinto muito por ela ter se envolvido. Porque se ela estiver sentindo uma fração da solidão que estou sentido, ou mesmo uma fração da decepção... bem, então ela está certa. É profundamente injusto.

— Sinto muito — digo em voz alta. E mais uma vez. — Sinto muito.

Mas quem está por perto para ouvir?

Ninguém além de mim.

CAPÍTULO 10

LAURIE ME CONDUZ até o sofá. Estou tremendo e um pouco enjoada. Estou muito tensa, e minha cabeça lateja.

— Vou pegar um pouco de água — diz ele.

Eu me abraço e esfrego os braços, tentando afastar o calafrio que me envolve.

Palavras terminadas com a sílaba *ível* giram em minha mente como um carrossel do mal. *Impossível. Indizível. Inconcebível. Indescritível. Incompreensível.*

Mas isso tudo me leva de volta a uma palavra: *invisível.*

— Tome. — Laurie põe minhas mãos em volta do copo.

Bebo um gole.

— Você vai se atrasar — digo.

Ele dá uma risada.

— Josie, você acaba de aprender que não apenas é possível alguém ser invisível, como a pessoa invisível não é tema de um episódio de *Dateline*. É seu namorado.

Eu me encolho.

— Desculpe. — A voz dele fica mais branda. — Talvez você não esteja pronta para ouvir isso, mas sei como se sente. Não o culpe por coisas das quais ele não tem culpa. Antes de isso acontecer, como você se sentia em relação a Stephen?

Bebo mais água. Pensei que ele fosse moer meu coração no triturador de lixo quando terminasse comigo.

Laurie responde por mim.

— Você é louca por ele. Como eu nunca vi.

Mas agora estou irascível porque ele é invisível.

Esboço um sorriso por causa da piada silenciosa. Não sei se isso significa que estou me recuperando ou prestes a perder totalmente o juízo.

— Não quer ajudá-lo? — pergunta Laurie.

— Ele é invisível. — Depois de dizer isso, minha voz falha.

Laurie fez o que Laurie faz de melhor. Consegue enxergar o mundo através de outra pessoa, a pessoa magoada. Ele vê a vida como o garoto invisível, que observa tudo sem nunca ser percebido.

— Quando ninguém pode te ver, ninguém te conhece de verdade — diz. — A solidão deve ser como uma úlcera que está sempre roendo suas entranhas.

— Mas... — digo. A culpa começa a corroer minha indignação, mas o orgulho tende a manter minha humilhação indignada no lugar.

— Mas o quê? — questiona ele. — Sabe que é verdade. Você ouviu. Ninguém nunca o viu. Nem mesmo a mãe dele.

Concordo com a cabeça. Alguma coisa em meu peito está se partindo, e estremeço. Laurie põe um braço à minha volta.

— Ninguém o vê. A não ser você.

Ele deixa que eu assimile as palavras. De novo, assinto.

— Isso deve significar alguma coisa — diz ele.

— Significa o quê? — murmuro.

— Acho que significa que você é a única capaz de curá-lo.

— Curá-lo? — Imediatamente sinto vontade de telefonar para minha mãe. Ela conhece pessoas na Mayo Clinic. Pode mexer os pauzinhos. Vamos dar um jeito nisso.

Laurie viu alguma coisa faiscar nos meus olhos, então segura minha mão.

— Não, Elizabeth. Talvez *cura* seja a palavra errada. Não entre nessa. Não é uma doença. Se curá-lo... desse modo, nunca vai voltar a vê-lo e vai terminar no *Dateline*, na melhor das hipóteses.

— Como você sabe? — pergunto. — E se ele necessitar de uma cura?

Parte de mim quer uma explicação racional. Alguma coisa que a ciência possa colocar num manual e nos fazer aprender a conviver, porque alguém mais afirma compreender.

— Ele disse que foi amaldiçoado — diz Laurie. — Maldições não são doenças, são...

Agora ele começa a compreender o que está prestes a dizer. E dá um suspiro impotente.

— Ai, meu Deus — digo. — Magia? Dá um tempo.

— Ele é invisível! — retruca Laurie, e começa a passear pela sala.

— Eu sei! — Encosto meus joelhos no peito. — Mas mágica? Isso não é... real.

— E invisibilidade por acaso é? — pergunta Laurie. — Elizabeth, eu não o vi. Nada. Nem um pouquinho.

— Eu sei... É só que não consigo... Como isso pode...? — Afundo os punhos nas almofadas do sofá.

— No início, pensei que estivesse tendo uma alucinação porque comi muito Pop-Tart.

— Fala sério. — Não estou disposta a ouvir piadas ainda.

— Estou falando sério — diz ele. — Se você come mais de quinze, as coisas podem ficar meio doidas.

— Que seja. — A irritação me envolve como um cobertor, e me sinto melhor. É mais fácil quando estou com raiva. A raiva tem sido minha armadura há algum tempo, e agora estou me esgueirando confortavelmente para dentro dela de novo.

— Não. — Laurie tem outras ideias. — Não faça isso.

— Não estou fazendo nada — digo, e me recolho ainda mais para dentro de mim.

— Mentirosa — diz ele. — Ficar com raiva não vai te levar a lugar algum.

— Não me diga como devo me sentir.

— Então pare de agir como um bebê — diz ele. — Stephen não queria te magoar.

— Ele mentiu pra mim! — Essa é a pior parte. Ainda não consigo acreditar que ele é invisível. Eu consigo enxergá-lo. Eu o abracei. Eu o beijei. Mas as mentiras são reais demais.

— Pode culpá-lo? — pergunta Laurie. Quando o encaro com ar severo, ele retruca: — Obviamente, você pode. Mas acho que está levando isso para o lado errado.

Afasto meus olhos dele e fito a tela apagada da televisão. Vejo meu reflexo e o de Laurie na superfície, como se representássemos um seriado dramático com duração de uma hora.

— Se você estivesse no lugar dele, o que teria feito? — pergunta ele.

Olho para Laurie, abro a boca e percebo que não tenho resposta.

— Ninguém nunca o viu — prossegue ele. — Até você ver.

De repente, ele sai da sala. Fico pensando se concluiu que já havia dito tudo o que deveria e está me deixando para que eu volte a sentir raiva, fique triste ou descubra minha própria solução. Porém, um minuto depois, ele volta com um gibi na mão. Vem até mim e esfrega *Fugitivos* no meu rosto.

— Quem foi que me fez trazer isso para você?

— Cale a boca — digo.

— Pare com isso! — Ele está gritando. — Pare de sentir autopiedade e se toque do que está acontecendo aqui!

— Por que não explica isso pra mim, já que tem todas as respostas!?

— Ele está apaixonado por você! — Laurie joga o gibi em cima de mim. — Quando se deu conta de que eu estava aqui, poderia ter voltado correndo para casa, esperado você aparecer e depois inventado uma desculpa sobre ter esquecido alguma coisa. Ele poderia ter encontrado um jeito de mentir de novo, Elizabeth, mas não fez isso. Ele te contou o que não havia contado a ninguém. E me contou também. Deixou que eu traçasse o formato do rosto dele com as mãos, caramba. Deve ter sido um bocado estranho, não?

Quero gritar com ele, mas não consigo. Não consigo fazer nada além de aninhar *Fugitivos* contra o peito.

Laurie ainda não terminou.

— Ele está apaixonado por você, e, se você o ama, tem de descobrir como vai lidar com isso. Ele precisa que faça isso. E, se você quer que eu continue a te respeitar, também preciso que faça isso.

— Tá bom — digo em voz baixa.

— Tá bom? — O peito de Laurie ainda está estufado, como se esperasse mais uma ou duas rodadas de gritos. — Ah.

Ele senta ao meu lado.

— Então... o que eu faço? — pergunto.

— Não tenho certeza — diz ele. — Você é quem o conhece. O que acha que deveria fazer?

— Pedir desculpas?

— Provavelmente. — Ele sorri. — Mas não exagere. Você está certa sobre a mentira. Não é legal mentir. Perdoá-lo por isso é uma boa ideia, mas também não fico satisfeito em ver o namorado da minha irmã sendo desonesto.

Retribuo o sorriso.

— Obrigada.

— Imagina.

Perguntas começam a surgir em minha mente.

— Está falando sério sobre toda aquela história de magia e maldição?

— Não sei se *sério* é a palavra certa — diz ele. — É mais como se não houvesse outras opções, então ficamos com esta.

— Como as maldições funcionam?

— Plantão de notícias — diz ele. — Eu sou gay, não um feiticeiro. Quem é gay *e* feiticeiro é Dumbledore, e, da última vez que verifiquei, ele ainda era só um personagem de livro

Dou uma risada, e ele me abraça

— Apesar de estar numa posição melhor aqui, estou tão perplexo quanto você, Josie — diz ele. — Não sei o que fazer.

— E se ele me odiar agora? — Minha mente está saltitando com a mesma velocidade do meu coração repentinamente acelerado.

— Espere um pouco — pede. — Vamos lidar com um problema de cada vez. Lembra-se de toda aquela ideia de pedir desculpas que você sugeriu primeiro?

Faço que sim com a cabeça.

— Tente isso — diz ele. — Depois siga para o passo dois.

— Qual é o passo dois? — pergunto.

— Se você tiver sorte... ou, na mente dele, se ele tiver sorte, vocês podem se pegar loucamente... e provavelmente chutar direto para o gol. A não ser que já tenham entrado com bola e tudo lá no parque. — Ele sorri.

— Laurie! — Empurro uma almofada no seu rosto.

— Só estou tentando incentivar. — Ele ainda está rindo. — Sei o quanto consegue ser teimosa em admitir que fez alguma coisa errada.

Minhas bochechas estão ardendo, mas agradeço por não sentir mais nem frio nem enjoo.

— Vá até lá — diz Laurie.

— E se ele não estiver em casa? — Sei que parece bobagem, mas a raiva já passou e deixou apenas a vergonha e o medo renovado da rejeição. Se eu não estava prestes a levar um pé na bunda hoje de manhã, posso ter resolvido a questão com o chilique que acabei de dar.

Laurie me oferece um olhar demorado.

— Se ele não estiver em casa, volte, tome um banho e se transforme na "Elizabeth atraente e animada" em vez de continuar com esta aparência de "Elizabeth zumbi".

Tudo que desejo agora é tomar um banho.

— Estou brincando — diz ele ao notar a ansiedade percorrer meu rosto. — Você fica fofa de pijama. E provavelmente vai ajudar com aquela história toda de pegação que mencionei. Vá até lá. Fale com ele.

— E depois o quê?

— Será que mamãe não teve aquela conversa com você? — pergunta Laurie — Não entende o princípio da pegação? Oh-oh... Não sabe o que é entrar com bola e tudo?

— Você não deveria estar me ajudando? — Dou uma risada, grata por ele estar me provocando, mesmo que eu fique vermelha da cabeça aos pés.

— Estou ajudando — diz ele. E está mesmo. — Depois de dar uns amassos, você conversa com ele, descobre o que ele sabe sobre todo esse problema de ser invisível, e então, juntos, decidem qual é o próximo passo.

— Qual é o próximo passo? — pergunto.

— Não sei — responde Laurie. — E imagino que ele também não saiba. É a primeira vez pra todos os envolvidos, e as soluções vão precisar de colaboração, acho.

— Certo — respondo, e me ocupo com os nós do meu cabelo.

— Vou esperar aqui, caso as coisas deem errado — diz ele. — Se for preciso, vou comprar sorvete para você.

— Não — retruco, dispensando a armadura de raiva e tentando encontrar um pouco de determinação para colocar em seu lugar. — Vá para a escola. Vou ficar bem.

— Tem certeza? — pergunta Laurie. — Vou ficar preocupado com você.

— Não quero que fique sentado aqui enquanto Stephen entra com bola e tudo — digo, tanto para manter a confiança quanto para implicar com meu irmão.

— Detalhes demais! Detalhes demais! — Laurie dá gritinhos e corre para fora da sala.

— Foi você quem começou! — grito atrás dele.

Ele espia de um canto e sorri.

— Muito bem. Vou para a escola e, se pegar o metrô certo, talvez até chegue na hora.

— Certo. — Dou um sorriso, mas estou começando a perder a coragem.

Ele ergue o celular.

— Vai ficar ligado o tempo todo. Se precisar de mim, venho na mesma hora.

— Obrigada — digo.

Quando Laurie volta para a sala de estar, ele me abraça.

— Seja sincera e não finja que não está verdadeira, louca e profundamente apaixonada por esse cara. Se negar, vai ter problemas.

Espero Laurie ir embora e me arrasto pelo corredor até o apartamento de Stephen. Eu me sinto ridícula de pijama, mas sei que adiar isso apenas vai me empurrar ao longo da estrada para uma residência permanente na Covardelândia. Laurie tem razão. Sou teimosa e poderia facilmente alimentar o rancor que me impede de voltar a falar com Stephen.

Meu estômago está apertado quando bato à porta.

Sem resposta.

Fico revezando o peso do corpo entre os pés, conto até dez e bato de novo.

Muito baixo, atrás da porta, ouço uma voz.

— Elizabeth?

— Sim — respondo. Meu coração foi parar na boca.

A porta se abre. Ele está parado ali. Visível.

Não sei o que dizer. Olho para ele e penso como é injusto que um rosto tão lindo fique oculto do restante do mundo.

Laurie está certo. Ele é visível para mim. Apenas para mim. Isso deve significar alguma coisa.

Tudo que quero fazer é tocá-lo e dizer como é maravilhoso vê-lo. E que prometo nunca ficar indiferente à minha capacidade de enxergá-lo.

Estico a mão. Meus dedos tremem.

Ele olha para mim por um instante antes de tomar minha mão nas suas.

CAPÍTULO 11

CONTO A ELA tudo que sei. Não leva muito tempo.

Isso, penso, é meu modo de agradecer. Isso, creio, é o modo de mostrar que não há mais segredos. Isso, espero, é o modo de fazer com que ela fique.

Tenho convivido com esta verdade por tanto tempo que já me acostumei a ela. Pela reação de Elizabeth é que percebo como é estranho. Como é inacreditável. Como é irreal.

Também vejo como é triste.

— Você nunca frequentou o colégio — diz ela. Estamos sentados no sofá, de frente um para o outro. — Nunca trouxe amigos pra casa. Nunca teve...

— Éramos eu e minha mãe — digo a ela. — Todos os dias dos namorados. Todos os deveres de casa. Todos os jogos de tabuleiro. Todos os bolos de aniversário. Todos os todos.

— Deve sentir muita falta dela.

Balanço a cabeça.

— Não me permiti isso. Não do modo a que você se refere.

— Por que não?

— Porque, se eu sentisse, nunca mais teria conseguido deixar de sentir.

Verbalizar o fato já está me destruindo. A única coisa boa é que há alguém para ouvir.

— Desculpe — digo.

Ela balança a cabeça.

— Não peça desculpas.

— Não. Você não entende. Me desculpe por deixá-la nessa posição. É injusto fazer de alguém a única pessoa. Foi injusto com minha mãe. E agora é injusto com você.

Odeio que ela veja que não tenho mais ninguém. Mas isso é parte de tudo que sei.

— E não tem ideia do motivo dessa maldição?

— Não.

— Nenhuma ideia de quem a criou? Nenhuma ideia do porquê?

— Nenhuma ideia.

— Mas seu pai sabe.

— Sim. Quero dizer, acho que sim.

Ela olha fixamente nos meus olhos.

— Então por que não pergunta a ele?

— Eu tentei.

— Bem, desta vez seremos dois contra um. Três, se Laurie puder ir.

Só de pensar em finalmente ter as repostas, eu fico tonto, assustado. Mudo de posição no sofá para poder botar a cabeça no colo de Elizabeth. Eu me concentro para tentar sentir algum conforto ali.

— Não precisa fazer isso — digo.

Ela passa os dedos pelos meus cabelos.

— Eu sei. Não tenho de estar aqui. Mas aqui estou.

— Por quê? — pergunto.

— Alguma coisa a ver com amor, acho — diz ela. — Agora, fique quieto. Vamos descansar por um segundo. Temos muita coisa pra pensar.

Viro minha cabeça para poder olhar para ela. Ela se inclina para a frente.

Meu beijo não é suficiente. Tem tantas outras coisas que eu gostaria de compartilhar com ela.

Amor.

Medo.

Gratidão.

Vamos ao parque.

Desta vez, ela percebe. O modo como todos me ignoram. O modo como olham se ela diz alguma coisa para mim. O modo como não deixo rastros.

— Como é ser assim? — pergunta ela quando encontramos um local tranquilo, debaixo de uma das pontes de pedra.

— É difícil dizer — respondo. Mas dá para ver que não é o suficiente, por isso continuo: — Não é solidão, na verdade. Porque a solidão vem da ideia de que você pode estar envolvido no mundo, mas não está. Ser invisível é ser solitário sem o potencial de ser outra coisa além de solitário. Por isso, depois de um tempo, você se retira do mundo. É como se estivesse num teatro, sozinho na plateia, e tudo o mais estivesse acontecendo no palco.

— Isso é terrível — diz Elizabeth.

— Sim e não. Às vezes, mais sim, outras vezes, mais não.

— Mas sei o que você quer dizer com solidão. Acho que é mais solitário quando as pessoas em quem confia se viram contra você. Quando você está exilado. Passei por isso, ao menos um pouco. É como ser chutada para fora do palco e ser obrigada a ficar na plateia para observar como as coisas funcionam sem você.

Então ficamos sentados. Debaixo de uma ponte de pedras, observamos as pessoas correrem, caminharem, passearem.

Uma plateia de dois agora.

Quando voltamos ao prédio, ela diz:

— Quero que Laurie esteja lá. Quando seu pai chegar. Acho que ele pode ajudar.

— Tem certeza? — pergunto.

— Sim. Pra mim, é muito fácil parecer forte quando estou com você. Mas sinceramente? Não sou a maior fã de confrontos. Não sou muito boa nisso. No entanto, Laurie é profissional. Quando meu pai nos acompanhou até o aeroporto, fingindo que estávamos fazendo uma viagem de família sem ele e não indo embora para construir uma vida nova sem-o-papai, acabei dando um beijo de despedida nele. Laurie o chamou de babaca. E isso foi a coisa certa a fazer.

— Quanto mais gente, melhor — digo.

Ela vai passar os detalhes a Laurie.

De volta ao apartamento, sozinho temporariamente, não sei o que fazer.

Eles batem à porta às 17h30. Sei que são eles, pois meu pai jamais bateria.

— Uau — diz Laurie quando abro a porta. Preciso me lembrar de que ele não está acostumado a coisas como portas que se abrem sozinhas.

— Pode entrar — digo a ele.

— Apartamento legal — comenta Laurie, olhando em volta. Não sei se está apenas sendo educado. Faz muito tempo desde que fiquei me perguntando o que as pessoas achavam do meu apartamento. De muitas maneiras, ele se tornou uma versão de museu de si mesmo no último ano. Não é como se minha mãe tivesse morrido e, no mesmo instante, eu resolvesse comprar mobília nova ou pendurar coisas diferentes nas paredes.

Todos estamos um pouco tensos e prestamos pouquíssima atenção uns aos outros. Avalio as reações de Elizabeth, ela avalia as minhas, e Laurie tenta avaliar as de nós dois, embora minhas reações sejam, claro, mais difíceis de descrever. Em vez de examinar minha expressão, ele examina o apartamento e procura pistas. Se elas existem, nunca encontrei.

Elizabeth enfia a mão no bolso.

— Sei que é estranho, mas trouxe uma coisa pra você.

É um pedaço de papel dobrado. Em vez de entregá-lo, ela o desdobra para mim. Alisa. Coloca na mesa da sala de estar.

É um desenho. De um garoto.

— Não está perfeito — diz ela. — Quero dizer, é só um exercício. Pra desenhar alguma coisa de memória.

— Esse sou... — pergunto.

— Sim. É você.

— Ele nunca se viu? — pergunta Laurie.

— Não — diz Elizabeth, e olha em meus olhos. — Não creio que já tenha visto. Certo?

— Certo — murmuro.

Não quero ver.

Quero ver.

Vejo.

Lá estou eu.

Eu.

Lá estou eu.

Eu.

Uma versão apressada de mim.

— Achei que você...

— Você tem razão. Eu gostei. Obrigado.

Laurie estica a mão e pega o desenho para olhar mais de perto.

— Nada mau — diz ele. — Quero dizer, você parece... real.

— Eu me sinto real — digo.

Nenhum de nós sabe o que fazer com isso.

— Posso ver o restante do apartamento? — pergunta Laurie. Em resposta, eu ofereço algo que se assemelha a um tour. Estamos todos aguardando o barulho da chegada do meu pai. E, às 18h, pontualmente, ele aparece.

A chave na porta. Meu nome sendo chamado.

Voltamos para a sala de estar.

— Pai — digo —, você se lembra de Elizabeth? — Tenho certeza de que ele se lembra, mas talvez não do nome. — E este é o irmão dela, Laurie.

Meu pai parece espantado.

— Ele também consegue ver você?

— Não — esclareço. — Só Elizabeth.

Ficamos parados num silêncio constrangido por um segundo. Meu pai oferece uma bebida a Elizabeth e Laurie, como se morasse aqui. Laurie pede água, o que dá a papai um pretexto para ir até a cozinha por um instante.

— Você precisa perguntar a ele — diz Laurie assim que meu pai sai do cômodo.

— O quê?

— Por que você é do jeito que é. A maldição.

— Ele não vai me contar.

— Ótimo — diz Laurie. — Vou fazer isso.

— Laurie... — adverte Elizabeth. Mas, para início de conversa, não foi por essa razão que ela o trouxe?

Antes de ela poder dizer mais alguma coisa, meu pai volta com um copo de água. Laurie espera até o momento exato em que meu pai está passando o copo para ele para perguntar:

— Por que Stephen é invisível?

A mão do meu pai recua levemente, a água transborda e escorre pelos dedos. Depois ele entrega o copo a Laurie e balança a cabeça.

— Stephen? — diz meu pai. — O que está acontecendo?

Mas Laurie não vai deixar por menos.

— Acho que seu filho tem a mesma dúvida.

— Está tudo bem, Laurie — digo. — Eu assumo a partir de agora. Por que não nos sentamos?

Então nos reunimos na sala de estar, como se fôssemos conversar sobre uma viagem de campo a qual eu quisesse ir ou pedir dinheiro a ele para que nós três pudéssemos montar uma banda.

Meu pai ainda tenta se esquivar.

— Não tenho certeza se esse é o momento... — começa ele.

— Ele tem cabelos pretos — diz Elizabeth. — Bem, castanhos muito escuros. Mas parecem pretos. E os olhos são de um azul brilhante. Ele tem uma marca de nascença, pequena, perto da orelha esquerda. E ombros realmente bonitos.

— Por que está me contando isso? — pergunta meu pai, e sua voz falha.

— Porque o senhor precisa saber. Ele é uma pessoa. Eu consigo vê-lo. Ele é de carne e osso, mesmo que o senhor não possa ver a carne nem os ossos. Não acho que o considere uma pessoa. Não como nós.

— Mas ele *não* é como nós — observa meu pai.

— Apenas em um sentido — retruca Elizabeth. — E não para mim. Aqui. Dê uma olhada.

Ela entrega o desenho. Ele não se dá conta do que é até pegá-lo. Então olha para o papel, e suas mãos tremem. Ele pisca para afastar as lágrimas e põe o papel de volta no lugar.

— Mais uma vez, por que está me contando isso?

— Porque já está na hora, pai — digo. — Sei que não quer me contar, mas precisa fazer isso. O que aconteceu com Elizabeth muda tudo. Isso significa, bem, significa que outras coisas são possíveis. A maldição pode ser quebrada.

Agora meu pai parece aborrecido.

— Você não deveria saber sobre a maldição!

— Bem, eu sei. E daí?

— Você não sabe de *nada*.

— Então me conte! — Minha raiva é quase igual à dele agora.

— Muito bem, vocês dois — interrompe Laurie. — Sem gritos. Os vizinhos vão ouvir. Quero dizer, os outros vizinhos.

Meu pai se levanta e vai até a estante. Ele fita o vazio, as costas viradas para nós. Depois encolhe os ombros.

— Sr. Swinton? — chama Elizabeth.

Ele resmunga alguma coisa. Leva um instante, mas aí compreendo o que ele disse.

Sempre pensei que fosse louro.

Porque minha mãe era loura.

Porque, talvez, quando pequeno, meu pai também fosse louro.

Ele imaginou. Durante todos esses anos, ele imaginou como eu era. E estava errado.

— Conte — peço. — Por favor. De uma vez por todas.

Ele se vira e olha para Laurie e Elizabeth.

— Não com eles aqui — diz ele. — Não é da conta deles.

Dá para ver que Elizabeth está quase concordando. Mas Laurie insiste.

— Não — diz ele para meu pai. — Stephen precisa da gente aqui. Com todo respeito, o senhor o deixou sozinho por tempo demais. Se ele precisa de nós aqui, o senhor tem de nos deixar ficar.

— É verdade — digo. — Não pode ser só eu. Se você mandá-los embora, não vai fazer diferença. Simplesmente vou contar para eles quando você sair.

Meu pai olha para Laurie, como se implorasse.

— Não sou um monstro. Sei que pareço um para vocês. Mas há razões para não contar a ele. Saber não vai mudar nada. *Não vai* mudar nada. Não há nada que possa ser feito.

— Deixe que ele decida isso — retruca Laurie. — Não o senhor. É a vida dele.

Percebo que ele toma uma decisão. Embora eu não saiba qual é, tenho certeza de que falta pouco para ele contar tudo que eu sempre quis saber. E conforme a adrenalina aumenta, também aumenta meu medo. Tudo vai ser diferente agora, de um jeito ou de outro. E não posso mais impedir. É inevitável.

Meu pai está prestes a me contar a verdade.

— Seu avô é um conjurador — começa ele. — Sei que isso vai parecer inacreditável. Certamente pareceu a mim, no início. Mas é real. Muito real. Seu avô é um controlador. E com isso, não quero dizer que ele é um homem controlador... embora imagine que também o seja. Quando digo que é um controlador, quero dizer que ele tem poderes. Ele é capaz de fazer coisas que as pessoas normais não conseguem. Ele não é um feiticeiro nem um mago. Nem é um deus. É outra coisa, embora tenha características de todas as anteriores. Não sei muito sobre a história dele. Ele é o pai de sua mãe, e ela não falava sobre isso. Nunca falou.

Ele para. Digo a ele para prosseguir. Ele atende.

— No início, a vida de sua mãe era um inferno. A mãe dela morreu quando ela era muito pequena. Eram apenas sua mãe e seu avô Maxwell Arbus. Por ser um conjurador, ele era incapaz de fazer qual quer coisa boa. Pelo menos não em seu trabalho, e nunca soube de nenhuma evidência de que ele fizesse o bem fora do trabalho. A questão com os conjuradores, e você precisa compreender isso, é que são diferentes dos encantadores. Os encantadores, se é que essas criaturas existem, podem criar, além de destruir. Ao menos foi o que sua mãe me contou. Os conjuradores apenas podem destruir. De novo, não sei como. Não sei o porquê. Tudo que sei é que seu avô era capaz disso. E você é a prova.

Ele para mais uma vez, e, nesta pausa, reconheço muito do que senti quando minha verdade fora revelada a Elizabeth — o medo das palavras ditas combinado ao alívio pela capacidade de finalmente dizê-las.

— Eu sou a prova — repito.

Os olhos do meu pai se voltam rapidamente para o lugar onde estou. De onde, para ele, vem minha voz.

— Sim.

— O que aconteceu? — pergunto. — Por que ele me amaldiçoou?

Meu pai balança a cabeça com tristeza.

— Não foi a você que ele amaldiçoou. Nem a mim. Eu ainda nem tinha conhecido sua mãe. Foi a ela, Stephen. Precisa entender. Isso foi feito muito tempo antes de você nascer.

Elizabeth segura minha mão. Como se soubesse que isso vai necessitar de um pouco da minha concentração. Como se soubesse que preciso deixar meu pai continuar a falar.

— Conte pra nós — diz ela.

Meu pai nota o modo como a mão dela se acomoda ao redor da minha. Ele sabe.

— Como eu disse, a infância da mãe de Stephen não foi boa. Conjurar é uma habilidade poderosa, mas, na verdade, não enche barriga. Por isso Maxwell pulava de emprego em emprego e ficava cada vez mais irritado, o que o deixava mais inclinado a rogar maldições.

"Quando sua mãe era pequena, com uns 7 ou 8 anos, ela tentou fugir. Por causa disso, seu avô rogou a maldição, para que ela nunca o deixasse. Ela sempre teria de estar num determinado raio de alcance, como numa coleira invisível. Não adiantaria tentar fugir nem se recusar a ir junto quando ele se mudasse. Ela não sentiria dor; apenas não seria capaz de ir muito longe até o corpo obrigá-la a acompanhar o pai.

"Não sei por que queria que ela ficasse perto. Acho que, por um lado, era para tomar conta dele: preparar as refeições, limpar. E imagino que ele fosse solitário. Se eu estiver num dia bom, posso até tentar acreditar que lamentava a perda da esposa. Mas, no fundo, era um homem mau, torturado, que usava a própria maldade para torturar outras pessoas. Seu talento era a crueldade. Se um vendedor o deixasse esperando por muito tempo, ele lançava um feitiço para que o vendedor fosse para casa e começasse a se esquecer da esposa. O nome, a existência, tudo. Ou poderia amaldiçoar um político com uma fraqueza pelas colaboradoras de campanha, ou um juiz com uma fraqueza pela jogatina. Havia um limite ao poder que possuía, mas ele o usava sempre que possível.

"No fim, ele afrouxou a coleira para que sua mãe pudesse ir à escola, mas ela nunca conseguia ir além de uma cidade de distância. O único aspecto positivo da maldição era que seu avô não poderia fazer mais nada a ela; aparentemente, você só pode lançar uma única maldição em alguém. Ele tentou fingir que isso não era verdade e a ameaçou com outras maldições. Mas ela começou a pedir que ele provasse. E começou a reagir: se recusava a preparar as refeições e se negava a fazer o que ele pedia. Isso o enfurecia. E embora ele não pudesse amaldiçoá-la exatamente, certamente não temia usar os punhos ou a voz. Ela não podia ir à polícia, pois, mesmo que tentassem afastá-lo, sua mãe sabia que estava ligada a ele, e que não havia meio de evitar ir aonde quer que ele fosse.

"Ela não queria que você soubesse dessas coisas. Sinto, bem, sinto que estou lhe contando uma história que não é minha. Sei que não acredita nisso, mas sinto falta dela todas as horas do dia. Não consegui ficar (e ela compreendeu isso), mas ainda sinto saudades. Algumas pessoas têm vidas relativamente boas. Mas outras carregam o fardo da injustiça do mundo. Sua mãe foi assim. Até você nascer, ela não teve sossego."

— Mas eu não fui a pior coisa de todas? — Não consegui evitar perguntar. — Quero dizer, é nisso que essa história vai dar, não é?

— Não. Você foi a melhor coisa. Mesmo que tenha... nascido do jeito que nasceu. Ela o amava incondicionalmente.

— Mas o que aconteceu com o pai dela? — pergunta Laurie. — Tipo, obviamente a maldição foi quebrada e ela foi embora, não é?

— Sim. Vou chegar lá. De algum modo, ela conseguiu frequentar o colégio. Não tinha muitos amigos; sempre havia locais aos quais eles queriam ir e que ela não podia, e ela ficava com medo de levar algum deles para casa e o pai aparecer. Sua mãe começou a ficar obcecada com a fonte dos conjuros... Tentou acompanhar o pai, para ver se ele se encontrava com outros conjuradores, mas aparentemente ele nunca fazia isso. Ela revirou a casa quando ele não estava lá, procurou livros, diários ou qualquer outra anotação sobre como os conjuros funcionavam. Mas não havia nada, uma única palavra. Ela não fazia ideia de como funcionava. Apenas que a mantinha presa.

"Sem contar ao pai, ela começou a trabalhar depois da escola para economizar dinheiro. Quando estava no último ano, se inscreveu em faculdades e foi aprovada em algumas. Conversou com o pai sobre o assunto, e ele disse que de modo algum: ela nunca iria abandoná-lo.

"Desesperada, recorreu ao que chamou de *brincar de maldição*, que é submeter-se totalmente a ela e assumi-la até o exagero. Se ele não ia permitir que fosse embora, ela também não ia permitir que ele fosse. Então não saiu do lado dele. Seguia-o a toda parte. Ele gritava com ela, e ela gritava de volta. Ele a empurrava, e ela o empurrava de volta. Pela primeira vez, começou a ver fraqueza do lado dele. Ele não sabia o que fazer. E não podia lançar outro feitiço sem negar o primeiro.

"Ele tentou prometer coisas a ela. Disse que ela nascera para ser uma conjuradora também. Que a ensinaria. Que ela não precisava frequentar a faculdade, que tinha outra vocação mais importante. Mas ela não cedia. Parou de falar com ele. Mas ainda estava ali, onde quer que ele olhasse. Mas não dizia uma palavra nem manifestava apreço por ele.

Isso o enlouquecia. Ela não o deixava. E brincava de maldição com mais vontade. Finalmente, ele cedeu."

Meu pai inspira fundo. Ainda estou prendendo a respiração.

— Não sei exatamente o que aconteceu. Não sei o que levou à briga que deu fim a tudo. Sua mãe nunca me contou; dizia que não era importante, que foi o acúmulo de coisas que causou a ruptura, nada em particular. Toda raiva, todo ressentimento cresceram cada vez mais, e seu avô não tinha outro meio de liberá-la a não ser com outra maldição. Uma maldição muito cruel.

"Sua mãe queria a liberdade. Ele disse que, tudo bem, ela finalmente poderia ter a liberdade. Mas veio com um preço. Ela não poderia vê-lo mais, bem como qualquer pessoa que amasse. Ele ficaria invisível para ela pelo tempo que vivesse. Não haveria volta. E, assim como ele ficaria invisível para ela, os filhos dela também seriam invisíveis; não apenas para ela, mas para todas as pessoas. A maldição antiga tinha acabado. Esta era a nova."

— Por que ele simplesmente não fez com que *ela* ficasse invisível? — pergunta Laurie.

— Primeiro, não tenho certeza se os conjuros funcionam desse jeito — retruca meu pai. — Mas, em segundo lugar, e mais importante, ele sabia o que estava fazendo. Sabia que seria muito mais difícil observar o sofrimento dos filhos por causa de suas atitudes do que se ela mesma sofresse. E assim foi.

Isso me afeta. Fiquei ouvindo. Foi uma história. Tenho sido um observador: observo a dor do meu pai conforme ele me conta, observo a curiosidade de Laurie, o silêncio de Elizabeth. Mas agora sinto como se toda a minha vida tivesse sido reescrita, e a dor é como se todos os meus ossos tivessem sido rearranjados.

Não estou pensando em mim.

Estou pensando em minha mãe.

Agora meu pai não consegue mais parar:

— Ela fugiu. Foi embora e nunca mais voltou a ver o pai. Era capaz de sentir sua presença, sabia que ele falava sério sobre a maldição, mas não queria permanecer por mais tempo. O que mais importava era sair dali. E seguir em frente. Somente teve certeza de que aquilo havia acabado quando seu corpo permitiu que fosse embora. Ela não parou de andar. Tentou apagar o rastro da melhor forma possível, pois não queria que ele mudasse de ideia e a seguisse. Que a quisesse de volta. Ela sabia. Assim que ele estivesse verdadeiramente sozinho, ia querer que ela voltasse. Mas então já teria ido embora há muito tempo.

"Acho que ele realmente acreditava que desaparecer da vida dela seria um castigo, que ela lamentaria a partida. Mas, claro, não lamentou. Foi para a faculdade e obteve bolsas e empréstimos suficientes para concluí-la. Dizia que os pais estavam mortos, e ninguém questionava. Tinha o atestado de óbito da mãe e alegava que o pai nunca participara de sua vida. Abandonou o passado. Depois da faculdade, nós dois nos conhecemos em uma festa. Estávamos contentes. Ela não me contou nada disso; eu a conheci sem saber sobre o passado. Somente depois que nos casamos, que começamos a conversar sobre ter filhos, foi que me contou.

"Não acreditei nela. Como poderia? Tinha certeza, pelo que ela dissera, que o pai tinha algum problema sério. Mas maldições? Invisibilidade? Como eu poderia acreditar nisso? Ela parou de falar no assunto. Decidiu, por algum tempo, me amar de qualquer forma. Aí resolveu arriscar, ter um filho. E engravidou. Sem me contar, encontrou uma parteira que acreditou nela. O parto foi feito em casa. E Deus... Simplesmente não posso recordar aquela noite. Eu duvidei de tudo, e então lá estava você. Mas não estava. E descobri, no final de contas, que sua mãe não havia mentido."

Ele vai até o sofá. E pela posição da mão de Elizabeth consegue perceber onde estou.

— Stephen — diz ele. — Olhe para mim.

Eu olho. Olho bem nos seus olhos.

— Sua mãe o amava. Desde antes de você nascer, incondicionalmente, sua mãe o amava. Sentia-se culpada pelo que causara a você, mas jamais o amou menos. Na verdade, o amava mais ainda por você ter de suportar o fardo da maldição. Eu tentei dizer a ela... tentei, de verdade... que o fato de você ser inocente não a tornava culpada. Havia dias em que ela acreditava nisso. Em outros, não. Mas sempre amou você.

— Eu sei disso — retruco. — Você não precisa me dizer isso.

Mas talvez tenha. Talvez eu me sinta mais terrível agora do que jamais me senti. Talvez eles tivessem razão em não me contar. Talvez isso apenas piorasse as coisas.

Estou pensando, dentre todas as coisas, sobre o tratamento silencioso. Às vezes, eu usava com minha mãe o mesmo tratamento silencioso que ela aparentemente usava com o pai. Não era frequente. Mas algumas vezes, quando eu era bem pequeno e estava com raiva de verdade, simplesmente parava de falar com ela. Ela não conseguia me ver e então também não podia me ouvir. Isso sempre a incomodava, e agora esse incômodo ganha outra dimensão. Cinco anos depois, dez anos depois, lamento profundamente. Compreendo que eu não teria como saber e que minha mãe tinha noção de que eu não sabia. Mas ainda assim. A dor que causei a ela. Não apenas em minha própria existência, mas todas as vezes em que entendi errado.

Sei que ela me amava. Mas também sei que seu amor dava trabalho. Muito, muito trabalho.

Ela me dissera que todos os meus avós estavam mortos. Em vez de inventar novos avós para mim, simplesmente evitava tocar no assunto.

— Você está bem?

É Elizabeth quem me pergunta isso, não meu pai. Mas todos aguardam a resposta.

— Não sei o que sou — digo a ela. — Não tenho ideia.

Meu pai se afasta e se vira novamente para mim. Ele quer concluir a história:

— Nós tentamos encontrá-lo — diz ele. — Depois que você nasceu. Ela voltou ao local onde o havia deixado, mas ele se fora havia muito tempo. Também não deixou rastro. Contratamos detetives. Diziam que era como se ele nunca tivesse existido. Então ela tentou rastrear outros conjuradores para saber se havia algum tipo de antídoto, algum modo de acabar com isso. Mas nunca encontramos outro. Somente esquisitões na internet, incluindo um ou dois dispostos a nos acompanhar durante meses, até anos. Nada funcionou. Seu avô era a chave, e nós o havíamos perdido.

— Então você acha que é isso? — pergunto. — É disso que precisamos para quebrar a maldição?

— Sim — diz meu pai. — Para quebrar a maldição, você deve encontrar um homem que não existe.

CAPÍTULO 12

QUANDO EU TINHA 12 anos e minha família ainda não havia se desintegrado, fizemos nossa peregrinação anual à Feira Estadual de Minnesota. Laurie apostou que eu poderia tolerar três voltas seguidas na Xícara Maluca. Embora minha mãe tentasse me convencer de que não havia honra em regurgitar leite talhado, eu não conseguia ignorar o desafio que meu irmão caçula lançara aos meus pés.

Eu fui. Não vomitei, mas o mundo pareceu continuar rodando por mais uma hora, no mínimo.

É assim que me sinto agora: meio fora de órbita, incapaz de impedir que o chão se mova debaixo dos meus pés.

Ninguém fala. O pai de Stephen pigarreia, se levanta e vai embora. Nenhum de nós tenta impedi-lo.

— Uau — diz Laurie, sem suportar mais o peso do silêncio. — Ok... uau.

Stephen baixa a cabeça nas mãos e deixa escapar um suspiro trêmulo. Os olhos de Laurie encontram os meus, e percebo que ele nota o que está acontecendo com Stephen, a angústia dolorosa, porque também está escrita no meu rosto.

— Não — diz Laurie. — Não surte.

Stephen ainda não falou. Passo os braços à sua volta e apoio meu queixo em seu ombro.

Laurie se levanta e caminha diante do sofá.

— Vamos dar um jeito nisso.

Stephen ergue os olhos, as mãos em punho.

— Como? Que jeito há? Sou invisível porque meu avô era mau. É isso. Sou a semente do mal.

— Você não é a semente do mal — retruco, embora meu estômago dê um nó.

— Um conjurador? — diz Stephen. — Meu legado é lançar feitiços cruéis e malvados nas pessoas, e você está tentando dizer que isso não é ruim?! Que, de algum modo, não sou essencialmente mau?!

Ele balança a cabeça, e seu rosto assume uma palidez que me faz estremecer.

— Mas você não é mau — digo. — Nem sua mãe era. Ela rejeitou o legado.

— E veja aonde isso a levou. — Stephen se afasta de mim, levanta e caminha até a janela, fitando o horizonte. — É isso que sou. Sou invisível.

— Não, não, não — diz Laurie. Ele caminha até a janela, e fico feliz por ele não esbarrar em Stephen. Também me emociona o fato de ele querer ficar perto de alguém que não consegue enxergar. Ele está se esforçando muito.

Laurie abana a mão como se tentando espantar um cheiro ruim.

— Não vamos fazer isso. Nada de choramingar, nada de se afogar no desespero. Quem vota em carma?

— Carma? — pergunto.

— Sei que dizem que "nenhuma boa ação passa impune", mas é bobagem. A mãe de Stephen fez algo maravilhoso. E acho que isso significa alguma coisa.

— Significa que ela morreu ainda de castigo pelo fato de o pai ser um desgraçado do mal — diz Stephen.

— E isso é uma droga, sem dúvida — diz Laurie. — Mas não é o fim da história. É o começo... talvez o meio.

Laurie estica a mão, hesitante, e eu prendo a respiração. O movimento acerta o olho de Stephen, e vejo-o retrair. Mas Laurie consegue tocar o braço dele de leve. Quando sente os músculos tensos sob os dedos, sobe a mão para apertar o ombro de Stephen.

— Você é a história agora — diz ele. — É você quem decide como isso vai acabar.

Eu me levanto e vou até a janela. Stephen me observa pegar sua mão e depois a de Laurie. Ficamos parados num círculo, um de frente para o outro.

Laurie sorri.

— Sua missão, caso decida aceitá-la...

Finalmente, Stephen abre um sorriso.

— Ótimo. Encontrar um homem invisível é o mais impossível que se pode conseguir.

— Mas eu encontrei você — digo.

Stephen aperta meus dedos.

— E eu tenho uma ideia — diz Laurie. — Já volto.

Laurie pisca para mim, dispara pelo corredor e fecha a porta do apartamento com força ao passar.

— Por que isso me deixa nervoso? — pergunta Stephen.

— Porque embora o entusiasmo de Laurie possa ser contagioso, coisas contagiosas podem ser bem nojentas.

Stephen me puxa para seus braços. Ficamos parados ali, calados. Consigo vê-lo. Consigo sentir o tórax subindo e descendo. A humilhação e a angústia estão diminuindo em meu peito, quente e volátil como um caldeirão borbulhante. Como alguém poderia lançar uma maldição na própria filha? Ou num bebê? Stephen foi roubado deste mundo antes que pudesse respirar pela primeira vez. Foi um milagre ter sobrevivido. Talvez Laurie tivesse chegado à única verdade à qual nós poderíamos nos agarrar como a um bote salva-vidas: a história não terminara. Por mais incrível que fosse, Stephen abrira caminho até o mundo que não sabia que ele existia. Indo contra todas as probabilidades, eu me mudara para um prédio muito longe do lar que conhecia, a única garota que consegue enxergar o vizinho invisível.

Quero estar no controle da minha vida. Mas não posso negar as circunstâncias improváveis que me aproximaram de Stephen. E agora que estou aqui, que o tenho, quero acreditar que coisas impossíveis são possíveis. Estou preparada para os milagres.

— Em que você está pensando? — pergunta Stephen.

— Em salvar você — digo. Ele se abaixa e encosta o rosto no meu pescoço. Percebo que está murmurando alguma coisa. Esforço-me para ouvir.

— Eu te amo — repete ele.

Meus dedos cravam nos ombros dele.

— Voltei! — Laurie bate a porta.

Deve ter ficado bem estranho: eu parada ali, abraçada a um garoto invisível que eu amo e pelo qual temo e do qual tenho medo às vezes.

Nós nos soltamos, mas ficamos próximos, de modo que nossos corpos continuassem se tocando ao virarmos para olhar Laurie.

— Não fiquem bravos — diz ele.

— O que você fez? — pergunto.

— Eu tinha de dar um telefonema — diz Laurie. — A gente precisava de um pouco mais de ajuda.

— Para quem você ligou? — Stephen dá um passo à frente e semicerra os olhos.

Laurie fica vermelho.

— Sean.

— O quê? — Stephen se retesa, paralisado no lugar enquanto olha para Laurie.

— Laurie! — Corro pela sala. — Você não se aproveita de uma crise para impressionar seu peguete. Que diabos foi isso?!

Laurie revira os olhos.

— Pode parar de dar ataque, Josie. Você fica coberta de manchas quando está zangada. Não é nada atraente.

A voz de Stephen soa baixa e perigosa.

— Por que chamou Sean, Laurie?

— Não fique irritado — diz Laurie. — Não contei nada. Juro. Só preciso perguntar uma coisa a ele.

— O quê? — Stephen anda em nossa direção.

— Eu me lembrei de uma coisa que ele disse quando nos conhecemos. — As bochechas ruborizadas do meu irmão combinam com o brilho nos olhos. O que quer que fosse, está realmente animado. — Eu estava tentando fazer amizade com ele e apenas sabia que gostava de gibis, por isso fiz todo tipo de pergunta sobre eles.

— Os gibis são a cura? — Meus braços estavam cruzados. Faltava pouco para eu perder a paciência novamente, com ou sem manchas.

— Não os gibis, exatamente — diz Laurie. — Quando perguntei a Sean onde ele costumava comprar, ele me falou de alguns lugares, mas teve um que o fez reagir de um jeito meio esquisito.

— Uma loja de gibis esquisita? — pergunto.

Laurie faz que sim com a cabeça.

— Ele disse que era a favorita dele, mas que ele meio que tinha medo de ir até lá.

— Por quê? — pergunta Stephen.

— Acho que ele usou a expressão "lugar sinistro" — diz Laurie. — Ir à loja é como visitar uma casa mal-assombrada ou o covil de um cientista louco. Sean disse que as crianças brincam na entrada apostando quem fica lá dentro por mais de cinco minutos. Ele diz que nenhuma delas consegue.

— Sério? — A expressão de Stephen fica mais curiosa, mas os olhos são cautelosos.

— Sério — diz Laurie. — Sean disse que jamais conseguiu ficar mais de quinze minutos.

— E por que ele vai lá, então? — questiono.

— Acho que eles têm uma coleção de edições raras e especiais melhor que qualquer outra pessoa na cidade — diz Laurie.

Agora estou curiosa.

— Mas o que isso tem a ver com nosso problema? — pergunto.

— Não é com nosso problema — responde Laurie. — É com nossa missão. Vamos chamar de missão. Ou de cruzada.

— Que diferença faz como chamamos? — pergunta Stephen.

— É o poder do pensamento positivo. Carma — diz Laurie. — Stephen não é um problema. Ele é uma pessoa. Ser invisível não é um problema, é uma maldição. Nossa missão é ajudar Stephen, a pessoa. Nossa cruzada é encontrar um meio de quebrar a maldição.

Amo tanto meu irmão que acho que meu coração vai explodir.

Stephen sorri.

— Mas e a loja?

— Sean diz que não é a seção dos gibis que confere a aura ruim ao lugar — explica Laurie. — É a sala dos fundos.

Tenho visões com a máfia e barões da droga.

— Coisas ilegais?

— Acho que não — diz Laurie. — Mais tipo coisas ocultas. Sean diz que eles têm uma bruxa como funcionária.

— Bruxas? — repito, e a frustração volta a aumentar. — Dá um tempo.

— Só preste atenção. — Laurie me fita com ar severo. — Aparentemente essa mulher lê a sorte e faz aquelas coisas psíquicas de sempre, mas Sean falou alguma coisa sobre quebrar mandingas.

— Quebrar mandingas? — Stephen prende a respiração.

— Isso — diz Laurie. — Acho que deveríamos dar uma olhada.

Paro, preocupada com buscas inúteis.

— Mas o pai de Stephen falou que só conseguiremos quebrar a maldição se encontrarmos o avô dele.

— Isso é verdade — diz Stephen.

— E bruxas, Laurie? — repito, girando minhas mãos no cabelo na altura das têmporas, como se quisesse tirar aquilo dali. — Tipo, bruxas?

— Porque bruxas são muito mais inacreditáveis que conjuradores, não é?! — Laurie faz uma careta para mim.

— *Touché* — murmura Stephen.

— O que estou dizendo é que não sabemos por onde começar — diz Laurie. — Não estou dizendo que este é o fim de nossa cruzada. Mas precisamos de um guia, um mapa ou alguma coisa assim. Não conhecemos o ponto de partida. Talvez a gente tenha algumas ideias nesse lugar.

— Não podemos sair numa *missão* em vez de numa *cruzada*? — digo. — É como se você estivesse tentando ser nosso Mestre dos Magos ou coisa do tipo.

— Estou tentando deixar nossa experiência mais inspiradora — diz Laurie.

Stephen olha para mim e dá de ombros.

— Pelo menos vamos sair de casa. Estou me sentindo preso como nunca aqui.

Compreendo isso. Sob certos aspectos, o mundo de Stephen ficou muito menor, a vida mais limitada, por causa da confissão do pai.

— Muito bem — digo. — Estou dentro.

— Onde fica a loja? — pergunta Stephen.

— No térreo de um prédio marrom-avermelhado na rua 84 — diz Laurie.

— É uma caminhada tranquila — observo, e parte de mim queria que fosse um pouco mais longe. Quero inspirar o ar fresco, limpar a mente. Hoje é o primeiro dia de sol depois de muitas semanas. Torço para que haja até uma brisa.

— Sim, é — diz Stephen, se dirigindo para a porta.

Já fiz isso: caminhar pelas ruas com Stephen. Só consigo pensar nisso em termos de antes e depois. A caminhada era assim antes de eu saber. Agora é assim. É o depois. Depois de eu conseguir ver o modo hábil como Stephen se move pelo mundo. O jeito como se desvia das pessoais visíveis que pisariam nos seus dedos, que o empurrariam ou dariam encontrões. Ele é obrigado a se adaptar constantemente, a sempre se afastar. Conforme passamos pelas multidões de pedestres distraídos, tenho vontade de gritar. Talvez, se eu gritasse por bastante tempo, chamasse a atenção de olhos suficientes e os obrigasse a olhar para Stephen, e a simples força dos olhares quebrasse a maldição. É bobagem, sei disso, mas minha frustração me desespera. Quero resolver esse problema agora. Tenho medo da cruzada de Laurie. Cruzadas são épicas. Cruzadas duram uma eternidade. Não temos uma eternidade. Nem sei se temos muito tempo. Uma parte de mim sabe que ouvir a verdade do pai acabou com Stephen.

Temo que ele esteja sob o risco de desaparecer completamente, de querer sumir imediatamente deste mundo. Não posso deixar isso acontecer.

Laurie se concentra nas pessoas, na luz do sol e na brisa milagrosa enquanto caminhamos. Não consegue ver o labirinto que Stephen é obrigado a percorrer. Um labirinto de corpos que ninguém, além dele, tem de navegar.

Passamos pelo Museu de História Natural e seguimos em direção às ruas residenciais movimentadas do Upper West Side. Passamos por nova-iorquinos presos nas próprias vidas atormentadas, que ignoram participantes de cruzadas em seu caminho.

— É pouco antes da Columbus — diz Laurie.

Chegamos à rua 84 e passamos pelas lojinhas e edifícios residenciais de aparência inócua.

Laurie hesita, para pouco antes do cruzamento e olha para um prédio marrom-avermelhado.

— Hum.

— Qual é o problema? — pergunto. Stephen continua em silêncio. Percebo que raramente fala quando estamos em público. Compreendo a decisão, mas isso apenas aumenta minha raiva. A maldição roubou até sua voz.

— O endereço é este. — Laurie aponta para o prédio. Ele não se parece com nenhuma das lojas por ali. Não há placas nem anúncios. Ao passar por ele na rua, eu teria imaginado que fosse apenas residencial. Meu estômago dá um nó por causa da decepção. Mas Laurie dá de ombros e se dirige aos degraus que conduzem à entrada do jardim.

Stephen me acompanha, arrastando os pés. Laurie olha para a porta, que também não se parece nem um pouco com a entrada de uma loja. Não tem indicação do horário de funcionamento. Nem um tapete dizendo "bem-vindo".

— Será que devo bater? — pergunta Laurie.

— Apenas tente abrir a porta — diz Stephen, dando um susto em meu irmão.

Ele pede desculpas imediatamente.

— Sem ofensa. Às vezes, você ainda me surpreende.

— Está tudo bem, Laurie. Entendo que não consegue me ver.

Laurie assente e gira a maçaneta. A porta se abre, e tudo o que vejo é escuridão. Meu irmão mete a cabeça ali dentro e ouço quando fala:

— Uau.

Ele desaparece na entrada escura. Observo Stephen engolir em seco antes de seguir Laurie. Meu coração bate forte contra as costelas. Não dá para explicar o medo frio que se agarra à minha nuca. Preciso me obrigar a acompanhar Stephen.

A primeira coisa que me chama a atenção é a mistura de odores. Um é familiar e um dos meus favoritos. Tenho certeza de que mais de uma pessoa me chamaria de louca por dizer que adoro o cheiro de gibis, mas adoro. Eles têm cheiro de coisa nova. Esse cheiro teria me acalmado, não fossem pelos outros perfumes que giram no espaço escuro. Acho que reconheço alguns: alecrim, cera derretida. Outros são exóticos, e tão pesados que fico meio tonta.

Definitivamente é uma loja. Não consigo entender direito a justaposição da visão bem-vinda de escaninhos cheios de revistas, nos quais eu ficaria feliz em remexer durante horas, e de cortinas pesadas de veludo que cobrem as janelas, além das fileiras de velas acesas nas prateleiras que circundam o cômodo.

Eu me inclino para Laurie.

— Então, onde está a feiticeira?

— Sean disse que tem uma sala nos fundos — responde ele, e aponta para o extremo oposto da loja. Atrás do balcão, posso ver levemente o desenho de uma porta fechada. — Mas não sei se é permitido para qualquer um ou se é necessário acesso especial.

— Você só diz isso agora? — pergunto.

— Não se preocupem com isso — fala Stephen baixinho. — Se vocês dois ficarem aqui, posso dar uma olhada sozinho.

— Olha, um lado positivo — diz Laurie.

Balanço a cabeça e caminho até os fundos da loja. No início, acho que está vazio, mas aí percebo um vulto curvado, sentado em um banquinho de madeira atrás do balcão. A cabeça está inclinada, e acho que está dormindo. Mas quando me aproximo, ele ergue o olhar e me examina através da penumbra. Fico feliz por me controlar e não ofegar. Ele é caolho e tem uma cicatriz vermelha e feia que desce pela órbita vazia, passando pelo rosto até o pescoço e desaparecendo debaixo da gola da camisa.

— Quer ajuda? — diz ele, com voz baixa e rouca.

— Hum... — Fico paralisada.

— Ouvimos dizer que tem uma feiticeira — diz Laurie, como se dissesse coisas assim todos os dias.

O homem dá uma risada que soa como se seixos estivessem sendo esmagados sob suas botas.

— Pra agora?

— Laurie. — Puxo a mão dele. Se esse cara achar que somos um bando de adolescentes baderneiros, vamos sair da loja a pontapés e ser proibidos de entrar pelo restante da vida.

— Por que precisariam de uma feiticeira? — Ele não olha para Laurie, olha para mim. Meu coração bate contra as costelas.

— Pra ajudar um amigo. — O homem se levanta do banquinho. Passa por nós e vai até a frente da loja. Quando tranca a porta da frente, Laurie agarra minha mão.

— Millie! — berra o homem, depois começa a tossir, como se estivesse prestes a perder um pulmão. Quando o ataque passa, grita de novo: — Ei, tem visita pra você!

Ouço o som de alguém subindo as escadas. A porta atrás do balcão se abre. Uma mulher entra no recinto. Atrás dela, dá pra ver as escadas que conduzem a sabe-se lá onde. Ela usa um vestido estampado simples que me lembra uma toalha de mesa. O cabelo grisalho está cuidadosamente enrolado como o das senhoras que vão ao salão uma vez por semana. Depois de me lançar um olhar crítico por um instante, ela balança a cabeça.

— Não posso ajudá-lo — diz Millie.

— O quê? — Olho para ela.

Ela sacode os dedos, e percebo que está apontando na direção de Stephen.

— Ele está além da minha alçada. Desculpem.

Stephen respira fundo.

— Consegue me ver?

Ela não demonstra surpresa ao ouvir a voz de Stephen. O homem caolho lança um olhar curioso naquela direção, mas rapidamente volta a se sentar todo torto no banquinho.

— Não tenho essa sorte — diz ela para Stephen. — Mas posso ver a maldição.

Então se vira para mim.

— Demorou bastante tempo para *você* me encontrar.

Millie dá meia-volta e caminha com dificuldade até a escada. Ficamos observando até ela dar uma olhadinha por sobre o ombro.

— Venham.

CAPÍTULO 13

— **QUEM É VOCÊ?** — pergunta Elizabeth enquanto caminhamos para os recessos mais escuros da moribunda loja de gibis.

— Quem sou é irrelevante — responde Millie.

— Mas *o que* você é tem importância — digo.

Millie acena com a cabeça.

— Você compreende perfeitamente.

Dá para sentir que as coisas estão mudando. Toda a minha relação com o mundo está mudando. Pensei que tudo estava bastante claro, que tudo era observável, de um ponto ou de outro. Mas agora parece que estava errado. Há um mundo que eu não conhecia dentro do mundo que eu conhecia. E Millie, ao que parece, é a emissária.

O cômodo ao qual nos leva está coberto de prateleiras em todas as paredes. Uma biblioteca particular... mas alguma coisa está errada. No início não percebo o que há de tão desconcertante, mas depois descubro: os livros não têm nada escrito nas lombadas. É uma biblioteca anônima. Ou talvez uma biblioteca que eu não consiga ler.

— Sentem-se, por favor — diz ela, e aponta para uma mesa no meio do cômodo. Há quatro cadeiras ao redor, como se ela estivesse esperando por três pessoas.

Eu me flagro torcendo para Laurie introduzir algum humor nesta situação, mas ele está tão sem fala quanto o restante de nós.

— Por que estava esperando por mim? — pergunta Elizabeth assim que todos nos sentamos.

— Certamente pela mesma razão pela qual você veio.

— Vim porque ele é invisível.

Millie balança a cabeça.

— Não. Veio porque consegue vê-lo.

— Você é uma conjuradora? — pergunto.

A senhora parece gravemente ofendida.

— Ora, jamais! — exclama. — Que coisa horrível de se dizer!

— Desculpe — emendo rapidamente. — É só que...

— Fique sabendo que sou uma rastreadora! E... — Ela olha para Elizabeth. — Reconheço outra rastreadora quando vejo uma.

— Como é que é? — diz Elizabeth.

— Uma rastreadora. Uma bruxóloga. Uma vidente de feitiços. Certamente alguém lhe contou. Não dá para simplesmente enxergar maldições de invisibilidade sem treinamento!

— Não faço mesmo ideia do que está falando — diz Elizabeth a ela.

— Eu confirmo isso — interrompe Laurie. — Sei que a senhora está falando meu idioma, mas nada disso faz sentido.

— Humpf — diz Millie. Depois, com certo mau humor, acrescenta: — Então você é um talento *nato*?

— Garanto que ela não teve nenhum treinamento formal — diz Laurie. — Nossa cidade nem tem um clube de mágica.

— Veja bem — digo —, é evidente que a senhora sabe muito, muito mais sobre tudo isso do que nós. Sei que meu avô foi um conjurador, seja lá o que isso for. Sei que ele amaldiçoou minha mãe, por isso fiquei invisível. E é isso. É tudo o que sei. Nós precisamos de ajuda. Muita ajuda.

— Evidentemente — diz Millie, um pouco menos hostil que antes. — Mas vocês têm de considerar que não posso me envolver em maldições. Em especial quando é uma questão familiar.

Parte de mim quer chorar, e parte de mim quer segurá-la pelos ombros e sacudir com força. Estar tão perto de um tipo de resposta e não obtê-la... Gostava muito mais quando não sabia de nada. Mas agora não tem volta.

— Você disse que conseguia enxergar minha maldição? — falo subitamente.

Millie suspira.

— Sim. Mas isso é entediante, não é?

— Não acho nem um pouco entediante — interrompe Laurie. — É tipo uma aura?

— *É tipo uma aura?* — imita Millie. Em seguida, se vira para Elizabeth. — Querida, você quer contar ou eu conto?

Elizabeth olha para ela sem expressão. Millie suspira novamente.

— Não é como se tivesse uma cor. Ou uma aura. Eu não a *vejo* literalmente. É como um sentido extra.

— Um sexto sentido — sugere Laurie.

Millie bufa.

— Eu não os classifico. E se classificasse, não seria o sexto.

— Mas eu não percebo nada... — diz Elizabeth.

— Claro que percebe, querida! Essa é a única razão pela qual eu notaria que está envolvida com isso. Sempre sei quando outro rastreador está por perto. Não acontece com frequência, mas, quando acontece, eu sei.

— Não percebi ninguém, só Stephen.

— Ora, não pode ser. Estamos em Nova York. Há maldições e feitiços *por toda parte*. Compreendo se você estiver com vergonha. Não é fácil falar sobre um dom. Já fui uma garota como você, embora obviamente jamais tenha concentrado meus poderes o suficiente para ver através de uma maldição de invisibilidade. Juro, não sou sua rival. Todos estamos juntos nisso. Portanto, se você quisesse, por assim dizer, se livrar de sua reticência, eu agradeceria.

Não posso atestar seu sexto sentido, mas parece que, no mínimo, dois dos outros sentidos de Millie (a visão e a audição) precisam melhorar. Porque deveria ser mais que óbvio que Elizabeth não está sendo reservada nem guardando nenhuma informação. Ela realmente não tem ideia do que Millie está falando.

Millie continua:

— Seu conjurador foi muito bom no trabalho dele. É impenetrável. Algumas vezes, há fissuras pelas quais enxergar: é por isso que as pessoas vêm me procurar, sabe. Mas não há fissuras na sua. Não via esse tipo de trabalho há anos.

— O nome era Maxwell Arbus — digo.

Millie pisca, depois balança a cabeça.

— Não o conheço. Suponho que não seja daqui?

— Não. Mas você está dizendo que há outros conjuradores locais?

Agora Millie dá uma risada.

— Isso só eu posso saber, e você nunca descobrirá! Segredos do ofício, meu caro. E sou muito discreta.

Laurie e eu nos remexemos na cadeira. Olho na direção de Elizabeth e noto que ela está olhando para Millie. Millie também percebe isso e para de rir.

— O que foi? — pergunta, com tremor na voz.

Nunca vi Elizabeth assim. E, a julgar pela expressão de Laurie, ele também não.

Ela não está assustada nem em choque. Está se concentrando.

— Sua mãe achou que as duas fossem morrer — murmura ela.

Millie engasga.

Elizabeth continua:

— Não pensou que os dois bebês sobreviveriam. Por isso, lançou um feitiço. Você viveu. Sua irmã morreu. E, desde então, você tem sido fascinada com feitiços. Porque ao mesmo tempo dão e tiram a vida.

— Como... Não é possível... Você...

— Elizabeth? — chama Laurie baixinho.

Ela se vira para ele. Pisca. Está de volta.

— Uau — diz. — Isso foi intenso.

— O que você fez? — pergunto.

— Eu vi o feitiço. Estava bem ali. Não sei como. Mas estava...

Millie se levanta.

— Precisam ir embora imediatamente. Não vou ser atacada no meu próprio magistorium!

— O quê? — diz Laurie, tirando um livro da prateleira. — Esses aqui são, tipo, livros de bruxaria?

Ele abre o livro e, no minuto em que olha para a página, grita de dor. O livro cai de suas mãos, e os olhos ardem com lágrimas.

— Não é algo que você possa ler — diz Millie, e pega o livro do chão. — Evidentemente, não tem o talento da sua namorada.

— Namorada? Isso está tão errado em tantos aspectos.

— Mais uma vez, tenho de pedir que saiam.

Laurie e eu ficamos de pé, mas Elizabeth não se move.

Ela olha diretamente para Millie. Desta vez, não a está fitando. Está implorando.

— Precisa me contar o que isso significa — diz ela. — Não tenho ideia do que estou fazendo. Nenhum de nós tem.

Finalmente, Millie entende. Parece tão chocada quanto no momento em que Elizabeth viu o feitiço.

— Você realmente não tem ideia, tem? — diz ela ao se aproximar e parar ao lado da cadeira de Elizabeth. Para estudá-la.

— Juro, nunca tinha feito algo assim. Eu vi Stephen. Isso é tudo.

— Ora, isso é tudo até onde você sabe, de qualquer forma. — Millie se recosta na cadeira novamente. Laurie e eu continuamos de pé, quase como se soubéssemos que agora isso deve ser entre as duas e que, se interferirmos, podemos perder a ajuda de Millie para sempre. — Quando eu era pequena, via coisas o tempo todo... apenas não sabia que via. Na verdade, esse é o talento. Saber o que se está vendo.

— É só que não tenho experiência com... bem, bruxaria, acho. Millie resmunga.

— Bruxaria! Essa é uma palavra mal empregada. O que fazemos é tão parte do sistema quanto física, química ou biologia. Simplesmente é muito menos... público. Precisa ser. Se você não compreende isso agora, vai compreender em breve. — Ela faz uma pausa, suspira novamente. — Vejo que precisarei começar do nível mais básico.

— Sim — diz Elizabeth. — Por favor.

— Há encantadores, conjuradores e rastreadores mundo afora. Encantadores usam feitiços para influenciar eventos, para melhor ou pior.

Conjuradores somente podem fazê-lo para pior. E rastreadores são os únicos que podem ver o que está acontecendo, mesmo sem poder criar feitiços ou maldições. Não existem muitos de nós, sabe-se lá por quê, assim como não existem muitos encantadores ou conjuradores. Na verdade, é um poder que está com os dias contados. Mas ainda potente, quando usado no lugar e hora certos.

— E ele é, tipo, hereditário? — pergunta Laurie.

— Alguns conjuradores e rastreadores são criados, outros são natos — responde Millie. — Isso depende da situação.

— E as maldições podem ser quebradas? — pergunta Elizabeth.

— Ah, voltamos a isso, não é? Para seu outro namorado.

— Você está quente agora — murmura Laurie.

— Quando foi a última vez que você encontrou outra rastreadora? — pergunta Elizabeth. Não sei por que ela está se desviando do assunto principal, a saber, minha maldição, mas acredito que saiba o que está fazendo.

Millie volta a ficar mal-humorada e irritada.

— Não sei que importância tem isso.

— Dez anos? Vinte?

— Vinte e sete, está bem? Foi há 27 anos!

— É um bocado de tempo. Deve ser muito solitária.

— Você não faz ideia! — Millie está quase chorando agora. — Uma garota como você... tão jovem! Não faz a menor ideia.

— Millie, quero ser capaz de confiar em você. Quero que a gente possa conversar sobre as coisas. Mas não posso fazer isso, não posso voltar aqui, a menos que me ajude a quebrar a maldição de Stephen. Porque se eu não puder fazer isso, não quero de maneira alguma ser uma rastreadora.

— Mas você não pode!

— Não posso o quê? Desistir?

— Não... A maldição. Você não pode quebrar a maldição!

— Certamente, em algum dos livros do seu magisterium... — diz Elizabeth tranquilamente.

— Magistorium.

— Magistorium. Certamente deve haver coisas nesses livros que podem nos ajudar. Ou histórias de maldições que foram quebradas.

Millie assente.

— Sim, mas não há nenhuma... — Ela se cala.

— Não há nenhuma...?

— Não há nenhuma feita por Maxwell Arbus, está bem? Nunca! Nenhuma!

— Então você *sabe* quem é o avô de Stephen.

— Ora, é por isso que não posso me envolver. Eu sabia desde o minuto em que o vi. Pensei comigo: *é trabalho de Maxwell Arbus, e você não deve se envolver com isso. Se ele descobrir que tentou quebrar uma de suas maldições, é o seu fim.* Essas foram minhas palavras exatas.

— Mas como ele saberia? — pergunta Elizabeth.

— Porque ele esteve aqui! Não neste cômodo, mas na cidade. Senti que estava agindo. Mas nunca o vi.

— Ele deixou uma trilha de corpos? — pergunta Laurie.

Millie olha para ele com total desprezo.

— Apenas indiretamente. Você sabe, não é, que maldições nunca podem matar alguém diretamente? Por esse motivo são maldições: você tem de conviver com elas, em agonia, por um longo tempo.

Posso garantir isso. E, creio eu, minha mãe poderia garantir ainda mais.

Mas preciso bloquear essas coisas por um momento. Não posso pensar nela nem em sua agonia. Estou assimilando as outras palavras de Millie.

— Ele esteve aqui? — pergunto. — A senhora tem certeza disso?

— Sim — diz Millie. Depois se recompõe. — Mas avisei que não ia contar nada sobre isso, não foi?

Elizabeth se remexe e levanta da cadeira.

— Bem, então acho que vamos embora. E nunca vou voltar a vê-la.

— Não! — protesta Millie. Então recupera o autocontrole. — Ou melhor, isso seria desaconselhável. Por que não fazemos o seguinte?

Dê-me um tempinho para pensar. Por que você não volta depois de amanhã, às 13h. Podemos conversar de novo.

— Tudo bem — diz Elizabeth. Mas antes de se levantar, Millie se inclina e segura o queixo da garota.

— Olhe para mim — ordena. — Eu posso ensinar a você. Há muitas, muitas coisas que posso ensinar. Nunca vai saber o que deve enxergar até aprender como. Não totalmente. Não subestime isso.

Elizabeth aguarda até Millie retirar a mão. Então fica de pé.

— Eu sei — diz ela. — Mas você vai ter de me ajudar primeiro.

Encontramos a saída sozinhos.

Não abrimos a boca até estarmos em segurança do lado de fora, a três quarteirões de distância.

Aí parece que Elizabeth finalmente se dá conta do ocorrido. Num minuto, ela está caminhando e, no seguinte, está tremendo. Nós a sentamos em um banco do parque e dizemos para respirar fundo.

— Desculpe — diz ela. — Só preciso...

— Manda ver — diz Laurie.

Nós nos sentamos ao lado dela.

— Você foi incrível — comento.

— Você viu mesmo aquilo, não viu? — pergunta Laurie. — Sobre a irmã dela.

Elizabeth concorda meneando a cabeça.

— Foi tão incrivelmente estranho. Simplesmente estava... ali. Millie tinha razão... é como um sentido. Só que antes eu não sabia usá-lo.

— E o que você disse sobre ela não ver outro rastreador por vinte anos... foi incrível — diz Laurie. — Também viu isso?

— Não — diz Elizabeth. — Foi apenas um palpite.

— Sou eu quem deveria pedir desculpas — digo a ela.

— O quê? Por quê?

— Por arrastar você para isso. Quero dizer, é coisa demais para assimilar. E se você nunca me encontrasse, jamais teria sabido.

— Tenho a sensação de que isso aconteceria mais cedo ou mais tarde — diz Elizabeth. — Talvez eu nunca teria imaginado que seria esta semana, mas tanto faz. O que está feito está feito. E não vou me arrepender de ter conhecido você.

— Ainda não — digo.

— Nunca — jura ela.

— Pombinhos? — interrompe Laurie. — Podemos deixar os arrulhos de acasalamento por um segundo? Acho que temos problemas maiores e mais urgentes. Sabem toda aquela história de magia-que-existe-no-mundo? Será que sou o único que está meio apavorado com isso?

— Para mim, não é surpresa — admito. — Mas, por outro lado, *tenho sido* invisível a vida toda.

— Eu estou totalmente apavorada — diz Elizabeth. — A ponto de ter medo do que vou ver agora que sei que supostamente sou capaz de enxergar feitiços e maldições. Tipo, imagino que seria mais produtivo ser capaz de ver, sei lá, vagas para estacionar. Ou pessoas com emergências nas quais eu pudesse ajudar de verdade.

— Eu, por exemplo, estou me sentindo um pouco deixado de fora do bonde da magia — declara Laurie. — A menos, claro, que na verdade eu seja um encantador. Quero dizer, já lancei feitiços num bocado de garotos. Mas espera, isso não foi magia. Foi apenas porque sou terrivelmente bonito.

Elizabeth bate no ombro do irmão.

— Fico feliz por você estar levando essas coisas a sério. Agradeço de verdade.

— Apenas estou tentando ter bons momentos com você antes de te mandarem para a escola de magia.

Sei que deveria entrar na brincadeira também — isso definitivamente está melhorando o humor da Elizabeth e tornando a situação um pouco menos assustadora do que parecia quando estávamos no magistorium de Millie. Mas também estamos evitando a grande pergunta, isto é: o que deveríamos fazer agora?

Ainda me sinto culpado por ter empurrado Elizabeth e Laurie para isso. Agora que sei como isso arrasou minha mãe, não quero que arrase mais ninguém.

— —

Quando voltamos ao nosso andar, Elizabeth se demora no corredor. Laurie entende a deixa, entra no apartamento deles e nos deixa a sós.

— Você pode ir embora — digo a ela.

Ela dá um sorriso.

— Eu sei. Mas nesse caso, acho que preferiria ir para seu apartamento.

Ainda assim, dá para ver que há muita coisa acontecendo dentro dela. Posso não ser um rastreador, mas certamente sei interpretar uma expressão.

Ela está com medo. Decidida, mas com medo.

CAPÍTULO 14

DEITO NOS BRAÇOS de Stephen e fico entrelaçando e soltando meus dedos aos dele. Acho que estou aqui há uma hora, duas, talvez. Voltei ao seu apartamento no momento em que ouvi minha mãe sair para o trabalho. Quando Stephen atendeu à batida na porta, não dissemos nada. Ele pegou minha mão e me levou até o sofá onde estivemos abraçados desde então. O tempo parece sem sentido; um indicador arbitrário em um mundo cheio de possibilidades e problemas com os quais jamais havia sonhado até hoje.

Não estamos conversando, mas a ausência de palavras supérfluas incapazes de abranger tudo que vimos e ouvimos nos últimos dias é reconfortante. O fato de os olhos dele encontrarem os meus ajuda a aliviar meu cérebro confuso. Suas mãos traçam as formas do meu corpo, e os lábios nos meus são capazes de me fazer esquecer de tudo que eu acabara de aprender a temer. Pelo menos por enquanto.

Mesmo assim, começo a ficar agitada. A breve onda de calma oferecida pelo toque de Stephen dá lugar à outra torrente de perguntas sobre quem sou. Percebo, um pouco envergonhada, que até agora pensei que tudo isso fosse a respeito de Stephen. A invisibilidade dele. O problema dele. A maldição dele. A família dele. Meu envolvimento era um mero acidente.

Mas, no fim das contas, a confusão toda também tem a ver comigo. Não sei por onde começar. Não sei mais quem sou.

— Está tudo bem? — pergunta Stephen.

— Está — respondo, mas soa tão pouco convincente quanto acho que soa.

Stephen não tenta me impedir quando me sento bem ereta.

— Você precisa ficar sozinha de novo.

Sorrio, grata por ele decifrar meu estado de espírito com tanta facilidade.

— Desculpe.

— Tudo bem. — Ele afasta o cabelo dos olhos. Cabelos escuros que apenas eu posso ver. Estico a mão para tocá-lo. E me pergunto por que eu. E me pergunto por que ele é visível apenas para meus olhos. Nem outra pessoa igual a mim consegue vê-lo... outra rastreadora... Ainda é tão estranho que haja uma nova categoria na qual eu me encaixe. Antes, eu era Elizabeth... Jo... filha... irmã... futura escritora/artista. Agora isso.

Deixo a mão cair antes de meus dedos tocarem os cabelos de Stephen, o impulso desviado por um frenesi renovado de pensamentos.

— É muita coisa para processar — diz ele, e me observa enquanto mudo de posição.

— É — digo mais uma vez. Ótimo. Minha nova identidade me transformou em uma narcisista obsessiva. Não consigo parar de pensar em quem sou e no que isso significa, mas Stephen ainda está invisível. Ainda é amaldiçoado.

— Sinceramente, preciso dormir mais um pouco — diz ele; o cansaço nos olhos me mostra que andou passando noites em claro como eu.

Concordo com a cabeça e tento sorrir em função do carinho dele, mas continuo distraída.

— Sabe onde me encontrar. — Ele já estava saindo da sala, e me ocorre que não sou a única distraída. Nossos dois mundos foram abalados. Ele precisa de tanto tempo para classificar todas as camadas de família, magia e tradição quanto eu. Tivemos nosso momento para ficar abraçados. Para simplesmente ser. Mas agora estamos nos separando por necessidades divergentes. Precisamos descobrir quais são nossas histórias. Conseguiremos fazer algumas coisas juntos. Outras nos farão ficar sozinhos.

No instante em que ele se vai, lamento por ter falado que precisava ficar sozinha por um tempo. Parece que meu estômago está oco, do mesmo jeito que fica quando acordo de um pesadelo e me lembro que sou velha demais para chamar minha mãe.

Volto para meu apartamento e, tal como Stephen, vou direto para o quarto. Não vejo Laurie, mas quando caminho pelo corredor, eu o escuto falando ao telefone. Chego a pensar em bisbilhotar para ter certeza de que ele não resolveu compartilhar o resultado de nossa cruzada com Sean. Mas simplesmente estou cansada demais para me arriscar em algum tipo de discussão, por isso passo direto pela porta e vou até meu quarto.

Acho que vou voltar para a cama, assim como Stephen dissera que planejava fazer. Mas, uns minutos depois de me jogar no colchão, percebo que o sono não é uma opção. Minha mente não para. O barulho na minha cabeça é igual ao rufar incessante de tambores, mas a batida dos címbalos nunca vem. É enlouquecedor.

Viro de lado e retiro o material de arte de debaixo da cama. Em caso de dúvida: desenhe. O desenho livre não é uma opção. Preciso de alguma coisa que me absorva completamente, por isso decido me jogar na história na qual venho trabalhando. É o que espero um dia mandar para a Vertigo ou a Dark Horse a fim de me tornar conhecida no universo dos HQs e gibis.

Ao folhear os desenhos — alguns completos, com pintura e diálogos, outros apenas esboços de cenas —, minhas mãos ficam mais lentas. Andei os chamando de *Prisioneiros das Sombras* porque é uma história sobre pessoas que têm os passos seguidos por uma força invisível que molda cada momento da existência delas, em geral, para pior. Olho para a folha e examino meu próprio trabalho. Minhas mãos começam a tremer.

Menti para Millie.

E para mim.

— Eles são amaldiçoados — murmuro. Volto as folhas, olho para cada desenho e observo as ilustrações inacabadas revelando um mundo cheio de pessoas atormentadas por magias que não conhecem e das quais estão desesperadas para se livrar.

Consigo enxergar os feitiços. Eu os tenho desenhado o tempo todo. É por isso que posso desenhar Stephen, ao passo que Millie pode senti-lo, mas não vê-lo.

Descobri meu talento natural. Tem estado dentro de mim, latente, aguardando ser reconhecido pelo que é.

Quero gritar. Quero chorar. Quero aperfeiçoar uma gargalhada maníaca que vai me fazer ser internada em um manicômio para que não veja acidentalmente algo que não estou preparada para ver. Depois, me pergunto se metade das pessoas nos manicômios está lá *por causa* das maldições.

Afasto o portfólio como se ele fosse me queimar e vou até a porta do quarto. Então subitamente dou meia-volta, bato a porta atrás de mim e corro pelo apartamento.

— Ei! — Laurie grita do sofá onde está assistindo à TV. — Onde é o incêndio?

Não respondo; abro a porta de entrada com força e disparo pelo corredor. Não entro no elevador. Não posso esperar por nada. Desço as escadas.

O incêndio está no meu sangue, invadindo minhas veias. Preciso saber se estou certa.

Não paro até chegar à frente do prédio. Então me abaixo e apoio as mãos nos joelhos, arfando enquanto espero que o coração desacelere.

Alguém se abaixa ao meu lado.

— Você está bem?

O rosto de Laurie está franzido. Isso me lembra de quando ele tinha 9 anos e o hamster de estimação adoeceu.

Aceno com a cabeça, ainda tentando recuperar o fôlego.

— Sabe, realmente não aceito aquela resposta — diz ele. — Você quase rompeu a barreira do som ao sair do apartamento.

Aprumo a postura.

— Só... descobri uma coisa.

Ele arqueia as sobrancelhas.

— Vou ficar fora por um tempo — digo, e começo a me afastar. Ele agarra meu braço.

— Hã-hã. — Laurie vira meu rosto para que eu possa encará-lo. — Qual é o problema? Você não vai voltar para aquela loja esquisita com a biblioteca cripta de bônus, vai? — diz ele, e enruga a testa. — Aquela mulher não fez nada para ajudar a gente.

— Não vou — digo. — É outra coisa.

— Mas é uma coisa que tem a ver com nossa cruzada. — Ele cruza os braços. — Porque não acho que você esteja correndo pra comprar leite. Que acabou, por falar nisso.

Olho para ele por um instante. Parte de mim acha que é uma cruzada solitária. Mas também estou apavorada.

Decido contar um pouco mais.

— São meus desenhos.

— Qual é o problema com eles?

— Meus desenhos são sobre pessoas amaldiçoadas... Pelo menos, acho que são.

Ele arregala os olhos.

— Uau. Sério?

— Tenho quase certeza... mas preciso dar uma volta.

— E como é que dar uma volta vai ajudar? — Laurie inclina a cabeça para mim.

— Preciso olhar as pessoas. — Quando digo isso soa muito bobo. Mas sei que é verdade. Tenho de observá-las... e enxergar.

Laurie se apruma.

— Tudo bem. Vamos dar uma volta.

— Não — retruco. — Eu vou. Você não precisa ir.

— Preciso, sim — responde ele. — Não vou te deixar andar sozinha por aí na Manhattan mágica. Rastreadora ou não, você é uma iniciante. Não quero nenhum traficante de feitiços abduzindo essa cabecinha ingênua para fins nefastos.

— Realmente não acredito que existam traficantes de feitiços — digo. Mas me admiro. Poderia existir qualquer coisa.

Ele percebe a ideia pairando sobre meu rosto.

— Olha. Sabe que tenho razão. Pense em mim como seu fiel escudeiro sem magia.

— Ótimo — digo, sem querer demonstrar o alívio que sinto por ele me acompanhar. — Mas se me distrair, mando você embora.

— O fiel escudeiro sem magia nunca distrai a heroína! — Ele faz uma pausa e depois suspira, triste. — Ai, Deus.

— O que foi? — Desci da calçada, e Laurie segue ao meu lado.

— Como fiel escudeiro, estou condenado — diz ele, embora sorria para mim. — Os ajudantes supérfluos jamais chegam ao fim da história.

Balanço a cabeça.

— Não seja ridículo.

— Eu poderia fazer referência a um monte de filmes e livros para demonstrar que está errada, mas você já sabe que tenho razão.

— Você não está condenado — retruco, acelerando o passo — porque eu morreria antes de deixar alguma coisa te acontecer.

Ele baixa o olhar porque sabe que é verdade.

— Vamos parar aqui — falo. Estamos diante de uma quitanda com um toldo imenso. Finjo examinar as caixas de frutas, mas fico observando os outros fregueses.

— O que nós fazemos?

Faço um gesto para ele se calar, mas quando me fita com olhos de cachorrinho carente, eu me encolho.

— Tá bom. Você compra alguma coisa para disfarçar e depois me deixa apenas entender isso.

Feliz por ter uma tarefa, Laurie assume a inspeção das frutas com seriedade e presta muita atenção se as bananas estão maduras ou não.

Respiro fundo e tento fazer de novo o que fiz com Millie. Eu me concentro enquanto deixo o mundo se afastar. Não posso deixar as buzinas estridentes na rua ou a dureza da calçada, ou mesmo a brisa, me puxarem de volta para o momento. Minha visão fica levemente embaçada. E vou até lá.

Não sei onde estou. Mesmo nos momentos em que consegui fazer isso, não tenho certeza do que é. Comecei a pensar nesse lugar como "o segundo plano". É como se o universo normal onde vivo ainda estivesse aqui, mas consigo enxergar o que está acontecendo atrás dos cenários. E atrás dos cenários é onde ficam as vidas mágicas.

Apesar da qualidade instável do cenário à minha frente, temo que não esteja funcionando. Não consigo sentir nem ver nada de diferente nas pessoas ao redor. Aí noto a mulher no meio-fio. No início, sinto a energia ao seu redor. É descontínua, como se fosse estática. Tomo fôlego mais uma vez e tento me retirar ainda mais para o fundo. É quando a estática toma forma. Ela paira ao redor da mulher como as sombras que desenhei, amorfas, sempre em movimento, cheias de vida própria. Feitiços vivos. Dá para ver as partículas caindo ao redor como pedaços de palha. E isso não é bom. Estou começando a compreender o mecanismo de controlar minha capacidade de ver maldições. Não acho que goste disso.

— Alguma coisa?

A voz de Laurie me puxa de volta à quitanda.

— O que foi que eu disse sobre interrupções? — Olho para ele de cara feia.

— Desculpe. — Ele me oferece uma maçã. — Mas se você ficar olhando para o vazio por muito tempo, vai estragar nosso disfarce.

Provavelmente ele está certo, e conseguiu encontrar uma maçã que parece perfeita. Dou uma mordida e saboreio o azedinho.

— Então, qual é o negócio? — pergunta ele, e olha ao redor como se esperasse evidência do meu novo eu mágico parado por ali.

— Aquela senhora. — Aceno com a cabeça na direção dela. Laurie estica o pescoço para olhar. Ela está tentando chamar um táxi. Faz sinal há meia hora. Sei disso, embora só a tenha observado por cinco minutos. — Ela não consegue pegar um táxi — digo e mastigo, pensativa, o pedaço de maçã.

— Algumas vezes demora um pouco — diz Laurie.

Sorrio porque, por mais estranho que seja, ainda é um pouco engraçado.

— Não. Quero dizer que ela não consegue pegar um táxi. Ela foi amaldiçoada.

Laurie bufa.

— Amaldiçoada a não pegar um táxi.

— Sei que não faz sentido. — Dou de ombros. — Mas essa é a maldição.

— Que grande porcaria — diz Laurie.

Estou pensando sobre o movimento do feitiço, frenético e instável.

— Você está com aquela expressão. — Laurie me fita atentamente.

— Que expressão? — Recomponho meu rosto no que, espero, seja a "Elizabeth normal".

Ele dá uma risada.

— A expressão que faz quando está prestes a conseguir a palavra de quarenta pontos no jogo de Palavras Cruzadas.

Abro um sorriso.

— Acho que talvez esteja começando a entender como os feitiços funcionam.

— Sério? — Ele ainda está rindo, mas seus olhos brilham com interesse.

— Então, é como você acabou de dizer — concluo. — A história do táxi. Ela não consegue pegar um, o que é irritante, mas não é uma questão de vida ou morte... Não é como Stephen.

Ele assente.

— E a maldição dela era... instável — digo, e desejo poder pensar em uma palavra melhor. — Parece desequilibrada, como se não fosse se sustentar por muito mais tempo. E se o modo como percebo o feitiço tem a ver com a força ou a gravidade deste?

— É uma teoria — diz Laurie. — Por que não tenta de novo?

Mordo o lábio. Laurie dá um passo para o lado e deixa claro que não vai mais me distrair. Dou uma risadinha e preciso de um minuto até ser capaz de me soltar do mundo e me mover para dentro do plano alternativo. Mas assim que chego ali, bastam alguns segundos até ela chamar minha atenção.

A mulher está passando pela rua lotada de forma decidida. Está coberta dos pés à cabeça com desenhos meticulosos e delicados, sem ostentação. O celular toca. Em menos de dois minutos ela conclui o negócio no qual estivera trabalhando todo o dia. Aparentemente adoraria sair saltitando pela rua em comemoração, mas isso não colaboraria com a imagem que construiu com tanto esmero ao longo dos anos. Quando passa por mim, vejo o feitiço girando ao seu redor. Ele se ergue e brilha enquanto a neve cai gentilmente em cima dela. O retinir de sinos e a risada de uma criança seguem seu rastro.

— Uau — digo, piscando para afastar a euforia que passou por mim quando o feitiço estava próximo.

Laurie fica parado, tenso.

— Outro?

— Desta vez é bom — respondo. — Ela está cercada pelo sucesso.

— Como é o sucesso? — pergunta ele.

Eu me encolho um pouco.

— Cintilante. Não oscila. Ele jorra.

Laurie finge secar a testa.

— Ora, é um alívio saber que não há apenas maldições por aí. Talvez a gente possa lançar um feitiço para fazer Sean me convidar pra sair, não é?

— Laurie — resmungo.

— Eu estava brincando. — Ele levanta as mãos em súplica, mas posso ver que está maquinando alguma coisa.

— Sem feitiços. — Sacudo um dedo para ele antes de dar mais uma mordida na maçã, ao mesmo tempo em que reflito sobre o passo seguinte.

— Você não quer nada? — pergunto ao perceber que ele não está mastigando uma fruta, como eu.

Ele segura um saco de papel.

— Manga.

Limpo o sumo do meu queixo.

— Como vai comê-la enquanto estamos andando?

— Vou guardar para mais tarde — diz ele. — Vai ficar deliciosa com sorvete de baunilha.

— Quando você comprou o sorvete? — pergunto ao atravessarmos a rua. Sigo na frente, e vamos até o parque.

Ele sorri.

— Ainda não comprei. Imagino que vou fazer isso em uma das paradas ao longo do caminho.

Mas a segunda parada numa loja nunca acontece. O que vejo no parque me leva a uma nova direção. Estamos andando há meia hora quando Laurie dá uma indireta de que vai deixar todo aquele verde em prol de uma caçada ao sorvete, então eu o vejo.

É um artista, ou deseja ser um, e automaticamente sinto afinidade. Também gosto dele porque está empoleirado debaixo do anjo que Stephen me levou para ver pouco depois que me mudei para Nova York. Este lugar me acalma. Embora o mundo esteja agitando-se sob meus pés desde que descobri sobre Stephen, e agora sobre mim, este lugar no parque me lembra de que não importa o que a loucura da vida esteja produzindo, Stephen e eu ainda temos isso. E temos um ao outro.

O rapaz tem vinte e poucos anos, usa óculos de armação grossa de plástico transparente e uma mistura confusa de roupas. Ele observa uma tela em branco e manipula os pincéis como se fossem um maço de cartas.

Paro e fico olhando.

Laurie me encara.

— Vamos ficar aqui por muito tempo?

— Acho que sim — respondo.

Ele senta no chão e tira a manga do saco.

— Tudo bem, então — digo para mim mesma. Sempre que faço isso parece uma coisa nova, e fico tensa, com medo de não funcionar. Mas um instante depois o mundo fica borrado e estou novamente em segundo plano. Somente o artista permanece em foco. Aguardo, mantendo a respiração constante. O ar ao redor dele começa a se mexer e tomar forma. Não é como a palha caindo, mas parece fios, que se enrolam ao redor do seu corpo. Juro que posso ouvir um sibilo, como se fossem sussurros irritados, que se enroscam nele conforme os fios se mexem. Posso senti-los dando nós, apertando.

Faço um esforço para sair do pano de fundo, um pouco trêmula por causa do que vi.

Laurie está de pé. Ele segura meus pulsos, oferecendo firmeza. Os dedos estão grudentos por causa da manga.

— Qual é o problema?

— Ele não tem inspiração — respondo.

— Aquele pintor?

Balanço a cabeça positivamente.

— Bloqueio criativo. Essa é a maldição.

— E é diferente da maldição da mulher do táxi?

— Sim — digo. — Esta aqui foi feita para durar. Estava se amarrando em volta dele. E fazia um barulho.

Laurie dá um passo para trás.

— Maldições fazem barulhos.

— A dele faz. — Olho para o artista.

O rapaz está se levantando e guardando os pincéis em uma bolsa a tiracolo. Chuta a tela em branco e assusta um bando de pombos. Ele não a recolhe ao se afastar da fonte.

— Então é pior — diz Laurie, observando-o ir embora.

Fico calada. Não tenho o que dizer.

— Bem, então vamos — fala meu irmão.

— Para onde? — pergunto, ainda acompanhando o artista com o olhar. O movimento irritado dos ombros se desfaz num gesto de desespero quando ele desaparece na trilha.

Laurie espera até ter minha atenção.

— Para ver como é o formato da maldição de Stephen.

Dá para notar que ele está surpreso em me ver. E ainda mais surpreso que Laurie esteja comigo.

— Ei. — Ele se recupera rapidamente e se inclina para me beijar.

Resisto à vontade de tentar ver a maldição ali mesmo. Ele merece ser avisado antes. Mesmo sabendo que há uma maldição e conhecendo mais ou menos a história, me envolver dessa maneira é levar nosso trabalho de detetive a outro nível.

Abraço Stephen com força, sem conseguir dizer uma única palavra sobre como passei a tarde. Felizmente, Laurie não tem nenhum problema quanto a isso.

— Ela consegue vê-los! — Ele dá um pulo e passa por nós para entrar no apartamento de Stephen.

— Como é que é? — Stephen mantém o braço na minha cintura, e acompanhamos Laurie até a sala de estar.

Sem querer que meu irmão continue a falar por mim, eu o interrompo e, ao fazê-lo, ganho um revirar de olhos de Laurie.

— Os feitiços. Consigo enxergar os feitiços.

— Mas Millie falou... — Stephen está cauteloso.

— Eu sei. — Sento-me no sofá com as pernas cruzadas. — Mas acho que foi o que ela quis dizer quando falou que obteria isso naturalmente. Eu consigo ver os feitiços. Foi o que andei desenhando.

Stephen senta-se a meu lado e se recosta. Ele não diz uma única palavra durante algum tempo. Laurie faz um gesto do tipo anda-diz-logo, mas o ignoro. Não quero ir adiante sem que Stephen concorde.

Finalmente, ele solta um longo suspiro.

— Com que eles se parecem?

— Eles assumem diferentes formas... alguns fazem barulhos, e as duas coisas parecem corresponder à intenção do feitiço.

Seu maxilar fica tenso.

— E você está aqui para ver o meu.

— Somente se você quiser — emendo rapidamente.

— Por que ele não ia querer que você fizesse isso? — pergunta Laurie.

— Por que eu não ia querer? — murmura Stephen para si. Então, um instante depois: — Vá em frente.

— Tem certeza? — Não quero pressioná-lo.

Ele faz que sim com a cabeça e fecha os olhos.

Quero segurar sua mão, mas tenho medo de que isso possa interferir na minha capacidade de enxergar a maldição. Meu coração bate forte. Preciso respirar fundo algumas vezes antes de me retirar do cômodo. No apartamento, o segundo plano é diferente, mais silencioso e íntimo. Sinto um pouco de claustrofobia, como se as paredes estivessem se fechando.

Obrigo-me a permanecer calma e a me concentrar em Stephen. No início, ele apenas está ali, do modo como sempre o vi. Faço mais força ainda e tento separar meus sentimentos por ele da magia que quero ver. Ela se agita com relutância e desliza ao redor dele. Eu me engasgo com um grito. Não são fios. São tentáculos. São apêndices grossos que serpenteiam ao seu redor. O som das ventosas se debatendo, se prendendo e se soltando do seu corpo é insuportável, como se elas drenassem a própria essência de seu ser. Stephen está imóvel, parado no meio delas. Ele existe dentro do ninho de sua maldição.

Eu me lanço para fora do segundo plano. Laurie está me fitando. Stephen começa a tremer ao ver meu rosto. Saio correndo do sofá e consigo chegar ao banheiro bem a tempo de vomitar.

CAPÍTULO 15

DURANTE TODO ESSE tempo, eu queria saber exatamente como ela me via. Eu me prendia a cada detalhe. Esperava por cada pista.

Agora, não estou tão seguro disso.

É como se eu a estivesse matando. Somente por estar parado ali. Somente por fazê-la me examinar.

Eu a estou matando.

Ela corre para fora do cômodo, e Laurie a acompanha. Fico no mesmo local, com medo.

Não quero mais que ela me veja. Não se isso a deixa assim.

Por ser invisível, nunca precisei enfrentar o asco de alguém. Jamais fui o catalisador de uma reação assim.

Agora sei como é.

E isso acaba comigo.

Laurie volta.

— Onde você está? — pergunta ele.

— Bem aqui — respondo.

Ele segue minha voz.

— Ela está bem. Apenas um pouco abalada. Acho que precisamos parar por aqui hoje...

Mas antes que possa dizer mais alguma coisa, Elizabeth volta para a sala.

— Não, está tudo bem — diz ela. — Não se preocupem. Estou bem. Ela olha para mim. Quero me esconder. Pelo bem dela.

— Está tudo certo — explica. — Já desliguei. Aquela parte de mim.

— O que foi que você viu? — pergunto.

Ela balança a cabeça.

— Não dá para explicar exatamente. Quero dizer, não compreendo de maneira alguma. Consigo enxergar coisas, mas realmente não sei interpretá-las. Tudo o que sei é que seu avô pôs uma maldição poderosa em você.

— Olhar para ela afetou você — digo.

— Não sei se *afetou* é a palavra certa. A coisa toda me dominou. Quase como se fosse capaz de saber que eu estava olhando e me mandasse embora.

— Não faça isso de novo — digo. — Prometa. Não até sabermos mais.

— Prometo. Não até sabermos mais.

Meu pai volta para casa na hora do jantar. Não estou esperando por ele, mas também não fico surpreso.

— O que você fez hoje? — pergunta ele, como se eu tivesse acabado de voltar do treino de futebol.

Dou uma risada. Nem sei por onde começar a contar.

— Olha, sobre a noite passada... — diz ele. — Espero que não tenha problema eu ter lhe contado todas aquelas coisas. Fiquei perambulando pela cidade durante o dia todo, pensando nisso. Jamais quis que esse dia chegasse. Sinceramente, pensei que... Bem, eu pensei...

— Pensou que minha mãe estaria por perto para me contar. Você não pensou que precisaria ter esta conversa comigo porque sabia que era tarefa dela.

— Exatamente.

Ligo para o restaurante italiano no fim da rua e peço o jantar para nós, usando o cartão de crédito do meu pai, como sempre. Então volto a me sentar diante dele junto à mesa da cozinha.

Tenho tão poucas lembranças do meu pai. Às vezes, eu as inventava. Vira tantos pais empurrando os filhos nos balanços, tantos pais brincando de arremessar bola, tantos pais observando com uma mistura de nervoso e emoção enquanto os filhos desciam de trenó pela primeira vez por um morro íngreme e cheio de neve no Central Park. Eu me convencia a acreditar que nós tínhamos feito essas coisas também, antes de conseguir me lembrar, antes de ele ir embora. Nunca precisei dele para me ensinar coisas nem para ser meu herói. Apenas queria que ele estivesse por perto para me carregar nos ombros quando fôssemos ao zoológico.

Ele está conversando comigo agora, me contando sobre a vida na Califórnia, me falando sobre minhas irmãs, tentando, pela primeira vez, preencher o espaço vazio que deixou na minha vida. Ele o preenche com as coisas erradas, mas, de algum modo distorcido, agradeço a tentativa. Não estou ouvindo realmente; em vez disso, tento imaginar como era estar apaixonado pela minha mãe, casar-se com ela e, um dia, ouvir sobre a maldição, sobre a ameaça. Ele não quis acreditar que era verdade, e quem pode culpá-lo? Eu mesmo não quero acreditar que seja verdade, e sou a prova de que é.

Acho que a pergunta que preciso responder é quanto realmente espero que meu pai tolere. Quais são as responsabilidades, na verdade, quando há coisas como maldições e feitiços envolvidos? Posso culpá-lo por não querer ter algo a ver com isso?

Bem, sim, posso culpá-lo. Portanto, imagino que a questão seja se eu *deveria* culpá-lo.

— Obviamente — diz ele agora —, não contei a ninguém a verdadeira razão pela qual fiquei por aqui. Mas quero ficar por sua causa. Pelo tempo que precisar, até resolver isso.

— O quê? — digo.

— Falei para eles que surgiu um problema no trabalho. E acho, espero, que minha esposa me conheça bem o suficiente para saber que não estou tendo um caso. Portanto, vou ficar na cidade. Não preciso ficar aqui no apartamento. Respeito o fato de você ter todo o direito à privacidade a essa altura. Mas certamente há alguma coisa que eu possa fazer.

— Está tudo bem — retruco. — Você pode ir.

— Não. Vamos derrotar essa coisa.

Ele fala com ênfase, como se eu tivesse câncer e ele fosse segurar minha mão na hora do tratamento. *Nós vamos derrotar essa coisa.* Mas não há tratamento idealizado para derrotar essa coisa. Não é necessário que ele segure minha mão.

Ele começa a falar um pouco mais sobre as irmãs que jamais vou conhecer, as irmãs que não sabem que eu existo.

O jantar chega. Enquanto comemos, ele me pergunta sobre os filmes de que gosto. Quando digo o título de alguns dos quais ele nunca ouviu falar, meu pai observa que deveríamos assisti-los juntos. Presumo que queira dizer hipoteticamente. Mas quando terminamos de jantar, ele vai direto até o aparelho de DVD e coloca um deles.

Senta-se na poltrona que antigamente poderia ter sido a dele. Eu já vi o filme uma centena de vezes, mas dessa vez é diferente. Rimos das mesmas coisas. Dá para perceber que nós dois torcemos para o protagonista. Dá para notar que ele está se divertindo.

É como uma das minhas lembranças falsas, só que agora é de verdade.

No dia seguinte, Elizabeth, Laurie e eu voltamos ao santuário de Millie na hora marcada.

Desta vez, o guardião da porta nos deixa entrar sem dizer nada e simplesmente aponta para os degraus que levam ao magistorium.

Millie parece mais calma e controlada do que ontem. Está guardando alguns livros nas prateleiras quando chegamos.

— Que bom vê-los de novo — diz ela, embora ainda nem tenha olhado para nós.

Nós nos sentamos nos mesmos lugares do dia anterior.

— Agora — explica Millie —, antes de começarmos, devo perguntar seus nomes.

Um teste de confiança tão básico. Nem mesmo ocorreu a nenhum de nós nos apresentarmos da última vez. Acho que presumimos que ela já soubesse.

Dizemos a ela nossos nomes completos. Laurie diz que é irmão de Elizabeth. Digo que sou amigo de Elizabeth e Laurie.

— Eu deveria ter visto a semelhança — observa Millie, olhando para Laurie e Elizabeth. — Espero que me desculpem. Estava muito... distraída.

— É perfeitamente compreensível — responde Elizabeth.

Depois ficamos ali sentados pelo que pareceu um minuto inteiro, em silêncio, e esperamos que Millie prossiga com a conversa.

Finalmente, ela nos diz que não dormiu na noite anterior.

— Então vocês terão de me desculpar mais uma vez. Há muitas coisas na minha mente, sobretudo se pensarmos no que estou prestes a fazer. Não quero que pensem que vou contar isso sem qualquer ponderação. Não é fácil para mim, e preciso que levem esse fato em consideração.

— Nós levamos — diz Elizabeth a ela. — E agradecemos por você ter aceitado nos encontrar novamente. Agradecemos pelo que quer que você esteja disposta a contar.

É como se alguém tivesse tirado a capacidade de falar de mim e de Laurie. Existe alguma conexão entre Elizabeth e Millie, e, mais uma vez, no minuto em que entramos nesta sala, a história que estávamos encenando se tornou uma coisa a respeito dela, não de mim. Millie não estava falando comigo nem com Laurie, embora fosse evidente que não se importava se ouvíssemos o que tinha a dizer. Mas, na verdade, estava falando apenas com Elizabeth.

— Quando você veio aqui ontem, senti tantas emoções diferentes. E essas emoções me mantiveram acordada na noite passada. Mais do que qualquer outra coisa, eu me senti velha. Mais velha do que jamais me sentira havia muito tempo. Senti o fardo de tudo que vi, de tudo que aprendi, e de como esse fardo me tornou mais lenta e mais hesitante. Quanto mais velha você fica, mais sábia é: isso é verdade. Mas também questiona qual o uso dessa sabedoria.

"Quando comecei a sentir sua presença, Elizabeth, imaginei que você fosse outra relíquia como eu. Nunca me ocorreu que alguém com seu poder fosse apenas uma garota. Sem treinamento. Natural. Quando chegou aqui, eu não sabia o que fazer, o quanto devia contar. Tenho vivido por tanto tempo resolvendo os problemas insignificantes das pessoas e mantendo minha reputação como a aberração local. Eu me desviei de todas as coisas que fui criada para fazer."

Ela faz uma pausa por um instante para ter certeza de que Elizabeth está acompanhando; é uma pausa desnecessária, pois nós todos estamos fascinados.

— Pode parecer um dom muito estranho a se possuir... ser capaz de enxergar feitiços e maldições sem poder fazer coisa alguma em relação a eles. Esse é o paradoxo no qual os rastreadores vivem. É como ser capaz de ouvir música, mas jamais conseguir criá-la. Há prazeres, mas também há muitos desejos que não se realizam. Você se acostuma, mas nunca fica totalmente feliz com isso. Quer ser capaz de afetar o mundo que vê. Todos nós queremos.

"Já refleti sobre o quanto deveria lhe dizer. Mas para que você realmente compreenda, preciso levá-la de volta ao começo ou, pelo menos, a uma época muito remota. Não se preocupe; não sou *tão* velha assim. Não somos imortais; tenho a mesma vida curta ou longa de qualquer outra pessoa. Mas há histórias, e muitas das mais recentes estão aqui neste cômodo. Portanto, sabemos como foi, mesmo há muito tempo.

"Atualmente, rastreadores são espectadores. Vemos as coisas, mas não há muito que possamos fazer em relação a elas. Na melhor das hipóteses, diagnosticamos os condenados. Podemos dizer às pessoas a causa, mas parece que perdemos a cura. Há centenas de anos, porém, não era bem assim. Nós não éramos tão impotentes. Havia mais rastreadores que conjuradores, muitos mais. E usávamos nossas habilidades para monitorar os conjuradores. Alguns até suspeitavam que uns poucos entre os rastreadores mais poderosos tivessem a capacidade de retirar as maldições e reverter os feitiços, mas isso nunca foi mais que rumor e especulação. Os rastreadores que talvez tivessem esse tipo de poder sabiam que rapidamente se tornariam alvo dos conjuradores. Ou, talvez, não quisessem assumir o fardo de remover as maldições quando a maioria de nós não era capaz de fazê-lo. Não os culpo por querer existir na obscuridade. Para fazer uma analogia grosseira, éramos ao mesmo tempo o juiz e a polícia. Se um conjurador estivesse abusando do poder, nós interferíamos. Consequentemente, conjuros eram extraordinariamente raros e apenas justificados em circunstâncias extremas. Por mais estranho que fosse, éramos os protetores do livre-arbítrio. E os conjuradores concordavam com isso."

Millie faz uma pausa. Há uma tristeza incurável nos olhos dela.

— Com o passar do tempo, isso mudou. Não houve um único evento, nenhuma revolução dos conjuradores. Pode ter sido o plano: nos extinguir. Não sei... você teria de perguntar a eles. Mas fosse o que fosse, havia cada vez menos rastreadores. Os conjuradores faziam o que queriam, sem repercussões. E, conforme já sabe, o mundo se tornou um lugar muito maior que qualquer um jamais soubera que seria, o que significava que era impossível acompanhar e monitorar todos os conjuradores. As regras não foram quebradas, foram desintegradas.

"Sei que não sou a última dos rastreadores, mas sei que, sem dúvida, sou uma das últimas. Como o mundo se tornou menor de novo, pois a tecnologia nos aproximou, fiquei me perguntando se havia um meio de retomar o contato. Mas jamais tive notícias de outra rastreadora, embora tenha me esforçado para manter meus dons em segredo. Imagino que não tenha demorado muito tempo para você me encontrar, não é? Isso foi proposital."

— Tudo o que precisa fazer é deixar os geeks que gostam de gibis saberem — diz Laurie —, e o restante do mundo saberá.

— Não sei se isso era exatamente o que eu queria, mas graças a meus anos de experiência, vejo que sua hipótese merece uma análise. Ainda assim, ser tão aberta sem dúvida me deixou um pouco vulnerável. Os conjuradores certamente sabem o que sou.

— Ou pensam que você é doida — sugere Laurie.

— Ou isso. Sempre é possível. A parte boa sobre os conjuradores é que são incapazes de rastrear. Podem criar feitiços e maldições, mas não podem ver o trabalho de outras pessoas. Nem conseguem perceber rastreadores do mesmo modo que nós podemos. Por exemplo — diz Millie, olhando para Elizabeth —, duvido que Maxwell Arbus saiba sobre você. Não ainda.

O modo como fala me faz estremecer; é como se meu avô saber sobre Elizabeth fosse a pior coisa do mundo.

— Conte-nos sobre ele — diz Elizabeth.

Millie se retesa. Evidentemente essa era uma das coisas sobre as quais ponderara se valia a pena nos contar. Depois concluiu que sim, deveria nos contar.

— Arbus não é o conjurador mais malévolo que já conheci, mas está perto disso. Na verdade, não existe algo como um conjurador benévolo. Se, por alguma razão, você adquire os dons de um conjurador, a opção benévola é nunca usá-los. Costumava haver alguns poucos conjuradores que somente usavam seus conjuros para punir, isto é, eles apenas amaldiçoavam assassinos, estupradores e coisas assim. Pessoas que tinham feito coisas ruins. Mas Arbus dificilmente é desse jeito.

"Ele é o pior tipo de conjurador. Ele é inteligente. E quando a inteligência encontra os conjuros, o resultado é sadismo. Por exemplo, uma vez ele amaldiçoou um homem a sentir dor sempre que via a cor azul. Isso parece pouca coisa no início, não é? Então pensem na cor do céu, na cor do mar. E pensem na frequência em que veem azul na vida cotidiana. Em outra ocasião, fez uma mulher ficar alérgica ao som da voz do marido. Sempre que ele falava com ela, a pele dela estourava com urticárias horríveis. Não importava o quanto se amassem. Era insuportável.

"Conjuradores não têm uma quantidade ilimitada de poder. Arbus é um gênio em fazer a maldição mais ínfima se prolongar. Sinceramente, foi por essa razão que fiquei surpresa ao ver uma maldição de invisibilidade feita por ele. Uma maldição de invisibilidade consome uma quantidade significativa de poder. Mas sendo em prol de irritar os próprios descendentes, bem, posso compreender por que ele usou tanto. Em geral, conjuradores gastam muito mais energia com as pessoas que conhecem.

Ao ouvir toda essa tétrica história, minha mente vai até um lugar sombrio. Sim, invisibilidade é minha maldição, forjada por magia malévola. Mas aparentemente era, na melhor das hipóteses, uma maldição secundária. A verdadeira maldição é muito mais fortuita, muito menos mágica: a pura e simples maldição da linhagem. Minha mãe foi amaldiçoada no momento em que nasceu como filha de um homem mau. Fui amaldiçoado no momento em que nasci, neto de um avô tão mau. Não é necessário ser um rastreador para ver isso. Tudo o que se precisa saber está no sangue.

— Você disse que meu avô esteve na cidade. Sabe o porquê? Sabe me dizer o que ele fez?

— Não sei ao certo — retruca Millie. Há uma compaixão dolorosa em sua voz. — As maldições que fez foram de pouca importância, sem dúvida voltadas a pessoas que o desagradaram. Mas nunca houve uma única, grande maldição. Ele está aqui por outros motivos. Talvez para vigiar você e sua família.

— Não há outros parentes — digo a ela. — Não mais. Sou apenas eu.

Millie assente.

— Entendo. Então talvez esteja vigiando você.

— Mas pensei que você tivesse dito que conjuradores não podem ver feitiços.

— Não os de outras pessoas. Mas sentem os próprios. Imagino que, apesar de você ser invisível para ele tal como é para mim, ele certamente conseguiria sentir a maldição. Mas ela não pareceria sólida... Eles não conseguem enxergar as maldições do mesmo jeito que Elizabeth enxerga. Querida, você pode ver, não é?

Elizabeth concorda com a cabeça, mas alguma coisa em seus olhos deve tê-la denunciado.

— Oh, pobrezinha — diz Millie. — Foi muito desagradável, não foi?

— Foi horrível — admite Elizabeth.

Continuo me lembrando de que não posso levar isso para o lado pessoal. A aparência de minha maldição nada tem a ver com quem sou.

Mas ainda assim... a ideia de Elizabeth olhar para mim e ver alguma coisa horrível... Não tem como eu não levar para o lado pessoal.

— Você quer quebrar a maldição — diz Millie —, e devo adverti-la mais uma vez: não tenho certeza de que isso possa acontecer um dia. A coisa fácil e vagamente responsável a se fazer seria dizer para você desistir, dizer que simplesmente precisa se acostumar a elas. Ele distribuiu as cartas, e você simplesmente tem de usá-las, viver da melhor maneira possível com o *status quo*. Há uma grande tentação nisso. Mas o que me fez ficar acordada durante a noite não foi a via fácil e responsável. Porque, querida, você é curinga. Você poderia, *poderia,* tornar possíveis as coisas impossíveis.

"Não preciso lhe falar isso, tenho a sensação de que já sabe, mas vou dizer de qualquer forma: embora ser uma rastreadora seja um trabalho como outro qualquer, há uma coisa nisso que se torna parte essencial de quem você é. E essa parte essencial está ligada à parte essencial no interior de todos os rastreadores que vieram antes de você. Vivi durante anos, décadas, simplesmente quietinha no meu canto e me concentrando nas situações mais ínfimas possíveis. Mas agora é como se essa parte essencial estivesse falando comigo e me dissesse que é hora de ver o quadro como um todo. Houve um tempo em que os rastreadores queriam ter certeza de que a vida era segura para todos ao redor. E talvez seja hora de esta velha rastreadora se lembrar disso.

— Então o que você quer fazer? — pergunta Elizabeth.

— Quero aprimorar suas habilidades. Quero lhe mostrar os meios. Depois quero encontrar Maxwell Arbus e acabar com ele. Quero me tornar a primeira rastreadora a quebrar uma maldição de invisibilidade. E quero fazer isso o quanto antes, porque não tenho a vida toda.

— Estou dentro! — comemora Laurie.

Mas não é para Laurie que Millie está olhando.

— Estou dentro — diz Elizabeth.

— Muito bem — fala Millie, esfregando as mãos. — Garotos, vocês terão de nos dar licença. Precisamos treinar um pouco.

CAPÍTULO 16

MILLIE NÃO PERDE TEMPO, expulsando Laurie e Stephen do magistorium. Faz até um som de *xô*, *xô* com voz estridente, o qual não acho que já tenha ouvido uma pessoa vocalizar até hoje. Laurie sai do cômodo e ergue o polegar enquanto desaparece na escada. Stephen fica para trás e me observa. Está tentando disfarçar a testa franzida, e abro um sorriso. O sorriso é mais intenso do que o que estou sentindo, mas sei que ele está preocupado e não quero que fique assim. Estou onde preciso estar. Tenho de fazer isso, mesmo sem saber o que é *isso*, mesmo que preferisse não ficar a sós com uma mulher que mal conheço e que diz "xô".

Mille termina fechando a porta do magistorium na cara de Stephen. Ele havia aberto a boca, e fico me perguntando o que ia dizer. Provavelmente era apenas tchau, mas com o mundo virando de ponta a ponta a cada momento, não quero perder nada. Nem mesmo uma simples despedida. Quanto mais fico sabendo sobre o que está em jogo e com o que estamos lidando — maldições, magia... vingança —, mais tenho medo do que eu poderia perder sem aviso.

Afasto o calafrio causado pela possibilidade de subitamente ficar sem o garoto por quem me apaixonei. O garoto invisível.

— Querida, querida, querida. — Millie está beliscando minhas bochechas, me fazendo sair do torpor e me forçando a dar alguns passos hesitantes para trás. — Nada de cara de doente aqui.

Estou prestes a bufar em resposta e perguntar o que minha aparência tem a ver com rastrear feitiços, mas penso duas vezes. Sei que está tentando ser gentil, de um jeito esquisito, como se fosse minha avó. Estou desesperada para parar de tremer por dentro.

Millie me dá um sorriso indulgente.

— Vou pegar um pouco de chá e biscoitos gostosos para nós.

Isso, cem por cento vovó.

Ela desaparece por trás de uma divisória de veludo grosso que pensei ser uma tapeçaria, mas que na verdade esconde um corredor. Deve estar indo até a cozinha, e o que mais existe ali atrás? Será que ela mora debaixo das ruas de Nova York, sozinha com o magistorium e o guarda-costas caolho no andar de cima?

Por mais que eu esteja assustada com sua súbita mudança de atitude, também é meio simpático. Entre o horário de trabalho maluco de minha mãe e meus pretextos para ficar fora de casa e com Stephen, mal a vi nas últimas semanas. Quando escuto o murmúrio abafado e desafinado de Millie, me dou conta de que isso é estranho para ela também. A nova euforia para quebrar maldições não nasceu apenas da culpa, mas também da solidão.

Esfrego os braços e estremeço. O magistorium parece mais uma catacumba que uma residência — um local para se esconder do mundo e, então, ser esquecido por ele. E Millie tem vivido aqui exilada... por quantos anos, não tenho certeza.

Certa de que esses pensamentos sombrios estão me deixando com a indesejável cara de doente, caminho pelo cômodo, procurando uma distração.

Como posso tornar isso mais fácil? Sou a aluna. Esta é a escola. Conheço a escola. Posso frequentar a escola.

Tento fingir que é meu primeiro dia de aula. O que eu faria?

Antes da hospitalização de Laurie, eu era uma aluna bem interessada: me sentava na frente da classe, respondia às perguntas. Depois do ataque, me afastei, taciturna e ressentida por causa dos colegas e até dos professores. Meu único desejo era ficar sozinha, então migrei para o meio da classe. Longe dos alunos ansiosos, mas igualmente afastada dos encrenqueiros e brincalhões do fundo. No meio, poderia estar presente sem ser percebida. Podia ler escondida os gibis em vez dos livros didáticos. Podia fazer meus desenhos em vez de tomar notas.

Eu queria desaparecer.

O pensamento me fez parar no mesmo instante. Não apenas a ideia da invisibilidade significava uma coisa totalmente diferente para mim agora, como toda essa história de estar ali era exatamente porque não posso desaparecer. Tenho de me tornar o que quer que eu deva me tornar para poder ajudar Stephen.

Aprumando os ombros, estendo a mão para pegar uma das grossas obras, imaginando que talvez pudesse começar antes de Millie trazer o chá. Nem bem consegui retirar o livro e o estardalhaço de uma bandeja sobre a mesa me faz virar. O chá transborda pela beirada das xícaras, mas é absorvido rapidamente pelas toalhinhas de papel que enfeitam a prataria.

— Não, não! — Millie me tira de perto das prateleiras. Afasto-me delas rapidamente, pois não quero ouvir o *xô, xô*.

— Esses livros são de história — diz ela. — Nossa preocupação é com o presente. Você precisa de ação. O passado é para ser ponderado e meditado, e isso é para outra hora. Sente-se.

Ela aguarda até eu obedecer. Observo que coloca a xícara de chá diante de mim, toda sorridente. Pelo aroma, aposto que é Earl Grey. Então ela empurra um prato cheio de biscoitos amanteigados em minha direção. Concluo que não é opcional e mastigo na esperança de que minha obediência faça Millie prosseguir com o treinamento.

Ela sorri para mim, bebe um gole do próprio chá e diz:

— Agora vamos pôr a mão na massa. Que tal?

Fico feliz por não suspirar de alívio e acabo fazendo apenas um meneio de cabeça.

— Como já disse aos garotos, não houve um levante repentino que transformou os rastreadores em observadores — explica ela. — Foi gradual.

Millie fica ligeiramente tensa e com os lábios trêmulos.

— Algumas vezes, me pergunto se não foi preguiça... ou talvez apatia.

Vejo sua expressão mudar de dúvida para determinação. Ela fixa o olhar atento em mim.

— Mas quando estou nos meus melhores dias, o primeiro instinto é de que foi por medo.

— Medo? — O chá e os biscoitos são tranquilizantes e fazem com que eu me sinta como uma criança a quem contam uma história maravilhosa. Preciso continuar me lembrando de que estou vivendo esta história, não apenas ouvindo. Fico me perguntando se deveria tomar notas.

Millie gesticula para o cômodo.

— Viu minha casa. É um lugar cheio de maravilhas, certamente, mas é meu refúgio. Tenho medo de pessoas como Maxwell Arbus. Os conjuradores se submeteram ao julgamento dos rastreadores porque eram obrigados, mas, na melhor das hipóteses, sempre fomos considerados um aborrecimento e, na pior delas, um inimigo. Sempre existiu a ameaça de que os conjuradores viriam atrás dos perseguidores conhecidos.

— Mas a senhora não sabe? — Lanço um olhar de soslaio aos livros gastos.

— Mais uma razão pela qual não podemos confiar no passado. — Millie balança a cabeça. — As histórias que tenho estão incompletas. E o que eu provavelmente procuraria não teria entrado no registro oficial. O negócio foi feio.

Levanto as sobrancelhas enquanto tomo outro gole de chá.

Ela dá risada, o que ilumina seu rosto e a rejuvenesce 10 anos.

— O que estou sugerindo é chantagem, querida. E do pior tipo. Não esse nheco-nheco ridículo de agora, sobre uma pessoa dormir com quem não devia. Estou falando sobre ameaças à família de alguém. Ao próprio bem-estar.

Enquanto acrescento *nheco-nheco* ao meu novo dicionário de Milleísmos, a tristeza se esgueira até os olhos dela.

— Já chega de especular sobre o passado. Vamos começar com o que sabemos e o que ainda está para ser descoberto. Quando ganhou sua visão?

Olho para ela.

— Quero dizer, quando foi que percebeu as maldições pela primeira vez? — Sua pergunta é paciente.

— Mas eu não fui sempre capaz de percebê-las? — pergunto, franzindo a testa. — Foi somente ontem que descobri como vê-las.

Ela assente.

— Claro, querida. Estou me referindo ao que nós chamamos de despertar. Todos os rastreadores nascem com uma habilidade latente para fazer o próprio trabalho, mas eles não adquirem poder até o momento do despertar. Costuma ser um acontecimento. Um gatilho, se preferir.

Ainda estou franzindo a testa, confusa.

— Então acho que foi ontem.

Agora é a vez de Millie franzir a testa. Ela ainda não tinha perdido a paciência comigo, mas dá para perceber que a conversa a deixa frustrada.

— Não, não. Ontem você aprendeu como se concentrar nas maldições e enxergá-las. Essa é uma habilidade única apenas para você e está ligada ao seu talento natural. Estou falando de quando percebeu as maldições pela primeira vez. É uma pena que estivesse sozinha, pois a mudança afetaria o modo como vê o mundo, mas você não teria sabido por que ou o que estava acontecendo.

— Lamento. — Esfarelo um biscoito entre os dedos, me sentindo tola e impotente.

Felizmente, Millie é uma boa professora, que não duvida nem desiste facilmente dos alunos.

— Então me diga, o que a fez sair ontem e procurar as maldições?

— Ah! — Sento muito ereta. — Foram meus desenhos.

— Você é uma artista? — Millie parece surpresa, porém satisfeita.

Um rubor quente tinge minhas bochechas.

— Eu... Eu quero ser. Quero escrever e ilustrar gibis.

— Que interessante — diz ela, embora seu rosto indique que esperava que eu fosse uma artista mais tradicional. — Então... como seus desenhos a levaram a buscar as maldições?

— Foi a história na qual eu estava trabalhando. — Falo devagar e reflito sobre as palavras conforme as digo: — Chama-se *Prisioneiros das Sombras*.

Millie inclina a cabeça, aguardando que eu prossiga.

— Percebi que andei desenhando as maldições. Pessoas amaldiçoadas.

— E quando foi que começou a trabalhar nessa história? — pergunta ela.

Tenho de pousar a xícara porque minhas mãos estão tremendo. Sei exatamente quando comecei a trabalhar em *Prisioneiros das Sombras*. Eu não conseguia dormir. Não conseguia comer. Não conseguia fazer nada. Então desenhei. Desenhei no papel que ia ser reciclado e que as enfermeiras cataram para mim. Desenhei durante horas enquanto meu irmão estava deitado, inconsciente, em um santuário de máquinas que bipavam e tubos de plástico retorcidos.

Fito a xícara vazia pela metade.

— Meu irmão foi atacado.

Millie respira fundo.

— Por um conjurador?

— Não — respondo. — Por pessoas. Apenas pessoas.

Quando obrigo meus olhos a encontrarem os de Millie, ela me dá um sorriso triste.

— É impressionante o que as pessoas podem fazer umas com as outras mesmo sem o auxílio de conjuradores. É impressionante e terrível.

Concordo com a cabeça e pisco com força para que as lágrimas não escapem.

Millie educadamente finge não perceber. Estou realmente começando a gostar dela.

— Acredito que podemos dizer com segurança que o infortúnio do seu irmão despertou sua habilidade — diz ela. — O despertar resulta com mais frequência de trauma ou perda do que de um acontecimento feliz.

— O seu foi imediato — falo em voz baixa. — Por causa da sua irmã. Você sabia que ela estava ausente. Podia sentir o vazio que ela deveria ter preenchido.

Ela respira fundo, os ombros subindo e descendo com o gesto.

— Sempre. Então, sim, meu caso foi único. Percebi as maldições desde o início.

Estou tonta e até mesmo um pouco enjoada. Não sei se estou pronta para processar tais informações. Por que coisas ruins acontecem a pessoas boas? Para que seu superpoder possa ser despertado?

Subitamente, não me importo com o que eu poderia ser ou com o modo como o treinamento com uma rastreadora poderia ajudar alguém. O que aconteceu a Laurie foi imperdoável. É inaceitável bancar a Poliana diante de tal horror. Todas as células do meu corpo se rebelam.

Minhas reações devem estar passando pela minha expressão como as informações no gerador de caracteres da TV, pois Millie fica de pé.

— Ora, ora. — Ela dá a volta na mesa, para ao meu lado e segura minha mão. — Não deve fazer isso.

Penso, por um momento, que vai comentar sobre a cara de doente de novo, mas ela simplesmente aperta meus dedos com seus ossudos dedinhos finos.

— Se não fosse pelo que aconteceu ao seu irmão, teria sido outra coisa — diz ela. — Seu talento natural é maior que qualquer um que já conheci. Seu despertar era simplesmente uma questão de tempo.

Tento retribuir o aperto nos dedos dela, embora ainda não goste disso. Preciso admitir que faz sentido. Nunca passei por nada tão visceral quanto aquele cerco de emoções que me atingiu após o ataque a Laurie. O mundo mudou ao meu redor, se tornou mais claro, nítido e duro. Repleto de ângulos e formas que eu nunca vira.

Considerava isso minha iniciação no clube dos aborrecidos, quando, no fim das contas, simplesmente estava vendo os efeitos persistentes da magia, boa e ruim, pela primeira vez.

— Então já identificamos onde começou — continua Millie baixinho, me convencendo a voltar ao cômodo e sair dos cantos escuros do meu passado. — Você gostaria de discutir até onde isso poderia chegar a partir de agora?

— Sim. — Fico surpresa pela força na minha voz.

— Vamos começar de forma simples. — Ela hesita e retira a mão da minha. — Temo que eu também vá aprender. É óbvio que seu talento é maior que o meu.

Abro a boca para protestar, mas ela balança a cabeça.

— É a verdade pura e simples — diz ela. — Só espero que isso não interfira em nossos propósitos.

Ela volta para a cadeira e fecha os olhos.

— Quando ainda estava identificando e analisando as maldições como um meio de ganhar a vida, eu podia sentir o poder persistente da magia sobre a vítima. O efeito da maldição, se você preferir. Era como olhar o negativo de uma fotografia, mas um negativo borrado, na melhor das hipóteses.

— Mas a senhora disse que não pode desfazer maldições — observo. Ela abre os olhos.

— Sim.

— Então por que alguém pagaria pelos seus serviços?

— Os conjuradores são um bando de orgulhosos. — Ela dá uma risada amarga. — Ao identificar a maldição, os rastreadores não têm dificuldade em refazer os passos até seu criador. Muitos conjuradores receberão um pagamento muito maior que o valor original se fizerem a maldição em nome de outra pessoa. Se a maldição for pessoal, frequentemente será apenas necessário que a vítima se humilhe para o conjurador quebrar o próprio feitiço.

— Então ajudava as pessoas a encontrarem os conjuradores? — pergunto.

— Era a maior parte do que eu fazia — diz ela. Depois abana a mão como se espantando uma mosca. — Mas minhas habilidades somente nos levam até aí. Você pode fazer mais. Conte-me o que viu quando descobriu os feitiços.

Apoio os antebraços na mesa, como se fosse precisar de madeira sólida para me equilibrar.

— É como se eu desaparecesse do mundo real para dentro de... não sei o que é nem onde. Tenho chamado de *segundo plano*.

Millie assente, mas não diz nada, e eu continuo falando.

— Quando estou no segundo plano, consigo ver os feitiços.

— Qual é a aparência deles? — pergunta ela, com voz tão baixa que me faz pensar que está com medo de me assustar.

— Vi três deles quando saí para dar uma volta com Laurie — digo. — Cada um era, de certa forma, a mesma coisa, mas também diferente.

— Conte-me sobre eles. — Millie abre e fecha as mãos, disposta a ser paciente.

— Tinham formatos específicos e, algumas vezes, um som — comento. — A primeira pessoa que vi foi uma mulher tentando pegar um táxi, mas ela não conseguia.

Millie me assusta com uma risadinha.

— Desculpe. É uma maldição muito boba e muito comum na cidade. E normalmente é temporária, feita para sumir em questão de dias. O que mais?

— O espaço ao redor do seu corpo estava cheio de pedaços que se movimentavam, como fragmentos de palha caindo ao redor — digo.

— E o som? — pergunta ela.

Estou franzindo a testa.

— Não havia som. Bem, na verdade acho que teria havido, se eu tivesse esperado um pouco mais. Sempre que fazia isso, apareciam mais detalhes.

— Então me conte sobre o feitiço seguinte — pede ela.

— Era como se ela estivesse caminhando em um globo de neve que acabara de ser balançado. — Faço uma pausa longa o suficiente para revirar os olhos. — E tinha o som de sinos.

— Isso não era uma maldição — diz Millie. — Era um feitiço de sorte.

— Meio que entendi isso — respondo. — Ela estava fechando todo tipo de bons negócios. Coisas de trabalho.

Millie contrai os lábios.

— Alguns encantadores ganham dinheiro oferecendo seus serviços ao público.

— Isso é uma coisa ruim? — pergunto. — A mulher parecia bastante feliz.

— Assim como ficam as pessoas que ganham na loteria; mas normalmente isso apenas faz com que voltem querendo mais — explica Millie. — A magia é enganosa, nada confiável, e traz consequências inesperadas. As pessoas que confiam nela para obter sucesso estão jogando roleta-russa. Em algum momento, um dos feitiços vai trazer uma bala consigo.

Estremeço.

— Mesmo os feitiços bons?

— Não existe isso de feitiços bons — diz Millie. — Há encantadores e conjuradores. Os encantamentos podem parecer benignos, mas ainda são perigosos. Pessoas como nós protegem o livre-arbítrio com uma finalidade: submeter a natureza à própria vontade tem um preço. Quanto mais pedir dela, mais caro custará no fim. As maldições são simplesmente o ponto mais baixo do espectro desse perigo.

— E uma pessoa não poderia contratar um encantador para desfazer uma maldição? — Eu andara guardando esse pensamento.

— Não — diz ela. — Um encantador não pode desfazer o trabalho de outro. Somente o criador do feitiço ou da maldição pode removê-los.

Engulo em seco. Não temos outra escolha senão encontrar Maxwell Arbus. Embora pareça que a via na qual caminhávamos estivesse levando nessa direção, eu tinha torcido em segredo para encontrarmos outro caminho. Ou um atalho.

Penso no artista com os fios vermelhos que amarram sua criatividade e o deixam infeliz. Quem faria uma coisa dessas? A quem ele teria de pedir ajuda? O que isso lhe custaria?

— Acho que é hora de me contar sobre a maldição de Stephen. — Millie está olhando diretamente para mim. — Para mim, as maldições são como silhuetas ou sombras, mas os detalhes me escapam. Preciso saber o que *você* vê.

Estremeço.

— Sei que é horrível — sussurra ela. — Qualquer maldição lançada por Arbus é horrível.

Mantenho o olhar fixo no de Millie e me recordo da monstruosidade que vi se agarrando a Stephen no segundo plano. Primeiro ela suspira com pesar, depois, quando estremeço ao descrever os tentáculos, ela prende a respiração e meneia a cabeça.

— Algum problema?

Millie desvia o olhar, e meu sangue congela nas veias.

— Não consigo evitar me perguntar como ele foi capaz de fazer isso... com a própria família — murmura. A pele dela, que já é branca, assumiu um tom acinzentado.

— Millie, o que Arbus fez com Stephen? — As palavras parecem espessas e grudentas na minha língua.

Odeio a tristeza que vejo em seus olhos.

— Você se lembra de quando falei que estava surpresa por Arbus lançar uma maldição tão poderosa em Stephen?

— Sim — digo. — Porque ele teria de abrir mão de grande parte de seu poder.

— Ele apostou que a maldição se transferiria de mãe pra filho — diz ela. — Mas não podia controlar o que aconteceria nessa transferência. Uma maldição como essa assume vida e vontade próprias. Ela gera o próprio poder.

— O que isso significa? — pergunto. Mas não quero perguntar. Quero tapar os ouvidos e fechar meus olhos, e, com sorte, acordar assim que este pesadelo acabar.

Quando me encara, seus olhos brilham de mágoa.

— Isso significa que, provavelmente, ele terminará matando o próprio neto.

CAPÍTULO 17

DURANTE TODO O trajeto de volta para casa, Laurie receia ter me perdido. Porque quando ficamos em silêncio, não há meio de saber se estou perto ou não. Ele continua olhando por cima do ombro, como se isso de algum modo fosse ajudá-lo a saber se eu ficara para trás. Depois de alguns minutos assim, digo a ele:

— Basta presumir que estou aqui. Quando ficar para trás, vou avisar.

Nenhum de nós sabe como agir. Nenhum de nós sabe o que Millie está fazendo com Elizabeth nem se foi um erro deixá-la por lá.

Quando chegamos ao nosso prédio, Laurie mantém a porta aberta para mim e confunde o porteiro, que estava entretido com as palavras cruzadas. Laurie percebe o deslize, mas não diz nada. Apenas fala comigo quando estamos sozinhos e em segurança no elevador.

— Quer ir até o telhado? — pergunta ele.

Não estava esperando por isso.

— Sean me mostrou o caminho — emenda ele. — Tenho certeza de que você fica lá em cima o tempo todo, não é?

Balanço a cabeça, mas ele não vê.

— Se formos ao seu apê ou ao meu, só vamos ficar esperando por ela, sabe?

Eu sei. Por isso disse a ele que, claro, podemos ir até o telhado.

A porta é pesada, mas não tem nenhum alarme.

Laurie consegue empurrá-la com facilidade, mas, para mim, sempre exige um esforço muito grande.

Eu só ia ao telhado quando era realmente necessário.

É um tipo diferente de dia no telhado — diferente do dia na rua, diferente do dia que aparece na janela. Estamos no limite entre o chão e o céu: nove andares para cima, pairamos acima dos pedestres, dos carros, dos pequenos edifícios. Mas há os edifícios ainda mais altos que pairam acima de nós.

Estas construções altas se erguem silenciosamente, com as janelas fechadas e as expressões vidradas. Estamos em uma redoma de silêncio na cidade; o tráfego reduziu-se a um zumbido, e as vozes nunca alcançam tão alto assim.

Laurie se aproxima do parapeito e olha para baixo. Hesito. Ele começa a falar, achando que estou ali perto.

— Um segundo — falo em voz alta.

Parece que faz anos que estive aqui, embora saiba que não faz. Queria que houvesse um indicador pessoal de tempo, para que não tivéssemos que nos basear em dias, semanas, meses e anos. Porque cada um de nós tem a própria unidade de medida, a própria relatividade. Distâncias entre amores. Distâncias entre destinos. Distâncias entre mortes.

Ou apenas uma morte. A rapidez do tempo antes. A eternidade do tempo depois.

— Você está aí? — pergunta Laurie.

— Estou — respondo, e paro ao lado dele, sem tocar no parapeito.

Ele olha para o estacionamento.

— Costuma vir aqui com frequência? Sean diz que, algumas vezes, ele se esconde aqui. Imaginei que fosse possível que você ficasse por aqui também. Quero dizer, ele pensa que está sozinho quando vem. Mas nunca saberia, não é?

— Não costumo vir aqui — murmuro.

— Por que não? É bonito. E as pessoas nem te pegariam.

— Não é isso — digo.

— Tem medo de que a porta se feche e você fique preso? Sean diz que tem outro jeito de sair.

— Não. É só que... não gosto muito daqui de cima. Jamais gostei.

É mentira, eu sei. Penso: *por que não posso contar a verdade a ele?*

— Podemos voltar lá para baixo — sugere Laurie.

Penso em tudo que ele passou. Não apenas nos últimos dois dias comigo e com Elizabeth. Mas antes.

— Subi até aqui num momento difícil — digo a ele. — Muito difícil mesmo. Por isso é difícil voltar sem me lembrar.

Ele assente, mas não pergunta mais nada. Permite que eu decida.

Acho que provavelmente sabe o que é.

— Foi pouco depois da morte da minha mãe — digo. — Passei um mês em um nevoeiro, totalmente paralisado. Não conseguia acreditar que estava sozinho. Tudo parecia impossível. Sabia que precisava me alimentar, mas isso era tudo. Meu pai me mandou um e-mail e se ofereceu para vir. Mas respondi que não. Senti que teria sido pior, sobretudo porque não havia meio de ele ficar. Eu apenas estaria adiando o abandono.

"Então uma noite subi até aqui. Reuni minhas forças e abri a porta. Pela primeira vez desde que ela morreu, tive certeza. Foi um lampejo de certeza. Eu ia morrer. E ia morrer porque ia pular da beirada. Era a única solução. Era como se todas as outras opções tivessem sido retiradas e todas as paredes tivessem se fechado, e a única coisa que restasse naquele espaço reduzido fosse a única saída, a única rota de fuga.

"Eu caminhei até lá. — Aponto para um ponto no parapeito, embora Laurie não possa me ver apontando. — Eu nem precisaria deixar um bilhete. Imaginei que uma hora meu pai perceberia que eu não existia mais. Mas ele nunca saberia realmente, não é? Eu poderia estar em qualquer lugar.

"Apoiei um dos pés no parapeito. A certeza ainda estava lá... e então o lampejo se foi. Porque pensei comigo: sim, *havia* uma única pessoa para a qual eu precisaria escrever um bilhete, e era minha mãe. Sei que parece maluco, mas eu ainda devia isso a ela. E assim que pensei nela, pensei em como ela ficaria triste por me ver fazendo isso. Imaginei meu corpo estirado lá, quebrado na calçada, e ninguém nem mesmo saberia que eu estava sangrando. A ideia de todos pisando em mim durante dias, meses ou anos... era a coisa mais triste na qual já havia pensado, e eu sabia que minha mãe nunca, jamais iria querer que eu fizesse aquilo. E não era como se a visse ou a ouvisse falando comigo. Simplesmente sabia.

"Então acho que aprendi que não há algo como um lampejo de certeza. É um lampejo, sem dúvida, mas não é certeza, mesmo que pareça assim. E, desde aquele dia, não subi aqui, pois acho que isso me lembra de que foi por pouco. E de como foi sombrio, sabe?"

Laurie estende a mão para mim. Movo o braço e me concentro para que ele consiga tocá-lo. Para que possa me dar esse conforto, da maneira que os seres humanos fazem.

— Jamais quis morrer — diz ele. — Mas sempre soube que isso era uma opção. Sentia que as outras pessoas queriam que eu me matasse, então agi contra isso. Nunca nem mesmo cogitei a ideia. Seria minha grande rebeldia: eu não iria embora. Mesmo quando estava no hospital, mesmo quando foi bem difícil, acho que tive o oposto do seu lampejo. A certeza que eu sentia era esta fundação, a coisa sobre a qual todos os meus outros pensamentos se construíam. Eu enfrentaria a coisa toda. Me curaria. Sairia daquela cidade o mais rápido possível. Eles destruíram meu corpo, mas eu não deixaria que tocassem na minha vida. Tinha certeza disso. E ainda tenho. A não ser nos momentos em que não tenho. Mas eles são a exceção.

— Acho que quando se trata dessas coisas — digo —, realmente não compreendo a vida.

— Você não praticou muito — diz Laurie. — Mas não sei se a prática facilita.

— Quem precisa de conjuradores? — pergunto. — Os amadores causam tanto dano quanto eles.

Laurie ri ao ouvir isso. Uma risada de reconhecimento, não de humor.

— Parece que nós tivemos muito tempo para contemplar a natureza humana — diz ele.

— Na maioria das vezes, descobri que fica chato depois de um tempo. A contemplação nunca concretiza nada de verdade.

Laurie concorda com a cabeça.

— Eu só queria voltar a ficar de pé.

— E eu concluí que queria manter os pés no chão. É a diferença entre pular e se jogar, não é?

— Qual é a diferença?

— Quando você pula, tudo o que vai fazer é cair. Mas e quanto a se jogar? Se jogar é quando você acha que tem alguma coisa do outro lado.

— E você tem a sensação de que estamos prestes a nos jogar?

— Tenho a sensação de que já nos jogamos. — Faço uma pausa. — Sabe que não precisa fazer parte disso, não é? Nasci nisso. E talvez Elizabeth também. Mas esta luta não é sua. Não posso falar por Elizabeth, mas eu compreenderia se não quisesse se jogar.

— O quê? E ver vocês dois do outro lado, sem conseguir fazer nada em relação a isso? Pode esquecer.

Ele se vira e volta a olhar por cima do parapeito.

Sei que minha mãe queria ter outro filho. Eu os ouvi conversando sobre isso, mas nunca compreendi realmente quais eram as condições da discussão. Será que a maldição ainda se aplicaria? Será que isso importava?

Gosto de pensar que ela não queria que eu ficasse sozinho. Que queria que eu me sentisse bem, como se tivesse alguém do meu lado.

— Tenho uma pergunta — diz Laurie depois de um minuto. — Não precisa responder se não quiser.

— Tudo bem.

— Só estou me perguntando qual o objetivo disso. É quebrar a maldição, correto? E isso significa que vai se tornar visível. Você acha que está pronto para isso? Porque ser visível torna a pessoa realmente vulnerável.

— Não sei se estou pronto — retruco. — Mas acho que gostaria de tentar.

Um ruído abre caminho em meio ao silêncio; a porta se abrindo. Por um instante, realmente penso em me esconder. É como se Laurie tivesse me feito esquecer quem sou.

Laurie também olha em volta e procura um local para se esconder, imaginando que seja alguém da segurança do prédio. Não há de fato um local para ir, a menos que ele queira subir na caixa d'água.

Mas não é a segurança do edifício. É Sean, e parece envergonhado e feliz.

— Estava torcendo para encontrar você — diz ele para Laurie.

— Finja que não estou aqui — cochicho. — Vou embora.

Laurie não responde nada. Espero Sean liberar a porta para que eu possa descer. Mas em vez disso, ele fica parado lá.

— Mandei três mensagens para você — diz ele. — E me senti um idiota quando mandei os dois últimos.

— Me desculpe — diz Laurie. — Apenas andei ocupado.

— Com o quê?

— Minha irmã andou me arrastando por aí.

— E não posso ir junto?

— É que... ela tem de ir ao... hã... psicólogo.

Sean não vai deixar barato.

— E para quê?

— Você sabe... para se adaptar ao lugar novo. Precisa de um novo terapeuta. Por isso andamos, tipo, dando uma olhada por aí.

Sean nasceu em Nova York. Isso não deveria parecer implausível. E, de fato, ele acredita.

— Meu pai me mandou ao terapeuta uma vez, quando achou que eu passava tempo demais olhando para o Aquaman. Tipo: *tarde demais, pai*.

— Deve ter sido um saco — diz Laurie, e para por aí. Eu percebo: Sean não sabe o que aconteceu com ele, pois é parte do novo começo.

Ele se aproxima, se afastando da porta. Sei que é minha deixa para sair.

— As coisas fáceis não têm valor — diz Laurie, e compreendo que está falando para mim e para Sean. — O que importa são as coisas difíceis. É para essas coisas que vale a pena se jogar.

— Tipo o Aquaman? — pergunta Sean, um pouco confuso.

— Tipo o Aquaman. Ou tipo o Lobisomem, se você curte isso. Ou o Menino Invisível. Se não combatemos as maldições das outras pessoas, o que nos resta? Apenas uma queda rápida na Terra, e onde está o sentido disso?

Sei que não posso responder, não com Sean ali. Por isso tenho de confiar no silêncio para transmitir meu recado. Tenho de confiar que Laurie saberá que eu queria que ele estivesse comigo da última vez que subi no telhado. Tenho de confiar que ele saiba que fico feliz por não ter pulado.

CAPÍTULO 18

ESTOU PARALISADA NA CADEIRA.

Matando. A maldição o está matando.

Millie toca os cantos dos olhos com um lenço de renda. Me olha como se imaginasse que vai precisar encontrar outro lenço para mim. Mas não tenho lágrimas. O horror lentamente se dissolve em raiva e é tirado do caminho como um iceberg em uma corrente quente do oceano.

— O que você quer dizer com *provavelmente*? — pergunto.

O tom da minha voz faz Millie pular da cadeira.

— Como é?

— Como é que isso provavelmente o pode estar matando?

Pouco à vontade, Millie muda de posição na cadeira.

— Só estou tentando te alertar. Para se preparar para o pior. É impossível saber com certeza...

A hesitação me indica que ela está escondendo alguma informação.

— Mas?

— As maldições têm certa lógica. — diz. — Um curso natural. A maldição de Stephen não foi uma punição para ele, foi um golpe cruel para a mãe, a filha de Arbus.

— Não compreendo. — Estou frustrada e me remexo. Quero sair correndo do magistorium para encontrar Stephen. É como se cada minuto que fico sentada aqui, aguardando uma explicação, fosse mais um momento em que o estivesse perdendo. Ele não é mais simplesmente invisível. Ele vai desaparecer para sempre.

Millie franze os lábios.

— Arbus concebeu a maldição para tornar uma criança invisível e retirar sua existência, juntamente a toda alegria e exuberância que deveriam acompanhar a chegada de um bebê, e mantê-la oculta da maior parte do mundo, mesmo dos próprios pais. Arbus tomou muito cuidado ao conjurar: quis ter certeza de que Stephen sobreviveria, para sempre assombrar a mãe. Arbus não deixaria nada ao acaso.

— Por isso suas roupas desaparecem. Por essa razão era sólido quando bebê. Foi por isso que continuou vivo até hoje.

— Sim. Imagino que sim.

Não consigo ficar nem mais um minuto sentada; faço um esforço para sair da cadeira e caminho até a porta.

Millie observa minha caminhada frenética pelo cômodo.

— Mas quando Arbus lançou a maldição, ela recaiu sobre a mãe de Stephen; não sobre o próprio Stephen.

Ela faz uma pausa, e me obrigo a ficar parada e encará-la.

— Só posso imaginar. — Ela fala devagar, com deliberação. — Mas com a mãe morta, não há meio de saber qual será o efeito. Se a intenção da maldição era realmente se disseminar por gerações, pode ser que Stephen fique bem. Mas não há meio de saber. Como eu disse, por sua própria natureza e intenção, a maldição é instável. — Millie suspira. — Sendo assim, é imprevisível e muito, muito perigosa. Para Stephen... e para você.

Meus olhos se fixam aos dela sem piscar enquanto tento processar suas palavras. *Instável. Imprevisível.* O que essas palavras significam? Busco um relógio do juízo final com uma contagem regressiva precisa, mas tudo que ela me oferece é um relógio de sol em um dia nublado.

Em vez disso me concentro em algo que sou capaz de controlar: eu mesma.

— Por que a maldição de Stephen seria perigosa para mim?

— Porque você é jovem e está apaixonada. — Ela dá um sorriso, mas desvio o olhar. O amor parece distante, ao passo que a perda parece próxima.

— Isso vai torná-la impulsiva — emenda Millie. — E será menos provável que pense nos riscos que corre.

— Não me importo com isso. Apenas me diga o que a instabilidade da maldição fará com Stephen. — Volto a erguer os olhos para ela, encarando fixamente, embora meu coração esteja batendo nas costelas e eu me sinta um pássaro em queda porque ainda não aprendeu a voar.

Ela inspira rapidamente.

— Você deixou claro seu ponto de vista. Se quiser ajudar Stephen, precisa cuidar de si. Com esse comportamento, poderia atrapalhar em vez de ajudar.

— Mas não é por isso que estou aqui? — pergunto, com amargura. —Para que você possa me ensinar a cuidar de mim mesma?

— Com certeza. — Millie se põe de pé. — E Stephen está muito seguro. Ele sobreviveu à maldição até agora. Deve ser um garoto resistente.

Quase rio, mas em vez disso viro as costas para ela. Na minha mente, a afirmação de Millie é tão válida quanto se alguém me dissesse que sobrevivi a um terremoto, portanto não há perigo de microssismos. Tudo em que consigo pensar é na imprevisível teia de tentáculos que estala ao redor do corpo de Stephen. Ele não estará seguro se um deles se enrolar em seu pescoço para sufocá-lo. Até onde sei, Stephen é alvo de um assassino espectral que poderia atacar a qualquer momento sem aviso. Não posso tolerar as garantias de Millie de que o tempo está do nosso lado.

Estou prestes a dizer isso quando, de repente, Millie dá uma corridinha pelo cômodo e entrelaça o braço ao meu.

— Ora, ora, não enrugue a testa desse jeito — diz ela, enquanto me conduz até a escada. — Assim terá rugas aos 20 anos.

Para uma mulher da idade dela, Millie se movimenta com uma velocidade notável. Estou me esforçando para não cair aos subir os degraus.

— Aonde estamos indo? — pergunto.

— Terminar seu treinamento, claro. — Millie me puxa para dentro da loja de gibis, e semicerro os olhos na escuridão.

— Saul, temos um trabalho a fazer — anuncia ela.

A sombra imensa atrás do balcão lança um curioso olhar de soslaio para a mulher minúscula.

— Depois de todo esse tempo? Realmente acha isso prudente?

— Tsc. Tsc. — Ela enfatiza as palavras com palmas rápidas. — A menos que você esteja preocupado em estar enferrujado demais.

Olho para Saul quando ele se levanta atrás da escrivaninha. De pé, tem mais de 1,83m. Apesar da idade, Millie parece uma criança comparada com esse colosso.

— Ele vem com a gente? — pergunto, sem ter nem pensado no homem grande que agachou, em silêncio, nas sombras da loja de gibis. Se muito, eu havia imaginado ser um desses grandalhões contratados para barrar garotos que ficavam apostando quem entrava na loja para espiar a "bruxa" residente.

— Certamente — diz Millie. — Uma rastreadora não pode trabalhar sem um protetor. Ficaríamos vulneráveis demais.

Ela se encolhe.

— Embora eu não mereça a lealdade de Saul. Já disse a ele muitas vezes para procurar alguém que permanece na ativa. Não uma peça de museu como eu.

Saul resmunga alguma coisa que não consigo compreender.

— Você é o protetor de Millie? — pergunto, desconfortável. Sem dúvida, parece adequado ao papel, mas ainda não compreendo que tipo de proteção ele oferece.

— Escudo — corrige Millie. — Todos os rastreadores têm um escudo para protegê-los enquanto buscam e corrigem os males causados pelos conjuradores.

Com uma série de barulhos e estalidos, Saul alonga os braços, pernas, ombros e pescoço metodicamente, me fazendo pensar em uma máquina que range ao voltar a funcionar e que precisa urgentemente de lubrificação.

— Do que você precisa se proteger? — pergunto a Millie.

É Saul quem responde, bufando:

— Acha que perdi um olho vendendo gibis?

Fico duplamente constrangida ao olhar a cicatriz que corta seu rosto onde o olho deveria estar, e sinto um calafrio. Isso apenas faz com que ele ria.

— Ora, ora, Saul. Seja gentil — repreende Millie, mas sorri com carinho para o homem imenso. — Ela é apenas uma garota, e este é um negócio assustador.

— E por esse motivo ela não pode ser mimada — diz Saul.

Fico olhando a curiosa dupla. Eles continuam com as provocações — e é evidente que faltou pouco para hibernarem nesta loja escura do Upper West Side. Enquanto discutem se estou pronta ou não para o que vem pela frente, revigorados pelo novo objetivo, me sinto tão invisível quanto Stephen.

Depois de cinco minutos, pigarreio.

— Então... do que é que ele protege você?

Saul olha com raiva por causa da interrupção, mas Millie fica vermelha de vergonha.

— Claro, querida. Mas deixe-me explicar enquanto caminhamos.

— Aonde estamos indo? — pergunto por cima do ombro enquanto Millie me impele em direção à porta.

— Para o metrô — diz Millie. — É um bom lugar para sentarmos e observarmos sem chamar a atenção. O número de pessoas entrando e saindo entre a rua 86 e a Wall Street deve proporcionar uma bela variedade de maldições. Faz um tempo que não vou tão ao sul, mas pelo que me lembro, o Distrito Financeiro está, geralmente, superlotado de maldições.

Ela está radiante com a expectativa, ao passo que tento me acostumar à ideia de uma variedade de maldições ser "bela", e penso se quero me aproximar de uma parte da cidade tão prolífica no assunto.

Saul tranca a porta da loja, e nós partimos. Ele toma a frente, e cada uma de suas longas passadas obriga a mim e Millie a dobrarmos o passo para acompanhá-lo.

— Conjuradores são um grupo desconfiado por natureza — diz Millie, quando nos apressamos a percorrer a rua. — Eles se movem pelo mundo sempre olhando por cima do ombro. E guardam um desprezo particular por gente como nós, pois nos consideram mosquitos pestilentos que poderiam muito bem ser espantados ou esmagados.

— Eles podem fazer isso? — pergunto. — Nos esmagar?

— Não com maldições — diz Millie ao dobrarmos a esquina. — Os rastreadores têm uma imunidade natural. As maldições não pegam direito em nós. É claro, você precisa desenvolver sua imunidade, assim como todos os seres humanos fazem com as formas de doença mais comuns. Com o tempo, elas simplesmente não grudam.

— Temos um Teflon genético para as maldições? — Dou uma risada.

Ela torce o nariz para mim.

— Desculpe — digo, quando descemos os degraus até o metrô. — Então por que são perigosos para nós?

— Depois que tirei uma conjuradora do negócio, ela veio atrás de mim — falou Millie. — Meu pobre Saul tem cicatrizes demais por minha causa.

Solto um suspiro, e Saul retribui com um esboço de sorriso.

— Não se preocupe, garotinha. Tenho um talento para me certificar de que as pontas das facas dos conjuradores fiquem enterradas na barriga deles.

A gargalhada de Millie me surpreende.

— Ninguém é tão veloz quanto meu Saul.

O homem dá um sorriso para ela.

— Ele é seu guarda-costas? — pergunto. — É assim que funciona?

Millie concorda com a cabeça.

— Conjuradores raramente têm escrúpulos em relação a manter o trabalho seguro e as identidades secretas. Nós somos os únicos que podem expô-los ou ameaçar sua sobrevivência.

Estamos passando pela roleta quando Saul emenda:

— É mais que isso.

— No meu caso, não é — diz Millie rispidamente. — Porque não tenho o talento que você tem, Elizabeth.

Saul fica eriçado e assume uma postura vigilante na plataforma enquanto Millie segura meu cotovelo e me puxa para perto a fim de falar em voz baixa.

— Posso identificar maldições e ajudar as vítimas a entender o que está acontecendo — diz. — Posso dar conselhos. Normalmente é uma questão de estimar quanto tempo a maldição levará para se completar e como não agravar seus efeitos.

Tento me concentrar nas suas palavras, mas tenho dificuldade. Laurie tinha razão quanto ao cheiro do metrô. O calor abafado faz com que os odores, acres e nauseantes, se acumulem ao nosso redor. Mas não é somente o fedor de revirar o estômago: suor, urina e lixo. Tem um zumbido baixo que me envolve e consigo sentir, no entanto mal consigo ouvir. O ruído aumenta, e uma onda de vertigem me faz oscilar. Os dedos de Millie apertam meu braço.

— Shhh — diz ela. — Sei que não é agradável, mas tente respirar fundo e regularmente. Não deixe isso tomar.conta de você.

Um trem para. Saul fica na nossa frente enquanto o vagão esvazia, depois empurra os outros passageiros com o ombro. Uns poucos resmungam reclamações, nenhum dos outros passageiros reclama quando ele abre um caminho para que Millie e eu entremos no vagão, daí nos conduz até os bancos. Não culpo essas pessoas, pois imagino que poucas delas, além de lutadores profissionais, mexeriam com Saul.

Eu me sinto um pouco melhor agora que estou sentada. O zumbido ainda enche meus ouvidos, mas é menos intenso.

— Vai se acostumar a isso. — Millie me afaga.

— Não acho que seja o cheiro — retruco.

Ela dá uma risada.

— Claro que não é o cheiro. São as maldições. Está começando a sintonizá-las. Em breve, conseguirá separá-las sem nem fazer esforço.

Olho para ela com atenção. A pele ao redor dos olhos está enrugada por causa do sorriso simpático.

— Você abriu o portão. Agora é uma questão de passar por ele.

— Esse zumbido... os sons — digo. — São das maldições?

— Da magia, em geral. — Millie meneia a cabeça. — Algumas maldições, alguns feitiços mais benignos. Seu corpo está naturalmente inclinado a buscá-los. O som a incomoda e tenta chamar sua atenção. Você descobrirá que ele é muito menos intrusivo se não enfrentá-lo.

— Mas... — Estou franzindo a testa e balançando a cabeça para acabar com o zumbido, mas sem sucesso. — Não consigo ver as maldições, a menos que esteja no segundo plano. — Eu me encolho um pouco ao dizer a expressão que inventei para o estranho mundo alternativo onde consigo enxergar a forma e ouvir o barulho das maldições com clareza. Millie não perde um segundo. Ainda está sorrindo.

— Pelo que consegui desencavar nos livros antigos, para quebrar a maldição você vai precisar estar nesse "segundo plano", como chama — diz ela. — Com o tempo e a prática, não vai precisar sair deste plano para identificar a magia.

O trem começa a andar. Saul está de pé, apoiado em uma das barras verticais de ferro como um sentinela, e seus olhos examinam o vagão.

— O trabalho dos escudos, como Saul, é mantê-la em segurança enquanto delineia uma maldição — diz Millie. — Você fica totalmente indefesa quando deixa este plano e entra no plano mágico. Um escudo vigia você e a protege contra ataques.

Minha pele formiga. Laurie tinha feito esse mesmo trabalho quando eu estava experimentando... tentando ver as maldições. Havia sido meu escudo sem nenhum de nós saber. Uma onda de gratidão me invade, seguida por uma sensação de esvaziamento. Subitamente me sinto solitária e desejo que meu irmão estivesse comigo em vez destes dois estranhos.

— E Saul foi escolhido para você? — pergunto, obrigando minha atenção a retornar ao presente.

— Ele me encontrou. — Millie olha para Saul, e, por alguns segundos, os anos desaparecem de seu rosto e revelam uma garota de olhos arregalados escondida por camadas de idade. — A época em que os escudos recebiam a tarefa oficial de proteger rastreadores já passou. Mas Saul vem de uma longa linhagem de escudos e estava determinado a atender à vocação.

Arrisco um olhar ao homem imenso, que olha para mim por um instante e depois volta a examinar o vagão.

— Será que vou precisar do meu próprio escudo? — Eu me pergunto se poderia simplesmente subornar Laurie com embalagens de Pop-Tart para que ele aceitasse o trabalho, mas, por outro lado, não quero realmente que meu irmão se meta em brigas com facas.

— Sem dúvida — diz ela. — Saul poderia encontrar algum. Ainda tem contato com o que restou do grupo de seus iguais. Mas a solução mais simples seria que Saul fosse seu escudo. Minha função no mundo mágico é limitada. Seu talento é muito mais valioso.

Saul não diz nada, mas subitamente prende a respiração, e sei que não tem interesse em ir a lugar algum que não seja com Millie.

— Essa não é nossa maior preocupação no momento — diz Millie quando paramos na estação seguinte, e fico aliviada por ela mudar de assunto.

Ela segura minhas duas mãos e atrai meu olhar para o dela.

— Primeiro, temos de treinar sua consciência. — Suas instruções são praticamente abafadas pelo caos de passageiros que empurram, entrando e saindo do vagão, mas percebo que isso é um benefício para nós, o qual oferece o anonimato em meio ao barulho e às multidões. — Entre naquele plano no qual você consegue enxergar as maldições. Identifique as pessoas neste vagão (consigo apontar duas agora), depois, quando voltar para nós, tente manter a conexão. Tente continuar vendo as maldições *neste* plano.

— Ok. — Prendo a respiração e relaxo os ombros. É mais fácil agora do que quando tentei pela primeira vez. Estou passando do mundo desperto para os tons sépia e estranhos do segundo plano. Satisfeita por ter conseguido manter a respiração constante, começo a procurar no carro do metrô sinais de uma maldição. O zumbido desapareceu, ou então transformou-se nos sons naturais deste plano, do plano mágico. É como se os sons de alguma coisa raspando que enchiam minha cabeça na plataforma do metrô fossem nada mais do que este lugar estranho reclamando e exigindo minha atenção.

É fácil encontrar a primeira maldição. Fico chocada que a primeira vítima seja um homem diante de mim e de Millie. Minhas bochechas ardem quando penso em como ela é paciente com uma iniciante, com alguém que não consegue nem mesmo ver uma maldição bem diante de si. Afasto o constrangimento e me concentro no feitiço. É diferente daqueles que vi com Laurie. A forma deste é fixa e rígida, como uma caixa transparente que flutua ao redor da cabeça do homem. O som que o feitiço emite é uma pulsação contínua acompanhada pelo piscar semelhante ao da luz estroboscópica. Eu me obrigo a relaxar mais ainda e concentro meus sentidos na maldição, com esperanças de entendê-la. Lentamente o feitiço libera sua história.

Assim como a maldição do artista no parque, este homem está sofrendo mentalmente. A maldição é feita para causar confusão. Ele é consultor e tem uma apresentação em trinta minutos, mas não consegue se concentrar. A pulsação perturbadora da maldição atrapalha sua memória e força as frases de efeito há muito treinadas a fugirem de sua mente. Isso o deixa infeliz e fragiliza sua confiança a cada minuto. Fico me perguntando se a maldição é pessoal ou se é um tipo de sabotagem corporativa.

Apesar da minha compaixão pelo homem, sigo adiante; quero encontrar a outra maldição e continuar minha aula com Millie. A segunda maldição é mais difícil de localizar. É fraca, não passa de fios que circundam uma adolescente de pé no outro extremo do vagão. As linhas finas de fumaça dançam ao redor do corpo, sem restringi-la, mas causando dano do mesmo jeito. Faço uma careta. Embora o feitiço seja menos grave, ainda é cruel. Minha aposta é que é algum tipo de pegadinha de um único espírito ruim. A garota está tentando chegar em casa e pega o trem todos os dias. Mas hoje ela se perdeu. Não consegue entender por que está tão confusa nem por que o mapa do metrô não faz sentido. Está ficando agitada, mas dá para ver ao observar a maldição deslizar por seus membros que esta tem pouca resistência e vai desaparecer naquele minuto.

Começo a entender o que Millie quis dizer com uma "bela variedade de maldições". Mesmo durante o pouco tempo em que fui exposta a este mundo oculto e estranho, fico espantada com a gama de maldições existentes. Algumas são como a que estou observando agora: brincadeiras maldosas, mesquinhas e pequenas que tornam a vida confusa, mas não causam dano permanente; outras, como a que afeta o homem à nossa frente, poderiam não apenas lhe arruinar o dia, mas têm potencial para destruir sua carreira; e outras ainda, como a de Stephen, são poderosas e cruéis o suficiente para matar.

A náusea me faz ficar sem ar, e quero ir embora deste plano. Mas não consigo. Estou determinada a ser uma boa aluna. Por isso, em vez de voltar à realidade, sigo em frente, pouco a pouco, e mantenho parte dos meus sentidos em sintonia com as duas maldições que enxerguei. Depois volto ao meu corpo. As cores e sons do mundo que conheço retornam. Millie me observa, e Saul continua a patrulhar o carro com o olho.

— Então? — pergunta Millie.

Meneio a cabeça para o homem diante de nós quando percebo que ainda consigo ver a luz estroboscópica piscando ao redor de sua cabeça.

— Ele. — Meus olhos vão até a garota nos fundos do carro. Está piscando as lágrimas dos cantos dos olhos conforme aparecem e tenta esconder o pânico. — E ela. — Os fios ainda flutuam ao redor de seu corpo. Neste plano, quase poderia tê-los confundido com fumaça de cigarro.

Millie assente.

— Muito bom. Ainda consegue ver as maldições?

— Sim.

— Ela aprende rápido. — Millie sorri para Saul, que dá de ombros.

O trem para na estação seguinte. O homem amaldiçoado fica de pé e balança a cabeça ao sair do vagão. Uma onda de corpos invade o carro e se espreme contra nós, embora eu perceba que muita gente tenta, sem sucesso, dar espaço a Saul. Ele se posiciona mais perto, portanto a forma gigantesca paira diretamente acima de mim e de Millie.

— Tem outra — diz Millie. — Uma nova maldição embarcou com este grupo. Consegue encontrá-la?

Faço que sim com a cabeça e começo a me afastar do barulho do espaço lotado. Millie segura meu ombro e me sacode.

— Não. Não. — Ela gesticula em direção aos outros passageiros. — Você tem de tentar vê-la neste plano, sem ir para o segundo.

— Ok. — Não me sinto tão confiante assim, mas começo a me concentrar novamente na garota. Mal consigo encontrá-la em meio ao aperto das pessoas. Mas eu a entrevejo parcialmente e observo as trilhas de fumaça se movimentando ao seu redor. Tomo nota de como é ver aquela maldição neste plano e lentamente olho para os outros ocupantes do carro.

É o som que direciona minha visão. Aquele zumbido insistente do segundo plano me incomoda e atrai meus sentidos. A mulher está a duas barras de apoio de Saul. Descrevê-la como imunda seria um elogio. O cabelo é um ninho de rato com nós e sujeira. Os olhos são fundos e com olheiras o suficiente para serem hematomas, mas dá para ver que é um sintoma de cansaço. Os dedos finos estão trêmulos mesmo enquanto ela aperta a barra e luta para manter o equilíbrio. Ela é um fantasma que caminha pelo mundo dos seres humanos.

O som que me atrai para ela entra em foco. O zumbido do feitiço se torna um lamento; agudo e ininterrupto. É tão horrível que quero cobrir meus olhos, desesperada para interromper o lamento estridente. Enquanto a observo, a maldição se mostra. Ao contrário da maioria, esta mal se mexe. Paira sobre a mulher, escura e pesada, como uma capa que a sufoca, e falta a ela a característica frenética de tantos feitiços que eu havia testemunhado. A maldição densa se agarra à mulher feito piche.

— Ela não consegue dormir — murmuro. — Nem cuidar de si. Ela não tem esperança.

Millie se inclina para mim.

— É uma maldição desagradável.

Ainda estou olhando para a mulher, e percebo que as roupas não foram lavadas. A sujeira acumula embaixo das unhas. Posso sentir que são sintomas da maldição. Não é que ela não tenha dinheiro nem casa, mas perdeu a capacidade de estar bem — física e mentalmente.

— A maldição vai matá-la? — pergunto.

— A maldição em si não é fatal — diz Millie. — Mas poderia muito bem acabar com a pobre mulher. Ela está tão cansada que poderia se meter na frente de um ônibus sem nem perceber. Maldições de insônia são muito perigosas. E esta tem o detalhe adicional do asco por si mesma.

Observo a maldição se acomodar feito um cadáver pelo corpo da mulher. Ao contrário do feitiço que afeta a garota perdida, que eu podia ver se afastando, esta maldição está em seu máximo, crescendo. Não vai a lugar algum tão cedo.

— Precisamos ajudá-la.

Millie segura meu rosto e me vira em sua direção, para longe da mulher em estado deplorável.

— Você não está pronta.

— Mas...

— A garota — interrompe ela. — A criança perdida no fundo do carro. Você poderia ajudá-la.

Resisto à vontade de me virar novamente para a outra mulher.

— Como?

Millie levanta o olhar para Saul, e ele assente.

— Temos conversado, e botamos nossas cabeças para funcionar juntas — diz ela. — Ainda é arriscado, mas acho que deveria tentar.

— Tentar o quê? — Fico impaciente. Ver as maldições é exaustivo, não do ponto de vista físico, mas do emocional. Minha mente e meu espírito estão se esgueirando numa escuridão que colore o mundo com tons brutais, de vingança, mesquinharia, de poder alimentado pelo orgulho. É um mundo cheio de verdades feias que, uma vez notado, não pode deixar de ser visto, e lamento tê-lo feito.

— Como eu disse, minhas habilidades vão apenas até a identificação — diz Millie. Os olhos estão apertados por causa da preocupação. — Mas, de acordo com a sabedoria popular e os poucos registros que consegui reunir, você poderia fazer mais.

— Será que posso quebrar as maldições? — pergunto.

A voz de Saul se direciona para mim.

— É mais visceral que isso.

Estremeço ao ouvir a palavra *visceral*, sobretudo vinda deste homem que, imagino, tenha visto um bocado de vísceras graças à sua linha de trabalho.

— Seu talento pode lhe permitir extrair uma maldição como se fosse veneno. — Millie não olha nos meus olhos. — Quando fizer isso, o feitiço não vai mais afetar a vítima.

— Ótimo. — Eu me aprumo. — Como posso fazer isso?

Ela balança a cabeça.

— Ouça, criança. Não se extrai a magia apenas para liberá-la. Você a traz para o próprio corpo. Se conseguir fazer isso, vai precisar de tempo para determinar sua resistência aos efeitos da maldição.

Olho de Millie para Saul.

— O que isso vai fazer comigo?

Millie ainda está balançando a cabeça.

— Não temos certeza — responde Saul. Ele se inclina para perto. Tento não encarar o olho ausente. E as cicatrizes. — Todo rastreador é diferente. Mas teoricamente seu corpo tem a capacidade de combater as maldições. De destruí-las.

— Porém haverá efeitos colaterais no início — conclui Millie. — E não sabemos qual poderia ser a gravidade deles. Nem se isso vai mesmo funcionar.

Desvio os olhos do casal de rostos sombrios e fixo meu olhar na garota no fundo do vagão. Uma das mãos está sobre os olhos agora, e ela abandonou as tentativas de ocultar a tristeza.

— Não me importo — minto. A verdade é que estou apavorada. Mas não consigo ver este outro mundo, estes outros horrores, sem tentar consertar os erros. — Basta me dizer como fazer.

Saul resmunga de um modo que parece ser respeito, e Millie aperta minha mão.

— Como eu mesma não posso fazer isso, só consigo imaginar — diz ela. — Mas creio que seus instintos vão guiá-la. Você nasceu para fazer isso.

Suas palavras me assustam. Nunca aceitei a ideia de destino ou sorte. O mundo sempre parecera volúvel e injusto demais para tais conceitos altivos. Mas se o destino era real, me levou a me apaixonar por um garoto invisível. E eu faria qualquer coisa para salvá-lo.

Não digo nada, mas aperto os dedos dela em resposta e então me afasto. Para longe do mundo. O segundo plano se ergue e oferece o misterioso universo ausente de cores. Os passageiros que bloqueiam minha visão da garota amaldiçoada se transformam em sombras. Posso ver bem através de seus corpos quiméricos.

A garota, em contraste, é um esboço consumado. A maldição já enfraqueceu desde o breve período em que a vi pela primeira vez. Eu a observo por um ou dois minutos e me pergunto qual deveria ser o próximo passo. O que é complicado em relação ao instinto é que ele é instinto, e não uma coisa que você chama quando quer.

Embora impaciente, me permito sentar e esperar, observando a maldição se mover. Ouço seu sussurro. Sem aviso, sem uma decisão consciente, sinto uma mudança nos meus sentidos. Como se eles se esticassem e quisessem alcançar alguma coisa. Meu espírito adquire foco. Força, tal como a de um ímã. E começa a puxar.

Continuo imóvel e respiro calmamente. Meu espírito continua a ser atraído e cria uma ligação entre mim e a garota dominada pelo feitiço. A maldição para de circundá-la. Fios de fumaça a abandonam e flutuam em minha direção. Não me mexo, embora esteja pronta para gritar. Os instintos em ação no meu corpo me dizem que a maldição não vai simplesmente pairar acima de mim. A ligação que criei vai atrair a mágica para dentro de mim a fim de causar o estrago que for.

E então acontece. Respiro fundo, e a fumaça desliza para dentro do meu nariz e boca. Com um tremor, solto um gemido e me inclino para a frente. Minha cabeça lateja.

— Elizabeth! Elizabeth! — Millie está me sacudindo.

Levanto a cabeça e estou de volta ao mundo. O trem para, e os passageiros entram e saem como sempre. Ninguém lança nem um olhar em minha direção.

— Você está bem? — pergunta Saul.

Minha cabeça dói, mas não é tão ruim assim — algumas aspirinas vão resolver — e, de resto, tudo parece normal. Sento muito ereta e procuro a garota. Ela está fitando o mapa do metrô colado na parede do trem. Aí começa a rir. Depois gargalha alto e atrai olhares dos outros passageiros. Seu rosto está iluminado devido ao alívio. Ela sai correndo do vagão quando as portas estão prestes a fechar.

— Funcionou — murmuro.

Millie me abraça.

— Você realmente tem um dom. — Ela dá um beijo seco em minha bochecha.

Com ou sem dor de cabeça, eu me sinto maravilhosa. Posso fazer isso. Posso salvar Stephen. E talvez ajude inúmeras outras pessoas.

Fico de pé e vou até a barra de ferro entre Saul e a mulher amaldiçoada pelo desespero. Ela precisa da minha ajuda muito mais do que a garota perdida.

— Elizabeth, sente-se. — A voz de Millie me acompanha. — Precisa descansar. Devemos fazer isso lentamente. Por mais talento que tenha, isso ainda é muito novo.

— Não. — Não olho para ela. Seguro a barra para me equilibrar e me esgueiro para o segundo plano. Agora é tão fácil que consigo trocar os planos em um segundo, em vez de minutos.

Em algum lugar, como um eco distante, acho que ouvi Millie me chamando. Ignoro o som e me concentro na mulher envolvida na maldição capaz de matá-la. Meu espírito se expande. Estou mais consciente dele agora; está repleto de empatia, impelido pelo desejo de curar. Quando a ligação é feita, estremeço e quase perco o equilíbrio. Dá para sentir o poder desta maldição, muito maior que o daquela que eu havia acabado de extrair da garota. Eu me apoio e atraio a mágica. O jeito como ela se movimenta é repulsivo. Enquanto a outra maldição flutuava, este feitiço cai pesadamente das costas da mulher e escorre até mim. Luto contra o medo enquanto a poça escura toca meu pé. Ela desliza pelo meu sapato e para dentro da perna da calça. Não espero que o feitiço tenha tanta substância assim, mas ele é viscoso contra a pele e deixa um rastro grudento ao subir pelo meu corpo. Ainda assim, continuo a extraí-lo até ter certeza de que foi retirado completamente da mulher para dentro de mim.

Quero voltar para o mundo e ver se eu a ajudei. Mas estou febril. O calor desliza pelo meu corpo. Minha pele está em chamas. Baixo os olhos para meus braços e noto o surgimento de calombos vermelhos do tamanho de moedas de cinco centavos. Eles incham e se rompem, como feridas cheias de pus. Eu grito. Isso é um pesadelo. Tem de ser. Dou solavancos para sair do segundo plano e chamo por Millie.

Acho que a escuto gritando, mas minha visão está turva. O tom sépia do plano se foi, mas meu mundo, cheio de sons e cores, está girando.

Minha pele ainda está coberta de feridas.

— Me ajudem. — Engasgo por causa da irritação na garganta.

A febre lateja em minha cabeça, me derrubando, e eu caio nos braços de Saul.

CAPÍTULO 19

— **STEPHEN**.

Abro meus olhos assim que ouço a voz de meu pai me chamando no sonho.

— Stephen, você está aqui?

Ele está na entrada do meu quarto e, por um instante, volto a ser criança. Com a luz por trás, ele não envelheceu. É a silhueta do meu pai, que veio me acordar para o jantar. Minha mãe espera na cozinha. Esta é nossa casa.

— Estou aqui — digo. Não é de modo algum a voz de uma criança.

Meu pai acende as luzes. Era assim que me acordava quando eu era criança: imersão total em vez de emersão delicada.

— Pai! — grito, e me desvio da claridade. Não há meio de eu usar a mão para cobrir os olhos.

— Desculpe — murmura ele (sem voltar a apagar a luz). — São quatro da tarde. Não deveria estar dormindo.

— Pensei que você estivesse trabalhando.

— Estou. Mas o restante da tarde é para enviar e-mails, por isso imaginei que poderia fazê-lo daqui.

— Você não precisa mesmo fazer isso.

— Eu sei.

— Quero dizer, não sei se quero que você faça isso.

— Olhe, vou apenas ficar no outro quarto. — Ele começa a sair.

— Não — digo, fazendo com que pare. — Você também não pode fazer isso.

— O quê?

— Não pode evitar as coisas que falo. Não pode simplesmente ir para outro quarto. Talvez minha mãe aceitasse isso, mas eu não.

É o modo como ele me acorda. É o modo como chama de *o outro quarto*. É meu medo de que ele vá tentar garantir algum controle sobre mim depois de todos esses anos. Não vou deixar que se livre disso assim. Não posso.

— Fale o que você quer dizer, Stephen.

Não quero destruir a ponte entre nós. Apenas quero que seja uma ponte levadiça e que eu escolha quando vai estar levantada ou abaixada.

— Você precisa me avisar — digo. — Não pode simplesmente aparecer.

— Stephen...

Meu nome paira no ar por um instante. Se ele aproveitar esta chance para me lembrar que paga minhas contas, nunca vou perdoá-lo. Já estou muito consciente disso.

Mas não descubro o que ele vai dizer, porque assim que meu nome desvanece, ouço o motivo pelo qual ele parou.

Alguém está batendo à porta.

Fico de pé e passo por ele. Não é a batida do entregador.

É urgente.

Espio pelo olho mágico e vejo Elizabeth, Millie e o caolho da loja de Millie.

— Quem é? — pergunta meu pai atrás de mim.

Abro a porta que meu pai não havia trancado e vejo Elizabeth apoiada em Saul. Ela parece pálida e abalada.

— Estou bem — diz ela. — Apenas temos de entrar.

— O que aconteceu? — pergunto enquanto Saul a conduz até o sofá.

Millie parece tão abalada quanto Elizabeth.

— Um passo de cada vez — diz ela. — Falei para ela que era um passo de cada vez.

— Quem são estas pessoas? — pergunta meu pai.

— Pai, fique fora disso.

Rebati rápido demais. Ele não vai aceitar.

— Stephen, não vou deixar você falar comigo assim.

— Pai, agora *não é a hora*.

Millie se aproxima do meu pai e estende a mão.

— Eu sou Mildred Lund. Sou a... professora de Elizabeth. E este é Saul, um dos meus sócios.

É como se um balão de pensamento realmente aparecesse acima da cabeça do meu pai: *que tipo de professores são esses?!*

— De maldições, pai. São eles que estão nos ensinando sobre maldições. — Eu me viro para Elizabeth. — O que foi que você fez?

— Comi demais. Ou tive intoxicação alimentar. Mas com maldições, em vez de comida. Onde está Laurie? Não podíamos ir para minha casa, caso minha mãe estivesse por lá.

— Laurie está com Sean. Quer que eu o chame?

— Não. Está tudo bem. — Depois ela olha para Millie e Saul. — Sério, está tudo bem. Não preciso que me vigiem.

Millie balança a cabeça.

— O que você fez foi uma tolice. Tão perigoso. Não vou ensiná-la se não me ouvir com atenção.

— Quero ficar sozinha com ela — digo. — Por favor, será que todos podem simplesmente sair?

Saul parece ansioso em aceitar meu convite, como se não estivesse acostumado a ficar em apartamentos com janelas. Millie está mais relutante e irrita-se um pouco mais com Elizabeth. Meu pai não parece se incluir no meu pedido e permanece onde está

— Eu adoraria descansar um pouco — diz Elizabeth. Ela olha para Millie. — Vejo você amanhã. Prometo que não vou fazer nada até lá. Aprendi minha lição. Fui longe demais.

Millie parece satisfeita com isso.

— Nada de ficar observando maldições — diz ela. Então aponta em minha direção. — Sobretudo, nada com essa aí.

Penso que Elizabeth já aprendeu *essa* lição.

Saul está à porta, e Millie o acompanha enquanto olha para trás, para Elizabeth, a cada dois segundos, querendo ter certeza de que está fazendo a coisa certa. Meu pai fecha a porta atrás deles e faz uma cena ao trancá-la.

— Pai — digo —, se importa de nos deixar a sós para conversar?

— Stephen, sou seu pai.

— E Elizabeth é minha namorada. Quero conversar com ela. Você não precisa ficar no recinto enquanto isso. — Elizabeth olha para mim como se eu tivesse sido duro demais; ela não faz ideia do histórico da coisa toda. — Olhe — digo e abaixo o tom de voz —, volte para o jantar. Podemos conversar durante o jantar.

Agora meu pai parece constrangido.

— Desculpe, eu... bem, já tenho planos para o jantar hoje.

Não tenho o direito de ficar aborrecido, mas fico. A ponte levadiça é minha, não dele.

— Ótimo — digo. — Vejo você amanhã.

-– No café — diz meu pai. — Estarei aqui para o café da manhã.

— Foi bom ver o senhor, Sr. Swinton — diz Elizabeth. Embora esteja nitidamente fraca, tem força suficiente para amenidades.

— Foi bom ver você também, Elizabeth — diz meu pai, e fico surpreso por ele se lembrar do nome dela. Quando ele vai até "o outro quarto" para pegar o laptop, passo para o sofá com Elizabeth. Não a ponto de sufocá-la, sei que precisa de ar, de espaço. Mas quero ficar ao alcance dela, caso ela subitamente precise de mim.

Meu pai não diz nada além de adeus antes de ir embora. Ele sai, e Elizabeth continua a olhar para a porta ou para todas as coisas além da porta.

— Somos apenas nós dois agora — digo a ela. — Quero saber de tudo.

Ela me conta sobre o metrô, sobre o que aconteceu com ela.

— Não pode forçar tanto assim — digo. — Não até estar pronta.

— *Eu sei* — interrompe ela. — Por favor, não se junte ao coro desta vez. Ele já está bastante alto.

Nós ficamos sentados ali, em um impasse. Ela está perdida em pensamentos, e eu estou perdido por não ser capaz de saber quais são.

— Nós temos de encontrá-lo, não temos? — pergunto. — É aonde isso tudo nos leva, não é? Se ele deixa um rastro de maldições, precisamos segui-lo. É assim que vamos rastreá-lo.

— Imagino que esse seja o plano de Millie — diz Elizabeth. Ela não parece satisfeita. — Mas também acho que ela tem mais fé em mim do que mereço.

— Não diga isso — protesto. — Você não sabe...

— Pare. Eu não estava dizendo isso para ter sua confirmação. Não me trate como a namorada que acaba de perguntar: "essa roupa me deixa gorda?". Não faz ideia de quais sejam minhas habilidades. Nenhum de nós faz. E ter tudo isso na balança... é muita coisa.

— Olhe — digo, tocando o rosto dela para pedir que ela olhe para mim —, nada está na balança aqui. Se não o encontrarmos, tudo bem. Continuo invisível. Até agora, me saí bem. O fato de você me ver já é suficiente. Nada realmente ruim vai acontecer se nós não o encontrarmos. Ninguém vai morrer.

Quando digo a última frase: "ninguém vai morrer", ela se encolhe e desvia o olhar.

— O que foi? — pergunto. — Ele amaldiçoou alguém para morrer? Há outras coisas que eu não saiba?

Elizabeth balança a cabeça.

— Não. É só que... Millie faz parecer que o que estou fazendo é muito importante. Todas essas pessoas são amaldiçoadas, e eu sou uma das poucas no mundo que pode ajudar. Não sei como lidar com isso.

Quero dizer a ela como lidar. Quero que haja uma resposta. Mas a única resposta é esta:

Nossas vidas são diferentes. Inexplicavelmente, intrinsecamente ligadas, porém diferentes.

— Só fiquei assustada depois — conta ela. — Enquanto acontecia, estava sufocada demais. O medo se torna irrelevante quando você encara aquilo que teme. Mas depois, eu sabia que chegaria perto de algo realmente ruim. As maldições não são passivas. Elas revidam.

Digo a ela:

— Mesmo sem saber que era uma maldição, pensei que poderia quebrá-la. — Eu não tivera essas lembranças durante anos, e agora aqui estão elas, aguardando para serem compartilhadas. — Pensei que houvesse um meio de eu consertar isso. Não apenas orações, e eu tentei um monte de orações. Mas também outras coisas. Coisas perigosas. Ouvi algo na TV sobre terapia de choque. Nem sabia o que isso significava. Mas assim que fiquei sozinho no meu quarto, enfiei o dedo na tomada e o mantive lá o máximo que consegui. Meus pais não faziam ideia. Felizmente, foi demais, e eu tive de tirá-lo. E, por um segundo, pensei que a dor fora tão forte que da próxima vez que eu piscasse, conseguiria enxergar minha mão. Que eu ficaria visível. Mas, claro, não fiquei. Parte de mim se pergunta se a morte vai fazer isso. Se, quando eu morrer, meu corpo finalmente vai ser visto. Se meu avô vai rir por último.

— Não fale em morte — diz Elizabeth, com a voz trêmula. — E não enfie mais o dedo em tomadas.

— O que acontece se nós o encontrarmos? — pergunto.

— Não sei. Não sei mesmo.

Ela parece tão cansada. Esgotada.

— Está tudo bem — digo a ela. — Durma aqui. Apenas durma.

Eu me levanto para que ela possa se esticar no sofá.

— Vou chamar Laurie — comento. — Vou avisar a todo mundo na sua casa onde você está.

— E diga que estou segura.

— E que você está segura.

Pego um cobertor para ela e apago as luzes. Mas antes que eu possa ir embora, ela diz:

— Quero você comigo na loja de Millie. Quero que você seja meu escudo.

Não faço ideia do que ela está falando, mas respondo que sim.

Na manhã seguinte, quando vou com ela até a loja de quadrinhos depois de um café da manhã tenso com meu pai, Millie não me deixa entrar.

— É perigoso demais — diz ela. — Quando Elizabeth se abre para as maldições, você não pode ficar por perto. Se por acaso ela olhar para você quando estiver vulnerável... não quero mencionar o que poderia acontecer.

Como posso discutir? Sou banido de volta ao meu apartamento, banido para ficar passeando enquanto imagino o que Elizabeth está fazendo e se está se colocando em perigo.

As semanas passam assim. Meu pai aparece para me dizer que precisa voltar para a família dele, que ficou longe por tempo demais. E não vai me pedir para ir com ele — nós dois sabemos disso. Diz que vai voltar e que, se eu precisar de alguma coisa, devo avisar. Preciso de muitas coisas, mas não vale a pena falar com ele sobre nenhuma delas. Não me pergunta sobre Elizabeth nem sobre as maldições nem sobre os "professores" que apareceram no apartamento. Não quer saber de nada disso, não sinceramente. Ele quer ficar em seu mundinho, o mundo que a maior parte das pessoas acredita ser o real.

Em quase todas as noites, Laurie aparece depois da escola, e Elizabeth passa aqui depois de sair da loja de Millie. Assistimos a filmes. Pedimos comida chinesa. É tudo muito normal, a não ser pelo fato de eu não ser visível.

Os dias são mais difíceis: longos períodos com a solidão amplificada pelo som das pessoas que não estão presentes. Vou ao parque. Caminho pelos museus. Sofro com o calor como todos os outros indivíduos. Mas, durante todo esse tempo, estou consciente das maldições que não posso ver. Tenho consciência dos problemas que não posso resolver. Vejo que Ivan, o passeador de cães, e Karen, a babá, ficaram juntos. Fico feliz por eles. Mas não consigo sentir essa felicidade dentro de mim. Não durante o dia.

Uma noite, depois de a mãe dormir, Elizabeth se esgueira do apartamento para ficar comigo. Ela e Laurie têm um acordo; ele vai acobertá-la se ela acobertá-lo outra noite para que possa subir até o telhado com Sean. Eles querem ver o nascer do sol juntos.

É estranho tê-la por perto e saber que vai poder ficar até de manhã. Estamos mais reservados um com o outro, mas também um pouco mais soltos, um pouco mais livres. Quando nos beijamos, não parece apressado. Quando fazemos mais que nos beijar, só nos apressamos quando queremos.

Nossa intimidade para logo pouco antes do sexo. Ainda não estamos prontos para isso e sabemos que não vamos estar por algum tempo. Não por causa das circunstâncias, mas porque ambos temos de conhecer um ao outro muito bem e por um longo tempo antes de dar esse passo. Além disso, lá no fundinho da minha mente, *existem* circunstâncias. Sei que precisaríamos ter cuidado, muito cuidado. Mas, se alguma coisa desse errado, será que a maldição seria transmitida? Elizabeth e eu nunca conversamos sobre isso, jamais mencionamos o fato. Duvido que isso sequer passe pela mente dela. Mas está ali na minha. Paira sobre todo o nosso futuro.

É mais que suficiente tê-la em meus braços. É mais que suficiente estar ali enquanto a respiração dela assume o ritmo do sono. É mais que suficiente acordar e descobrir que ela está fazendo a mesma coisa: me observando, me vendo, se admirando com tudo isso.

Começa a parecer quase rotineiro. Há minutos em que fico tonto, em que me sinto um pouco fraco ao ficar em pé, mas não penso muito no assunto. Costumo ficar exausto durante o verão e nunca compreendi de fato como o sol afeta minha pele se não posso ser visto. Será que eu me queimo? Tenho insolação? Elizabeth diz que pareço estar bem, mas não tenho certeza.

Quando ela chega em casa, é quase como se fôssemos marido e mulher, e ela é quem tivesse saído para trabalhar. Pergunto como foram as coisas. Ela me conta o que aprendeu, e só compreendo a metade.

Então um dia ela volta para casa e me diz uma coisa que não necessita de maiores explicações.

— Ele voltou — diz ela. — É ele, Stephen. Maxwell Arbus está aqui.

CAPÍTULO 20

ANDEI MENTINDO PARA Stephen. A mentira gira como uma inquieta bola de cobras em meu estômago, como se eu tivesse levado uma maldição. Digo a mim mesma que isso não pode ser evitado. Repito sem parar que esta desonestidade serve a um objetivo maior. Mas as palavras amargam na minha língua e sei que sou hipócrita. Sei que mentir para alguém que se ama nunca é certo.

Mas não sei mais o que fazer.

As coisas estão muito piores do que ele se dá conta. Acho que é pior do que até mesmo eu me dou conta.

Algumas vezes, quando fico deitada na cama, olho para o teto e tento me lembrar de como aconteceu.

Forço a mente de volta para aquela tarde, para a febre que queimava meu corpo de dentro para fora, porque foi nesse momento que as lembranças ficaram um pouquinho mais claras. Acho que tem a ver com o modo como a febre me levou para um lugar não muito diferente das terras estranhas que ocupo entre o sonho e a vigília.

O que aconteceu no metrô surge em lampejos desagradáveis que me empurram de volta à consciência antes que o sono me tome completamente. Ouço a respiração arfante dos outros passageiros, seguidos pelos gritos para que telefonem para a emergência. Sinto os braços de Saul me agarrando, e grito por causa do toque insuportável na pele cheia de feridas. Apesar dos gritos, ele não me solta e não perde o equilíbrio quando o trem diminui a velocidade na estação seguinte. Através da névoa da dor e da febre, percebo os corpos caminhando com dificuldade ao redor quando o trem guincha até parar nos trilhos. Millie murmura desesperadamente para Saul. Eles me levantam, sou tirada da claridade do vagão e colocada nas sombras. As pessoas gritam atrás de nós, imploram e dizem para Saul que preciso de uma ambulância, e querem saber para onde ele está me levando.

Depois disso, não me lembro de nada até um líquido morno, com gosto desagradável, invadir minha boca. Imagino que água de esgoto tenha um gosto parecido. Engasgo com a substância e fico tossindo, o que faz com que ela escorra pelo meu queixo.

— Pronto, pronto — diz Millie, e seca minha pele molhada com um pano macio. — Precisa beber isso. Beba, criança.

Começo a balançar a cabeça, mas agora Saul está segurando minha boca aberta. A água de pântano desce novamente, e, desta vez, Saul aperta minha boca, então ou engulo ou me afogo numa poça estagnada.

Meu estômago se contrai e tenho certeza de que vou vomitar.

— Respire. — Millie aperta minha mão. Eu respiro, e, apesar do gosto horrível que sinto, meu corpo começa a relaxar. Uma coisa fria desce pelo meu sangue e escorre pelos poros. O fogo que chamusca minha pele se extingue, e as feridas com pus que borbulham na garganta, peito, braços e pernas diminuem e formam cicatrizes, depois desaparecem, todas ao mesmo tempo.

O aperto de Saul afrouxa.

— Será que já bebeu o suficiente?

— Acho que sim — responde Millie. Minha visão não está mais borrada, e consigo enxergá-la me fitando. — Como você se sente, Elizabeth?

— Como se estivesse prestes a vomitar. — Espero que ela não queira que eu fique falando porque, se abrir a boca novamente, com certeza vou vomitar.

Millie caminha ao meu redor, traçando círculos nervosos.

— Não, não, não. Você não pode regurgitar o tônico. Seu corpo precisa dele para repelir a maldição. Sente-se imóvel e fique quietinha que vou lhe preparar um chá de hortelã.

Ela oferece um olhar expressivo a Saul, e as mãos imensas agarram meus ombros e me fazem sentar, ainda que de modo involuntário. Fico grata por Millie ordenar meu silêncio, porque eu não saberia o que dizer ao sujeito gigante que está olhando para mim com uma expressão severa. Ele fica parado como uma estátua. Não consigo nem ouvir sua respiração. Em meio ao silêncio, fico tensa e considero isso um bom sinal. Em vez de me sentir enjoada, começo a ficar constrangida. Quando Millie reaparece com um bule de chá, uma xícara e um pires, estou pronta para tentar voltar a falar.

— Que coisa foi aquela? — pergunto a ela.

— Que coisa? — Millie serve uma xícara e a põe na minha frente. Só quando faz um sinal com a cabeça é que Saul solta meus ombros.

Bebo um gole do chá. Ele escalda minha língua, mas até mesmo chá de hortelã pelando é melhor que o gosto do remédio de Millie.

— Essa coisa que me fez beber — digo a ela. — Era horrível.

— Essa "coisa" horrível salvou sua vida, mocinha. — Millie se ofende.

Ela parece sinceramente magoada, e eu me encolho.

— Desculpe... não quis dizer...

Millie toma minha confusão como o arrependimento sincero que é.

— Sei que não tem um gosto agradável, mas funciona.

Ela me observa como uma fada-madrinha ansiosa, e Saul abandona o posto nos meus ombros e paira acima do ombro dela.

— As receitas de tônico são um dos tesouros da biblioteca do magistorium. — Millie faz um gesto orgulhoso para as prateleiras cheias de lombadas lascadas e exemplares mofados. — Suponho que, no fim das contas, eu não seja totalmente irrelevante.

— Você nunca poderia ser irrelevante, Mildred — replica Saul, tão baixinho que mal consigo ouvi-lo, mas suas palavras colorem com um tom rosado as bochechas brancas feito papel de Millie. Mesmo assim, um instante depois ela está me fitando com olhos atentos como os de uma águia.

— Você percebe o que fez? — pergunta ela. O tom de voz faz com que eu me encolha. — Tem sorte por havermos sido capazes de levar você ao magistorium a tempo.

Saul olha sobre os ombros de Millie com uma expressão severa, para dar mais ênfase.

— Você nunca, nunca mais vai extrair uma maldição sem permissão. — Millie aperta as mãos sobre o coração como se fosse ela quem estivesse prestes a fazer um juramento solene. — Nunca.

— Mas... — Eu me sento mais ereta, e recebo mais um olhar ameaçador de Saul.

— Não até você estar pronta. — O rosto de Millie está pálido novamente e não tem nenhum vestígio do rosado juvenil de um minuto antes.

Não posso me render, embora o que ela esteja dizendo me assuste. A lembrança do cheiro das feridas com pus na minha pele, da dor aguda no estômago, está me assustando. Mas Stephen. Stephen.

— Ele pode morrer — digo.

Millie suspira, e, sem demora, Saul puxa uma cadeira; ela se senta. A raiva desapareceu, e agora Millie parece muito, muito cansada.

— *Você* pode morrer — diz ela para mim.

Sua exaustão é contagiosa. Amoleço o corpo.

— Eu sei.

— Queria que houvesse um meio fácil de fazer isso. — Millie esboça um sorrisinho. — Mas o rastreamento se entranha em você. Seu corpo e espírito precisam de tempo para se ajustar ao trabalho.

Um atalho surge em minha mente.

— E se eu sempre tivesse um tônico comigo? Poderia usá-lo como uma EpiPen, dessas com antialérgico, só que para maldições.

Ela já está balançando a cabeça antes mesmo de eu terminar a frase.

— Os tônicos são apenas uma medida de emergência. Cada vez que você usa um, ele se torna menos eficaz. Precisa criar uma resistência natural às maldições. E isso leva tempo.

— E se não tivermos tempo? — pergunto. É uma pergunta sem sentido, e sei disso.

Sei que há histórias épicas de romance nas quais amar significa uma expectativa de morte. Onde tudo gira em torno de sacrifício. Mas não quero morrer, nem quero que Stephen morra. Estou procurando uma situação na qual nós dois continuemos vivos. Onde possamos continuar com esta maravilha que é o amor, a descoberta e a confiança. Não estou nem pedindo um "viveram felizes para sempre". Apenas um "sobreviveram nesse meio tempo" para que a vida possa continuar acontecendo como quiser.

Deve haver outra tese. Alguma coisa que eu pudesse colocar em palavras que revelariam, por meio de mágica, um caminho através desse campo minado. Olho para Millie na esperança de que ela tenha as palavras que eu não tenho.

Ela simplesmente põe as mãos sobre as minhas.

A única concessão que arranco de Millie é a promessa de que ela não vai contar a Stephen o que realmente aconteceu no metrô. Olho para Saul até ele também resmungar a promessa.

E as mentiras começam.

Ocultar coisas de Stephen, coisas perigosas, não é tudo que me incomoda conforme uma, duas, três semanas se passam. As mentiras me afastam dele. E não só por causa das barreiras que tenho de erguer em minha mente e meu coração. Sou afastada pela necessidade. Embora tenha dito a Millie que não extrairia maldições sem sua supervisão, não estou disposta a me limitar às nossas lições diárias. Não posso contar a Stephen o que estou fazendo. Millie parece satisfeita o suficiente com o fato de eu me ater ao nosso plano de treinamento, e confia piamente em minha palavra. Tenho certeza de que Saul suspeita que estou trapaceando, pelo modo como o olhar caolho me fita durante as lições no magistorium. Mas se eu contasse a Stephen, ele tentaria me impedir. Não está disposto a me colocar em risco assim como não vou colocá-lo em risco.

E não posso contar a Laurie pela mesma razão.

Então sou só eu nessa.

Vou sair pela cidade. Sozinha. E vou procurar maldições.

Eu me convenço de que não estou traindo Stephen, Laurie e Millie porque não estou me arriscando. Não com riscos grandiosos, afinal.

Embora consiga encontrar maldições de todos os formatos e tamanhos, de ridículas a assustadoras, extraio somente as pequeninas. São minha vacina autoadministrada contra as maldições. Eu deveria recolher uma taxa de todas as pessoas que salvei de dias sem táxi. Millie não estava brincando quando disse que o feitiço dos táxis é uma maldição comum em Manhattan.

Para diminuir minha traição, tento limitar minha extração de maldições a uma por dia, depois das lições com Millie, assim meu corpo pode ter o intervalo de horas para se recuperar. Quando não tenho uma reação muito ruim a uma maldição, corro para o apartamento para ver *O Castelo Animado* ou *O Último Unicórnio* pela milionésima vez, ou para continuar nosso torneio épico e inventivo de Palavras Cruzadas, no qual todas as palavras são inventadas, mas quem cria precisa dar sua definição e todos os jogadores têm de concordar que aquela definição é viável. Preenchemos nosso tempo com tudo que não envolva conversas sobre rastreadores e conjuradores.

Algumas vezes, não consigo disfarçar o cansaço causado pelas mentiras e pela extração das maldições. Quando isso acontece, Stephen me arrasta para seu quarto. Para seus braços. E eu durmo aninhada nele até me sentir forte o bastante para ir até as ruas movimentadas de novo.

Ele provavelmente percebe que estou escondendo alguma coisa. Mas prefere não perguntar nem pressionar sobre minha ausência crescente no prédio. De nosso local seguro. No início, sinto necessidade de criar um objetivo mítico e explicar que preciso aprender a me deslocar sozinha pela cidade caso queira conquistar a Stuy no outono. Aparentemente, Stephen aceitou minhas palavras, apesar de seu vazio. Tenho certeza de que ele está preenchendo aquele buraco com a própria narrativa do que realmente estou fazendo. Por que estou passando mais tempo longe dele.

Mas paramos de conversar mais sobre isso. Algumas vezes, me pergunto se ele tem medo de perguntar. Se de fato sabe que perfurar a fina camada entre a verdade e a ficção construída por mim fará as coisas desmoronarem, e nós perderemos tudo o que construímos juntos. Mas também não pergunto. Parece quase impossível que possamos ficar tão envolvidos e ainda assim nos contermos.

E assim continuamos nossa dança do novo amor, numa distância próxima.

Na manhã na qual o padrão se rompe, me faço a mesma pergunta que faço todos os dias: estou melhorando? Será que criei uma resistência? Será que eu deveria tentar extrair um feitiço mais forte?

Criei uma rotação regular de locais para avistar maldições. A fonte do anjo. A loja da Apple em frente ao hotel Plaza. O vendedor de balões perto do zoológico do Central Park. Até retorno com alguma frequência ao trem que peguei com Millie e Saul, embora fazer isso sempre me cause calafrios e dor de estômago.

Estou nos corredores do museu Frick, o que me deixa inquieta. Eu me escondo nos museus quando preciso de um pouco de descanso. Não que esteja exatamente evitando as maldições, pois já vi algumas por aqui, mas entre esses monólitos culturais, o Frick é um local relativamente calmo e acabo aqui quando não me sinto forte o suficiente para encontrar uma grande variedade de maldições.

Nos salões, não perco muito tempo olhando as coleções. Prefiro admirar o prédio por sua finalidade original. Era a casa de alguém. Embora eu tivesse lido que o Sr. Frick construíra a casa com a intenção de que suas coleções um dia fossem abertas ao público, não consigo evitar sentir que o edifício está buscando redenção por sua opulência. Que as escadarias e as paredes ficam constrangidas, conscientes de que muito poucos nesta Terra tocarão o esplendor dourado oferecido por seu fundador. Considero o renascimento da mansão como museu um tipo de penitência por sua vida anterior como residência de um barão do aço: um palácio da Era Progressista que ficava a alguns quilômetros dos cortiços superlotados do Lower East Side.

O Frick, como tantos locais, me lembra que Nova York tem e sempre terá uma identidade construída sobre contradições. É o reflexo perfeito dos desequilíbrios da vida. Talvez por essa razão eu tenha começado a me sentir tão à vontade aqui.

Talvez eu venha porque tenho esperança de me redimir também. Boas ações no futuro para apagar minhas mentiras atuais.

E, para minha surpresa, quando o tempo começa a acelerar, estou fitando um relógio. Como tantos relógios no Frick, este é de ouro, mas é meu favorito por causa do anjo que mergulha na base. Seus braços seguram um homem, e não tenho certeza se pretende salvá-lo ou se o homem está fugindo do soldado de um deus vingador.

Há anjos por toda parte na cidade. Enquanto examino este, fico me perguntando se os anjos da cidade murmuram uns para os outros sobre o que veem. Quando trocam suas histórias, será que riem ou choram por nós? Provavelmente, as duas coisas.

Desde que minha vida fora tomada por feitiços e maldições, andei tendo um monte de pensamentos sobre possibilidades sobrenaturais. Não é um grande salto passar de conjuros a anjos telepáticos em obras de arte.

Quando começo a ouvir sussurros, porém, penso que minha imaginação precisa ser controlada. Eu me afasto do relógio, mas o som de vozes baixas, insistentes, ainda penetra em meus ouvidos. Um formigamento intenso e frio me sobe pelos braços. Um som de estalido claro e contínuo se une aos murmúrios. Deve ser o relógio. O que penso serem murmúrios são, na verdade, o zumbido das engrenagens e seus estalidos, no lugar do tique-taque clássico.

Eu me inclino, assustada pelo fato de ser capaz de ouvir os ruídos mecânicos do relógio de modo tão claro. Não me lembro de tê-los notado em alguma visita anterior. Colocando meu nariz perto o suficiente do mostrador — a ponto de o segurança pigarrear, fazendo-me dar um pulo para trás de susto —, fica evidente que os sons não estão vindo dali.

Minha boca fica seca, e sinto a pulsação latejando. Faço um esforço para me movimentar lentamente. Não sei o que estou procurando enquanto continuo a ouvir. Mas o instinto me ordena a não fazer nenhum movimento súbito.

Além do segurança, que continua a me fitar com desconfiança, há quatro pessoas no Grande Salão. Uma mulher e o filho pequeno, de 3 ou 4 anos; um homem de paletó que parece estar dando uma olhadinha no museu enquanto espera fechar um negócio; e uma idosa com uma roupa Chanel, os cabelos grisalhos reluzindo como se tivessem sido polidos pelo seu mordomo. Nada nesse grupo me chama atenção como sendo fora do comum.

Então o lampejo súbito de uma sombra atrai minha visão. Um homem está parado no Jardim Coberto, mas observa o Grande Salão. Ele se concentra na mãe e na criança. Ela está agachada debaixo de *São Francisco no Deserto*, de Bellini, conversando com o filho. Acho que ele está escutando uma aula sobre arte ou a promessa de tomar sorvete, desde que se comporte no museu.

Rapidamente volto a olhar para o homem na extremidade do salão. Alguma coisa na pele dele, ou melhor, no contorno de seu vulto, está errada. Consigo vê-lo contra a luz do jardim muito nitidamente. Quando ele se aproxima alguns passos, deixa uma marca: uma forma que parece aquelas silhuetas de corpos feitas pela polícia com giz, só que desenhada em carvão. Mas a imagem não está parada. A impressão em carvão pulsa como se fosse uma corrente elétrica. Mantenho os olhos afastados e começo a me aproximar. Embora confirme minhas suspeitas de que minha pele está até mais fria, sou recompensada pelos sons que ficam mais distintos à medida que me aproximo. Finjo examinar o vaso que ladeia a porta do Jardim Coberto enquanto lanço olhares de soslaio ao sujeito. É difícil olhar para ele, e não apenas porque estou tentando não chamar sua atenção. Meus olhos passam por ele e não conseguem encontrar um ponto focal. É como se eu não conseguisse de fato focar nele, pelo menos não de perto. Tomo fôlego rapidamente e me concentro e, assim que o faço, tenho a sensação de que forcei a passagem por alguma coisa para realmente examiná-lo. Com medo de que minha atitude recente pudesse disparar uma reação, fito o vaso até a fachada floral nadar na minha frente. Finalmente, arrisco um olhar. O homem não se mexeu nem está prestando atenção em mim. Sua atenção continua fixa na mulher e na criança. A mãe resolveu brincar de um jogo desanimado de adoleta com o filho. O homem sorri, mas é um sorriso cheio de malícia.

Não preciso me esgueirar para o segundo plano para testemunhar o que acontece a seguir. A característica elétrica do contorno escuro de sua estrutura aumenta e faísca de dentro para fora, como uma nuvem fina ativada por relâmpagos. Sem tirar os olhos deles, o homem murmura palavras que não consigo distinguir. A linha preta explode como um flash de câmera reluzente e começa a tomar nova forma, a qual se estende e cruza o cômodo. Pequenas elipses semelhantes a fumaça se dirigem à mãe distraída, e cada forma escura se sobrepõe à seguinte.

Elos em uma corrente. Uma corrente que ligará esta mulher a uma maldição. Não consigo respirar.

O conjuro é tão forte, tão vívido, que não consigo acreditar que outros frequentadores do museu estejam passando ociosamente pela corrente que liga o conjurador à sua vítima. O homem de terno esbarra no conjuro enquanto pega o telefone para fazer uma ligação no Jardim Coberto. O segurança aparece e vai atrás do homem, que está violando uma lei sobre uso de celulares, mas não olha duas vezes para o conjurador.

Não sei o que a maldição pretende fazer. Mas os elos pretos e etéreos da corrente fazem os pelos do meu braço ficarem eriçados. Eles estão cheios de poder. Posso senti-lo como uma carga estática, mesmo a distância. Esse é o tipo de maldição que Millie temia que eu drenasse. Mesmo antes de alcançar a mulher, posso ver que é uma maldição que exigiria um preço mais alto do meu corpo que a maldição do metrô. Mas talvez toda a minha extração secreta de maldições, todas as minhas inoculações tenham aumentado minha resistência o suficiente para que eu pudesse sugá-la.

Não importa. Preciso impedir isso. Não posso deixar aquela corrente tocá-la.

Corro direto para o conjurador. Ele está tão satisfeito com sei-lá-o-quê está prestes a fazer à mulher que nem se mexe. Ou isso ou ele, como a maior parte das pessoas, não acreditaria que alguém o derrubaria no Jardim Coberto do Frick.

Ele é maior do que imaginei. Bater nele é como acertar um muro de tijolos. Felizmente, o muro cai. Ele grita antes de bater no chão. Aterrisso sobre ele, mas rolo como se ele estivesse em chamas. Sei que tenho de sair daqui. Eu me levanto com dificuldade e olho uma segunda vez para ter certeza de que a corrente não está mais ali. Ela evaporou.

No salão, a mãe puxou o filho e olha para mim boquiaberta. Com a criança nos braços, sai correndo da sala.

Ouço uma voz ríspida e vejo o segurança se aproximando de mim. De um salto, disparo para a entrada e obrigo minhas pernas a correrem, embora os músculos estejam fracos por causa do tremor.

Corro sem parar. Não sei como consigo, pois minha mente está paralisada e presa no Frick.

Eu sei quem é aquele homem.

Quando bati nele, quando meus braços e pernas se entrelaçaram aos dele, senti aquela linha de carvão passar por mim, e eu *o* vi. Um homem solitário e aborrecido. Um homem que se alimenta como qualquer outro homem, mas que se alimenta da angústia de outros. Um homem que quer que os outros o temam. Um homem que vive para controlar. Um homem que compartilha o sangue de um garoto invisível.

Eu sabia, sem sombra de dúvida, que tinha acabado de derrubar Maxwell Arbus.

Desabei na fonte do anjo como uma suplicante. Os turistas olhavam para mim, e um homem que usava uma viseira escrito I ♥ NY comenta em voz alta que os nova-iorquinos são todos loucos. Ignoro os olhares e me sento com as costas apoiadas na base da fonte. Parte de mim se pergunta se Arbus se recuperou do choque de ter alguém se jogando em cima dele a tempo de se recordar do meu rosto. Não consigo evitar senão temer que ele pudesse ter me seguido e que aparecesse entre as colunas do terraço para se vingar de mim.

No entanto, o terraço continua tranquilo, mesmo que cheio de turistas e frequentadores do parque, e do anjo benevolente que parece olhar para mim.

Quando consigo recuperar o fôlego, fico surpresa com o primeiro pensamento claro que tenho.

Ele não era o que eu esperava.

Depois dou uma risada alta quando percebo que o avô de Stephen não seria o gêmeo idêntico de lorde Voldemort. Minhas risadas súbitas e agudas angariam mais olhadelas cautelosas dos turistas.

Eu me apoio na fonte até ficar de pé. Minhas pernas tremem feito gelatina, mas preciso voltar para casa. O rosto de Millie e o vinco de reprovação perpassam minha mente, mas não posso ir até ela. Não em primeiro lugar.

Stephen merece saber primeiro. Ele precisa saber.

Maxwell Arbus está aqui. Em Manhattan. E não acho que seja coincidência. Talvez, de alguma forma, tenha descoberto sobre a morte da filha e tenha vindo dar uma olhada no último lugar em que ela morou. Ele poderia até estar procurando pelo neto invisível. Se é que sabe que Stephen nasceu.

As implicações de seu aparecimento em Nova York me atingem como uma torrente. Posso não estar pronta para enfrentá-lo, mas isso não importa. Preciso ter esperanças de que sou forte o suficiente, de que criei imunidade suficiente à maldição para sobreviver a isso.

Embora o ar cheio de vapor e concreto quente proclamem que ainda é verão, sei que os dias de liberdade estão contados. Minha mãe já começou a me encher de perguntas sobre a volta às aulas. Tenho de escolher as matérias para o outono. E, quando eu ficar confinada na sala de aula, Stephen ficará sozinho. Vulnerável. E se Arbus o encontrar e eu não estiver ali? Não posso esperar. Precisamos encontrar o avô de Stephen antes que ele nos encontre. Tenho de contar a Stephen que o homem que o tornou invisível voltou, e que, apesar do risco e dos avisos de Millie, estamos sem tempo.

Estou participando de uma corrida na qual vencer significa perder, e acabei de avistar a linha de chegada.

CAPÍTULO 21

MEU INIMIGO.

Meu avô.

Não sei como pensar nele.

Se sou o garoto invisível, ele é o homem invisível?

Mas não invisível. Invisível apenas para mim. Para o garoto que ele amaldiçoou.

Ele é visível para Elizabeth.

Ele é visível e está aqui, e fez alguma coisa contra ela.

Faço Elizabeth me contar a história diversas vezes. Devoro cada detalhe e espero que, ao consumi-los, consiga saber mais. Quero que apareça uma imagem. Quero dar um rosto ao nome, para poder culpá-lo por tudo.

— Temos de contar a Millie — digo. Me parece óbvio. Mas Elizabeth hesita.

— Ela vai dizer que não estou pronta. Que fui tola por interferir.

— O que você fez foi corajoso. Ela saberá disso.

Digo isso e depois percebo: para Millie, na verdade, considerar Elizabeth uma pessoa corajosa, ela vai ter de ser muito mais convincente do que está sendo agora. Ela não parece corajosa de jeito nenhum. Parece culpada.

— Tem mais alguma coisa? — pergunto baixinho. — Tem alguma coisa que você não está me contando?

Estamos na posição costumeira, um ao lado do outro no sofá. *Nossa zona de conforto*, foi como ela chamou uma noite quando nos aninhamos para assistir a um filme. Mas agora ela não se aninha em mim. Não sorri. Ouviu minhas palavras e está tentando rearranjá-las em uma resposta, mas não está funcionando.

Eu me sinto um idiota. Ela acaba de enfrentar meu avô, meu inimigo, e eu não dou espaço para que ela se recupere. Quero que reviva o momento várias vezes para que, de algum modo, eu possa estar ali com ela. Assim poderei encontrar este homem, este mistério que tem assombrado minha vida por meios que nem consigo começar a compreender. No entanto, por mais que eu deseje esse discernimento, essa ligação, não é justo com ela, pois não deixo que se afaste e considere o que isso vai significar quando o calor do momento resfriar e mostrar uma nova perspectiva.

Penso, não pela primeira vez: *O que foi que eu fiz com sua vida?*

Gostaria de poder simplesmente ser seu namorado. Gostaria de não ter todas essas sombras girando ao nosso redor. Mas, mesmo que não estivessem ali, eu ainda encararia o desafio diário, extraordinário de ser um namorado. Um bom namorado. Há momentos — como agora — em que me pergunto se ser invisível é a única coisa na qual sou bom. Parece que há coisas demais para acompanhar, tantas coisas que todas as outras pessoas já sabem. Se construímos nossos relacionamentos a partir de relíquias de antigos relacionamentos, estou começando sem nenhum material.

Vejo que alguma coisa nela foi distorcida, que alguma coisa nela foi tocada pelo veneno dele. *Meu avô. Meu inimigo.* Ele dividiu o mundo da minha mãe. Destruiu o casamento dos meus pais. E mesmo agora, está ditando o momento. Está no meu caminho e no de Elizabeth, assim como ficou no caminho de todas as outras coisas.

Ouço uma batida à porta, acompanhada pela voz de Laurie:

— Ei, pombinhos... estão acasalando?

Elizabeth parece aliviada pela interrupção, o que considero uma censura à minha curiosidade insistente.

— Vou atender — diz ela.

Assim que abre a porta, Laurie pula para dentro do apartamento. Ele dá uma olhada na irmã e diz:

— Definitivamente não estavam acasalando. O que está acontecendo? Ela não responde.

— Elizabeth meio que se meteu numa confusão hoje — respondo.

— Alguém conhecido? — pergunta Laurie, animado. Então, quando ele realmente olha para Elizabeth, fica sério. — Foi alguém daqui de casa?

Ela balança a cabeça.

— Não. Não foi isso.

— Ai, Deus. Por um segundo pensei...

— Foi o avô de Stephen: Maxwell Arbus.

Laurie fica sério.

— Isso não é bom.

— Precisamos encontrá-lo — observo.

— Ele foi cruel? — pergunta Laurie.

Elizabeth assente. Fico esperando que vá começar a contar a história toda, mas fica em silêncio.

— Acho que eu a exauri — digo a Laurie.

— Está *tudo bem* — diz Elizabeth, mas há uma irritação no tom de voz indicando que não estava nada bem. — Só preciso pensar.

— Todos precisamos pensar — digo. — Juntos.

As palavras parecem inúteis. Não tenho certeza do porquê. Olho para o rosto dela com atenção. Está pálida, preocupada. Tem um engarrafamento de pensamentos na sua cabeça, mas não estou no carro com ela.

Ele fez alguma coisa. Vê-lo, enfrentá-lo, trouxe consequências para Elizabeth.

Quero impedir isso. Neste minuto, quero recuar em tudo. Seguir adiante parece perigoso, e não sou mais a pessoa correndo o maior risco.

— Elizabeth — digo. Quero que a compreensão esteja ali na minha voz, para que ela ouça.

Ela olha para mim. Diretamente para mim, e assimila tudo. Mesmo agora, ainda é perturbador ser visto tanto assim.

— Quem quer pizza? — pergunta Laurie. — Eu sei que *eu* quero.

— Pelo menos agora tenho certeza — diz Elizabeth. — Se ele estiver em algum lugar perto da gente, vou saber.

— E então vai acabar com ele — diz Laurie para ela.

— Meu querido irmão — retruca Elizabeth —, não vai ser fácil. Não vai ser nada fácil.

Millie está apavorada. Está apavorada pelo fato de Maxwell Arbus estar tão próximo. Apavorada pelo fato de Elizabeth tê-lo visto. Apavorada pelo fato de Elizabeth não ter fugido ao se dar conta de quem ele era.

— Será que lhe ensinei *alguma coisa*? — grita ela, e senta-se na cadeira de sempre no magistorium. É a primeira vez que a gente vem aqui tão tarde da noite, mas as circunstâncias pareciam exigir uma visita imediata, uma batida à porta. — Sua falta de cautela vai destruir tudo.

Não acho que isso seja justo.

— O que mais ela deveria fazer? — pergunto. — Simplesmente deixá-lo machucar as pessoas?

— Algumas vezes isso é mais seguro que o que temos à disposição — retruca Millie, e vira-se novamente para Elizabeth. — Você compreende o que fez? Agora ele conhece você. Sabe que você consegue ver as maldições. E se acha, por um segundo, que ele vai esquecer isso, então é completamente indigna dos seus dons.

— Tudo aconteceu tão rápido — retruca Elizabeth. — Nem tenho certeza se ele realmente teve uma chance de olhar para mim.

— Você se lembra de como ele é? Se lembra de cada aspecto do que viu?

— Sim, mas...

— Então deve supor que ele se lembre de tudo com a mesma clareza. Provavelmente mais. Neste jogo você é um peão, e ele é um rei. Até onde sabemos, foi uma armadilha.

Elizabeth não responde, por isso Laurie pergunta:

— Que tipo de armadilha?

Millie sus... Minha presença e a de Laurie evidentemente são uma imposição... pelo seu tom de voz, fizemos bem em vir até aqui.

... não têm ideia do que Arbus andou aprontando — diz ... Mesmo que não veja Stephen, ainda se sente atraído até ele. ... inevitável. Ele quer o poder que virá quando a maldição for ...rida.

— O que a senhora quer dizer com "a maldição for cumprida"? — pergunto.

— Ela quer dizer que Arbus quer dar uma olhada no próprio trabalho — explica Elizabeth. — Cada maldição tem uma história, e cada conjurador sente curiosidade natural pelo modo como esta vai acabar.

Millie lança um olhar severo a Elizabeth.

— É um modo de encarar isso — diz ela.

— A senhora está dizendo que ele sabe onde Stephen está? — pergunta Laurie.

— Estou dizendo que é possível. E estou dizendo que também é possível que ele soubesse que Elizabeth é uma rastreadora ligada a Stephen. Na verdade, é possível que tudo que Elizabeth testemunhou fosse apenas para fazê-la se revelar. E foi exatamente o que ele conseguiu. Arbus poderia não saber da ligação de Elizabeth com o neto, mas certamente sabe que há uma garota em Manhattan capaz de ver... como você chamou? Ah, sim. O *trabalho* dele.

— A senhora acha que foi uma armação? — pergunta Elizabeth. É evidente que ela não havia cogitado esta opção até agora e sente-se tola por isso.

— Acho que um homem com a experiência de Arbus precisaria de um motivo para fazer uma aparição pública — diz Millie. — E seria muito *conveniente* que você testemunhasse isso. Mas o que eu sei? Talvez ele esteja velho demais para se importar agora. Isso é possível. A questão é se é *provável*.

Olho ao redor do magistorium em busca de respostas. Mas Millie está dizendo que não sabe, e nós também não. Olho para todos os exemplares nas prateleiras. Estamos cercados por tantos livros, tantas palavras, tantos pensamentos... e nem um deles sequer pode nos ajudar. Penso: *qual é o sentido de toda essa magia se ninguém sabe realmente como usá-la?* Mas acho que a mesma coisa poderia ser dita sobre a vida. Que é outra forma de magia, só que menos aparente.

Millie começa a fazer perguntas muito objetivas sobre meu avô e Elisabeth, e me pergunto se meu interrogatório pareceu tão violento. Ela responde de maneira indiferente — talvez por já ter passado por isso comigo ou talvez porque a ideia de uma armadilha tenha vindo à mente com toda a força e, neste mesmo instante, ela lamente parte de sua coragem. Não quero que se sinta assim. Não importa o que Millie diz, salvar outras pessoas sempre é mais importante que salvar a si. Tem de ser, ou nenhum de nós faria o bem.

Conforme Elizabeth explica, olho mais uma vez em volta do magistorium. Esta fortaleza de livros. E penso maldosamente nos Três Porquinhos. Eu me pergunto se somos os porcos que construíram a casa com livros, palavras e pensamentos. O que acontece quando o Lobo Mau chega ali? Será que a casa se mantém de pé? Ou será que tudo é destruído?

— Era tão... poderoso — diz Elizabeth. — Intenso. Você pode falar tanto quanto quiser sobre isso, mas quando está lá, não há meio de explicar. Simplesmente é. E você tem de reagir.

— Você não está pronta — diz Millie.

— Mas que importância tem *estar pronta* quando uma coisa dessas está acontecendo? — retruca Elizabeth.

— Não pode fazer algo assim de novo — insiste Millie. — Precisa prometer que não fará.

— Prometo — diz Elizabeth.

Confiro a reação de Millie, depois a de Laurie. Avalio a minha.

Todos nós sabemos que ela está mentindo.

Laurie fala a maior parte do tempo durante o trajeto para casa, fantasiando em voz alta sobre dar a Millie um makeover e lhe arranjar um reality show num canal a cabo. São como bolhas de sabão verbais — palavras sem peso para nos fazer sorrir apesar de tudo. Admiro a tentativa. Elizabeth parece não estar escutando.

Quando chegamos a nosso andar, ocorre um momento tenso em que cada um de nós percebe que não sabemos qual será o próximo passo de Elizabeth. Será que voltará a meu apartamento ou vai para casa com Laurie?

Ela olha para mim como se pedisse desculpas.

— Minha mãe deve chegar em casa logo — diz ela. — Então...

— Posso apenas pegar você emprestada um pouquinho mais? — Não quero deixá-la ainda, não desse jeito. — Prometo que vou devolvê-la.

— Vá em frente — diz Laurie. — De qualquer forma, vou passar na casa de Sean por um segundo. E passar um tempo com a família nunca é a mesma coisa quando não estou por perto.

— Claro — retruca Elizabeth. Mas não diz outra palavra até estarmos em meu apartamento.

Mais uma vez, acho que deveria haver regras de namoro sobre como lidar com essas coisas, então penso que não há meio de as regras de namoro incluírem esse tipo de problema.

— O que está acontecendo? — pergunto. Porque quero saber. Porque parece que preciso saber para ajudá-la. Não posso dizer que estarei ao lado dela para o que der e vier até saber o que *está por vir*.

Falo com sinceridade, mas, pela reação dela, parecia que eu tinha feito uma pergunta sobre esporte ou sobre o tempo.

— Nada de mais — diz ela para mim. — E com você?

Sei que eu deveria simplesmente deixá-la em paz. Deveria deixá-la falar quando quiser. Mas não reajo às coisas como sei que deveria. Estou reagindo ao vazio, à solidão que sinto quando ela está parada bem na minha frente e parece tão distante quanto o fim do mundo.

— Fale comigo — imploro.

Ela balança a cabeça, e eu sei: está arrependida por ter me acompanhado até aqui. Está arrependida por ter concordado em vir.

— Você tem de escutar o que Millie diz — continuo. — Se ela diz que é perigoso, precisa dar ouvidos a ela.

— Não *tenho de* fazer nada. Entendo que Millie tem feito isso há muito mais tempo que eu. Eu sei. Mas você precisa compreender que ela basicamente se manteve trancada e distante do mundo. Ela desistiu.

E tudo bem se ela é capaz de ficar sentada ali e ver as pessoas sofrerem. Eu não. Não sou assim. Além disso, tenho mais poder do que ela. Posso fazer muito mais.

— Eu sei — digo. — Mas você precisa ter cuidado.

— *Cuidado*. Nem sei mais o que isso significa. Não é que eu esteja procurando essas coisas. Não entrei no Frick e pensei: *caramba, será que Arbus vai estar aqui?* Não escolho o que vejo, o que sinto. Não mais. Essas pessoas simplesmente ficam sentadas ali feito prédios em chamas, Stephen. E a escolha é se você segue adiante e ignora ou se faz alguma coisa em relação a isso. *Tomar cuidado* não é uma opção.

— Mas você tem de saber seus limites. Não pode assumir tudo. Principalmente com alguém como Arbus.

— Dê-me um pouco de crédito, ok? Apenas por um momento, eu adoraria receber um pouco de crédito.

O olhar que ela me dá é arrasador. O som de sua voz é crítico e cético.

Toda relação tem esse momento: a primeira vez que a aproximação cessa e dá lugar ao afastamento. Muitas vezes, é apenas um lampejo breve, mas este dura mais tempo.

— Vamos parar com isso — digo. — É ridículo.

— O que é ridículo?

Tento fazer com que a atmosfera fique menos pesada. Tento nos recolocar nos eixos. Digo:

— A maioria dos casais tem a primeira briga por causa do filme que vai assistir ou se deve ou não, tipo, dividir a conta do restaurante. Nossa primeira briga é sobre o melhor uso de seus poderes de rastreadora. Você ao menos tem de achar isso um pouco engraçado

Mas ela não acha. Nem um pouco.

— Você não estava lá — diz ela. — Nenhum de vocês estava. Nenhum de vocês viu como era. Nenhum de vocês sentiu como era.

— É verdade — digo, então não sei mais aonde ir. Eu poderia pedir a ela para me descrever como era, mas já pedi e ela não quis contar.

Nós nem mesmo nos sentamos. Estamos parados perto da porta.

— Mas mesmo que eu não soubesse o que estou fazendo — diz ela —, ainda sei mais sobre isso que qualquer pessoa.

— Mas Millie tem feito isso há muito, muito mais tempo que você. E mesmo que pareça confinada agora, ela andou pelo mundo. Se diz que você está em perigo, precisa acreditar nela. Arbus destruiu minha família. Sou obrigado a lidar com isso. É uma parte da minha vida como qualquer outra. Então entendo, pelo menos um pouco, porque convivo com isso desde sempre. Posso não ver o que você vê nem sentir o que você sente, mas eu é que sou refém desta crueldade aqui, e não me ajuda nem um pouco se fizerem você de refém também. Não há razão para correr perigo. Não por mim.

— O que você quer dizer com "não por mim"?

— Quero dizer que sou a razão pela qual nós queremos encontrar Arbus. Sou a razão de isso tudo ter começado. Você está lá fora porque eu não posso estar. E não quero que você se machuque por causa disso. Nunca.

Ponho a mão no ombro dela. Quero que minha mão esteja ali, que ela a sinta.

Ela se afasta.

— Isso não tem nada a ver com você, Stephen — digo. — Não mais.

CAPÍTULO 22

DEPOIS DE PASSAR tempo suficiente desenhando pessoas, principalmente seus rostos, você aprende o truque de criar a própria máscara. Criei a minha com o maior cuidado hoje à noite. Eu a uso sem dúvida nem arrependimento.

Mamãe insistiu para que a gente tenha uma noite de família mais "participativa", por isso o filme foi usurpado pelas Palavras Cruzadas. Fico surpresa por ela ter escolhido este jogo, e mais surpresa ainda por Laurie ter concordado em jogá-lo. Nossa história familiar testemunharia que sou campeã nesse jogo. Mamãe e Laurie — e, antigamente, meu pai — vivem com medo da minha pontuação com palavras triplas. Mas hoje à noite não consigo. Aquela centelha, aquela claridade da arquitetura linguística através da qual domino o tabuleiro, está ausente.

Minha mãe joga franzindo a testa. Arruma os quadradinhos de madeira e lança olhares curiosos em minha direção. Ela percebeu que alguma coisa está errada. Mesmo antes de começarmos o jogo. Noto que foi por isso que ela sugeriu Palavras Cruzadas, esperançosa de que o triunfo fosse resolver o que quer que me inquietasse. Mas o plano está fracassando, e agora ela busca respostas em meu rosto. Daí a máscara.

Laurie segue um caminho diferente: enche o tabuleiro com obscenidades e faz minha mãe cobrir a boca e dar risinhos enquanto as bochechas ficam vermelhas feito gloss de cereja. Mamãe tentou acalmar quaisquer que fossem as feridas ocultas que me causavam dor. O plano de ataque de Laurie: provocar com humor ou choque para revelar a emoção real. Assim que a máscara rachar, Laurie sabe que é apenas uma questão de tempo até tudo desabar. Ele está se esforçando para acelerar o processo. E o olhar que me dá poderia muito bem ser um cinzel, raspando o molde de gesso com o qual cobri minha verdadeira face.

Peço licença enquanto mamãe e Laurie discutem se *formato* pode servir como verbo em vez de substantivo quando usado em determinados contextos. No santuário do meu quarto, pego o bloco de desenho. Desenhar me ajuda a pensar, e agora preciso de um plano.

O desenho que toma forma sobre a página em branco me deixa confusa. É um mapa e, normalmente, não sou boa cartógrafa. Prefiro figuras e ação. Ainda assim, entendo por que meus dedos criam essas linhas e sombras. Dá para reconhecer o Frick imediatamente. Pouco depois, figuras vagas tomam forma ao redor. Quinta Avenida. O limite leste do parque. Meus locais de caça.

Enquanto desenho, reflito sobre as coisas e sinto que meu cérebro, de alguma forma, permanece desconectado da ação das minhas mãos. Locais familiares ainda estão se materializando sob meu olhar. Os locais suspeitos de sempre, todos a alguns minutos de caminhada de nosso apartamento. Ao forçar a vista para enxergar o contorno dos edifícios, ruas sujas e trilhas de parque, consigo ver o que meus dedos querem que eu compreenda.

Não desenhei um mapa. O que está na página é um perímetro. Um perímetro que nasceu da pergunta que andei ignorando, mas que me pegou de surpresa mesmo assim quando me invadiu os pensamentos com um sobressalto.

E se foi uma armação? E se Arbus estivesse caçando, não apenas Stephen, mas a mim também?

Mesmo que o conjurador somente desconfiasse de mim, o fato de eu me lançar sobre ele no meio da maldição definitivamente confirmou aquelas suspeitas. Seguir essa linha de pensamento é um desafio. Faz com que eu me sinta uma narcisista. Ainda é Stephen quem tem de fazer um esforço enorme para ter o mais sutil contato físico com o mundo material.

Stephen é quem deveria ser ajudado por mim, e não o contrário.

Mas mesmo que estivesse aborrecida com ele quando falei isso, minhas palavras não careceram de convicção. O que está acontecendo não tem mais só a ver com ele. O mundo invisível no qual Stephen mora, o mundo de maldições e mágica, só está começando a se revelar. Eu me recuso a permitir que continue a ser um mistério.

Continuo a desenhar. Formas confusas se tornam concretas. Meus olhos percorrem as páginas, buscam padrões, pistas. Observo o que desenhei por tanto tempo que minha visão começa a desfocar. Esfrego os olhos cansados e volto à caça.

Será que Arbus lançara uma rede ampla, com esperanças de me capturar? Será que o Frick foi a primeira parada ou suas maldições estavam assolando outras pessoas que ele escolhera antes de me atrair?

E se estivesse mirando na mãe e no filho pequeno de propósito, supondo que alguém que soubesse sobre Stephen não seria capaz deixar algo ruim acontecer a um par semelhante de inocentes?

Ou será que estou pensando demais nesse encontro? Será que o avô de Stephen é tão depravado a ponto de lançar maldições ao acaso sobre as pessoas como passatempo?

Rangendo os dentes, dispenso a última pergunta porque meu instinto me diz para fazê-lo. Não que eu não acredite que Arbus seja capaz de tal hábito ofensivo, mas porque, de alguma forma, sei que estava procurando por mim. Não a mim especificamente, mas à rastreadora.

Eu me pergunto o que isso significa. O que essa armadilha potencial deveria me dizer. Ao me lembrar da raiva de Millie, de seu aviso, também me lembro do modo como seu rosto empalideceu. Do tremor nas mãos. De como ela ficou zangada: um tipo de fúria apenas liberada pelo pânico, pelo desenrolar da existência cuidadosamente construída de alguém. Saber que Maxwell Arbus havia retornado a Nova York a assustava mais que qualquer outra coisa. Dava para ver que ela temia por si mesma. Mas temia ainda mais por mim.

Ouço uma batida à porta; Laurie entra no meu quarto sem esperar resposta e cerra a porta atrás de si. Quando vê meu rosto, faz uma careta

— Eu sei que o kajal fez maravilhas para Cleópatra, mas acho que você exagerou. Da próxima vez, pense em esfumar, não em ficar igual a um panda.

— Cale a boca e me dê um lenço de papel. — Levanto a mão até ele colocar um lencinho em minha palma.

Enquanto limpo o carvão do rosto e dos dedos, Laurie perambula pelo quarto. É um gesto impressionante, considerando a pequenez do espaço. Ele tenta espiar meu desenho. Não me dou ao trabalho de esconder; não vejo razão para cobrir meu quase-mapa borrado que ilustra a distância entre nosso apartamento e o Upper East Side.

Após alguns minutos de silêncio e umas encaradas esquisitas, Laurie percebe que não vou confessar nada, então prefere bancar o casual.

— Então, o que você anda desenhando?

— A vizinhança.

Laurie estica o pescoço, na esperança de me flagrar numa mentira. Mas é mesmo a vizinhança, e um pouquinho mais.

— Roteiro novo? — pergunta ele.

Faço um barulho evasivo.

— Josie! — Laurie grita meu nome de um jeito resmungão. Então agarra punhados de cabelo e puxa até ficarem para cima. O gesto atrai minha atenção. Ele costumava fazer isso quando era pequeno e estava realmente chateado comigo. Fico particularmente assustada porque essa coisa do cabelo costuma ser acompanhada pelo chilique, com direito a tudo, gritos, rosto vermelho como um tomate.

— Laurie... — começo.

— Não. — Ele me interrompe e se obriga a respirar fundo enquanto o fito, espantada com seu rosto, que está ficando arroxeado.

— Preste... atenção... — O olhar intimidador de Laurie se torna muito mais convincente.

Meneio a cabeça com um pouco de medo de que ele possa desmaiar

— Vai me contar o que está acontecendo — diz ele. — Estou tentando não me meter nisso, mas você está me obrigando.

— Hummm. — Não tenho resposta para ele, mas agora seu rosto está rosa bem clarinho em vez de roxo. Considero isso um bom sinal.

— Apesar de toda essa loucura que, efetivamente, é só a realidade, você ainda é minha irmã e eu te amo.

Alguns segundos se passam e eu digo:

— Tá bom.

— E você sabe o que isso significa.

— Sei? — Não tenho certeza se sei.

Laurie assente.

— Isso significa que estou nesse negócio com você. E vai me contar o que está acontecendo, o que está planejando e como posso ajudar. Porque eu vou ajudar. Não me obrigue a fazer seu material de arte de refém. Nós sabemos que isso pode ficar bem feio.

Abro um sorriso, e ele responde:

— Ótimo. Agora fale.

— Acho que Millie tem razão — digo a ele, concedendo a vitória. Levanto meu desenho grosseiro para que ele possa vê-lo melhor e explico: — Quando disse que Arbus provavelmente tentou me atrair. Não sei se estava procurando por mim em particular, mas tenho a sensação de que ele estava atrás de uma rastreadora.

— Seu sentido aranha está coçando?

— Sim. — Ponho a página de lado. — Isto aqui era só eu pensando no papel. Tentando decifrar por quais outros lugares ele pode ter passado.

Laurie analisa o desenho mais uma vez.

— Você acha que ele está pela nossa vizinhança?

— Não sei — respondo. — Mas talvez não seja uma coisa ruim.

— Como é que isso pode não ser uma coisa ruim? — pergunta Laurie.

Corro os dedos pelo papel, borrando as linhas, cruzando o Central Park com uma teia de sombras.

— Porque significa que eu poderia atraí-*lo*.

O rosto de Laurie repuxa.

— E por que iria querer fazer isso?

— Para poder ter uma noção melhor de com o que estou lidando — digo, com mais confiança do que sinto.

— Mas e quanto a tudo que Millie disse sobre ele? — Laurie se levanta e balança a cabeça. — Você não pode ficar frente a frente com um homem como Maxwell Arbus.

— Não acho que exista outro jeito de lidar. Ele é o cara mau. Nós bancamos os machos e o pegamos.

— Para começo de conversa, vou fingir que você não disse "bancamos os machos". Em segundo lugar... tudo bem, não tenho nada em segundo lugar. Tudo que acabou de dizer é loucura. Só isso.

— Apenas preste atenção. — Subitamente, fico ansiosa para testar minhas teorias em Laurie. — O que você disse antes... acho que tem razão.

— Sobre "bancamos os machos"? — Laurie ergue as sobrancelhas. — Claro que tenho razão. Ninguém deveria dizer isso. Não é só uma questão de injustiça de gênero. É horrível de feio.

— Não — digo a ele. — Estou falando sobre os avisos de Millie a respeito de Arbus. Não acho que ela tenha revelado todas as cartas. Está escondendo alguma coisa... uma coisa essencial, talvez. E, definitivamente, tem a ver com o avô de Stephen. Possivelmente com o rastreamento.

— Aonde você quer chegar com isso? — Laurie franze a testa.

— Não sei — respondo. — Estou pensando em enfrentá-lo cara a cara. Em revidar. Se sou capaz de desfazer as maldições depois de lançadas, quem sabe não posso impedi-las na própria fonte?

— Fala sério, Elizabeth. — O rosto de Laurie se transforma em linhas e curvas de ansiedade e amor.

— Se você quer fazer parte disso, significa que vamos encontrá-lo — digo a Laurie.

Meu irmão se joga na cama ao meu lado. Agora é ele quem parece derrotado.

— Não consigo nem começar a descrever a sensação ruim que tenho a respeito disso.

— Eu sou a irmã com tendência à magia. — Dou uma cotovelada nele. — Quando se trata de sensações e premonições, ficamos com meu sentido aranha.

— Muito bem — diz ele, mas parece distraído, e sei que está pensando em outra coisa. Não é difícil imaginar que outra coisa é essa.

— Você precisa me prometer — digo a ele, e mentalizo palavras como *severa* e *impassível* enquanto aguardo que olhe para mim.

Laurie me encara e resmunga, porque sabe que eu o peguei.

— Prometer o quê?

— Que não vai contar a Stephen. — Não é fácil pedir isso, mas preciso. — Ele está envolvido demais nisso. Temos de descobrir o que posso fazer para impedir Arbus sem a participação dele... pelo menos por enquanto.

Laurie responde depressa demais:

— Tudo bem. Desde que me prometa que vai realmente me deixar ajudar. Sem mais segredos. E pedir para te acobertar com mamãe não conta como ajuda.

— Tá bom — digo, embora tenha notado que ele pôs a mão esquerda atrás das costas rapidamente, indicando que, com certeza, cruzou os dedos para poder mentir. Laurie adora usar as tradicionais brechas no sistema.

Mas vou fingir que não vi. Mesmo sem quebrar a promessa do jeito que ele considera justo, sei que Laurie teria contado todos os meus planos a Stephen. Não o culpo.

Tudo o que isso significa é que preciso agir depressa. Significa que preciso encontrar Arbus antes que Stephen descubra um meio de me impedir. Ou coisa pior.

CAPÍTULO 23

ASSIM COMO A FEBRE faz com que o frio pareça mais frio, o amor pode tornar a solidão ainda mais solitária.

Ela não desapareceu. Ainda está aqui comigo. Mas uma parte de Elizabeth está desconectada. Tem uma parte de nós que recuou para dentro dela. Não conversamos a respeito porque sempre que trago o assunto à tona, essa parte recua um pouco mais.

Não brigamos. Mas ainda parece que estamos vivendo um cessar-fogo. Nossa felicidade neste momento somente pode existir em uma bolha isenta de dúvidas, e eu continuo pensando nas perguntas que vão furar a bolha e nos levar de volta ao constrangimento ou, na pior das hipóteses, a uma discussão.

Ela não reconhece nada disso. Se perguntar a ela, estamos bem. Se perguntar a ela, Arbus é algo que aconteceu e não vai mais acontecer. Se perguntar a ela, estamos juntos nisso.

Mas ainda assim, sinto a solidão. Sinto a ausência na presença.

Ela nota. Tem de notar. Do seu jeito — um jeito que ainda estou conhecendo —, ela tenta consertar. Não se abre, mas tenta compensar a falta disso. Traz flores para meu apartamento e, em vez de pôr o buquê inteiro em um vaso, deixa uma flor em cada cômodo. Assistimos juntos aos filmes. Ela passa algumas noites comigo. E, nessa intimidade, muitas vezes consigo esquecer. Muitas vezes consigo ignorar a solidão.

Mas aí vou acordar no meio da noite. Vou olhar para ela dormindo no azul-escuro. Vou sentir tal ternura... e também vou sentir as pontadas de todas as coisas que não estou dizendo.

Elizabeth sugere que a gente vá ao parque. Precisa estar na loja de Millie em uma hora, mas ainda há tempo para ir ao parque. Pergunto se quer convidar Laurie também, e ela diz que não, desta vez seremos apenas nós dois. Pergunto-me se isso significa que há alguma coisa que queira me contar. Pergunto-me se ela viu ou descobriu mais alguma coisa.

Mas talvez o que ela queira seja ficar comigo, o que ainda é um prêmio significativo. Ela segura minha mão quando caminhamos até Sheep Meadows — a mantém bem rente ao corpo, encostada no quadril, por isso não parece esquisito para quem passa por nós. Também tem um fone de ouvido para telefone, assim podemos conversar sem receber olhares. Mas hoje apenas caminhamos. Temo que tenhamos ficado sem palavras, e espero que ela apenas as esteja economizando para depois.

Há centenas de pessoas à nossa volta, a maioria sentada em cobertores ou toalhas, uns poucos em cadeiras de praia. No verão, Sheep Meadows se torna um tipo de praça dentro do Central Park — um local para se reunir, fazer piquenique, um local para fugir dos edifícios altos e tomar sol. Para sentar ao sol — um desejo que, tenho certeza, é tão antigo quanto o tempo. Minha mãe não tinha ideia do efeito que o sol teria em mim, se é que teria. Fazendo um retrospecto, percebo que não fazia ideia de quais eram os parâmetros da maldição — será que eu era invisível apenas para outras pessoas ou invisível para os elementos também? Como o protetor solar não necessariamente funcionaria, ela me mantinha na sombra, na obscuridade.

Agora resolvo arriscar. Porque isso eu sei: consigo sentir o sol. Sei como tomar banho de sol, erguer o rosto e sentir o esplendor pousar delicadamente sobre a pele.

Elizabeth estica um cobertor, e eu me sento ao seu lado. Para qualquer observador, vai parecer que ela está esperando pelo namorado. Ninguém vai questionar.

— Já veio alguma vez às encenações de Shakespeare no Central Park? — pergunta ela.

— Não — murmuro, e balanço a cabeça. Ainda não me acostumei ao fato de que não preciso dizer "não" em voz alta quando balanço a cabeça, não com ela.

— Nós deveríamos vir antes de o verão acabar. Vou acordar de madrugada e pegar dois lugares. Vai ficar parecendo que você furou comigo.

— Você poderia dar o lugar a Laurie. Posso simplesmente me esgueirar atrás de você e ficar de pé, ao lado.

— Não. — Elizabeth sorri para mim. — Quero ir com você. Quero que você se sente ao meu lado.

— Não vou discutir. Mas é melhor não contar a Laurie.

— Se ele quiser vir, também pode acordar de madrugada.

— Quais são as chances de isso acontecer? — pergunto.

— Mais ou menos as mesmas de seu avô nos presentear com um jantar depois.

Aí está. Ela o mencionou. Espero por mais coisa, que isso seja a transição para outra conversa. Mas aguardo alguns segundos que se mostram longos demais. No instante em que percebo que é um beco sem saída, é tarde demais para construir uma estrada.

— Uma vez fui Viola em *Noite de Reis* — diz Elizabeth. — Não tínhamos meninos suficientes interessados em teatro, por isso o menino que foi escalado como Sebastian era coreano. Todos ficaram *muito* surpresos quando, no fim, éramos gêmeos.

— Por que Laurie não fez o papel de seu irmão?

— Ha! Quando Laurie era calouro, tinha brigas lendárias com nossa professora de teatro por causa do musical da escola. Ela queria montar *Bonita e Valente*. Ele queria fazer um musical baseado na vida de um imenso garoto gay. Ela dizia *biscoito*, ele dizia *bolacha-sua-vaca* e, por isso, entrou para a lista negra de todas as produções futuras. O único papel que ela permitiria que encenasse em *Noite de Reis* seria o papel da tempestade que causava todas as coisas.

Elizabeth fecha os olhos e se recosta.

— Parece que foi em outra época, em outro país. Você acha que vai levar uma eternidade para se livrar, então se liberta, e aqui está você. Livre.

Ela vira o rosto para o outro lado, na direção do sol. Continuo sentado e olho todas as pessoas à nossa volta, capturadas nas próprias histórias. Enquanto Elizabeth divaga, tento entrever linhas ou parágrafos do que está acontecendo. Eu me perco nos outros porque nunca posso me perder em mim.

— É bom — murmura Elizabeth.

— É — concordo.

Ela adormece. No meio do parque, no meio da cidade, ela adormece. Como uma criança que cochila durante o dia. Se acalmando. Descansando.

É somente quando a hora passa, somente quando o horário da aula com Millie se aproxima, é que tenho coragem de acordá-la.

— Uau, dormi por quanto tempo? — pergunta, assim que eu a aninho para que volte à consciência.

Eu digo a ela.

— Desculpe — responde. — Acho que precisava mesmo disso.

Ela se estica e olha para as pessoas ao redor. Eu me flagro me perguntando se ela vê o que eu vejo. Ou se há outro elemento por cima de tudo isso. Sob quais feitiços todas essas pessoas poderiam estar? Quais feitiços vão destruí-las?

Se ela vê alguma coisa, não demonstra. Fica de pé como qualquer outra garota ficaria, junta as coisas como qualquer outra garota juntaria. Sua expressão não denuncia nenhum sinal de que notou feitiços ou maldições.

— Acho que vou ficar aqui um pouco mais — digo a ela. Não que haja algum outro lugar aonde eu tenha de ir.

— Tranquilo — diz ela. — Eu deixaria o cobertor, mas, sabe, você é invisível.

— Obrigado por me lembrar. Quase me esqueci.

O sorriso em seu rosto ainda está meio sonolento, mesmo sob tanta claridade.

— Estou te dando um beijo de despedida — diz ela no microfone do telefone.

— Fico feliz em receber seu beijo de despedida — falo para ela. Isso é o melhor que podemos fazer em público. As pessoas em Nova York perdoam conversas com o ar, mas tendem a ficar preocupadas quando você começa a beijá-lo.

Eu a observo ir embora. Conforme observo, percebo que conseguimos afastar a solidão por quase uma hora.

Mas só percebo isso porque sinto-a retornar.

Eu me sento na grama, mas não sinto a grama de fato. Eu me sento no parque, mas o parque não reconhece que estou ali. As crianças brincam em volta. Os namorados não fazem ideia de que estou perto. Uma nuvem passa acima do sol, mas não tem noção de que sinto a sombra em seu rastro.

Costumo fazer muito isso, sobretudo no verão.

Agora parece diferente.

Ivan, meu passeador de cães favorito, aparece diante dos meus olhos. Está sem coleira nem cães. Em vez deles, quem está ao seu lado é Karen, a babá. Ela está livre de crianças por hoje. São apenas os dois, e eles se pareceriam com qualquer outro jovem casal, porém não consigo subtrair o que já sei e não consigo evitar senão imaginar os cães e as crianças que não estão aqui.

Tenho um calafrio, apesar do retorno do sol. A mulher sentada sozinha no cobertor perto do meu começa a coçar o rosto. Percebo isso dando uma espiada de soslaio. A educação me obriga a olhar para o outro lado, mas tem alguma coisa nela que me faz olhar ainda mais. O rosto começa a ficar arranhado. Ela está começando a machucar a pele, e suas unhas arrancam sangue. Quero que outra pessoa perceba. Sou invisível; não posso ajudar.

Ouço um grito. Suponho que alguém tenha visto o que a mulher está fazendo. Mas ele vem do outro lado. Eu me viro e vejo que um homem pôs fogo no cobertor.

— Estou com tanto frio! — grita ele enquanto a esposa tira o filho deles do cobertor. Ela continua a gritar.

As pessoas estão começando a olhar. E se perguntam o que está acontecendo.

Um homem corre para ajudar. Parece um policial ou bombeiro de folga. Ele pisoteia o cobertor... mesmo quando o pai volta a pegar os fósforos e começa a incendiar a própria roupa. O policial grita para ele parar — mas as palavras não saem de sua boca. Ele fica chocado. Tenta gritar novamente, e nada. A mãe luta para arrancar os fósforos do marido. A mulher do outro lado está com o rosto sangrando, o sangue escorrendo em filetes, e ela está quase chegando aos olhos. As pessoas começam a fugir. Veem o fogo e fogem. Mas uma garota — ela não pode ser muito mais velha que eu — tenta correr e não consegue mover as pernas. Eu a vejo tentando. Mas as pernas não funcionam. Ela perdeu o controle delas.

Sinto que vou desmaiar. Tremores sacodem meu corpo. Não consigo explicar — eu me sinto fraco. E, ao mesmo tempo, me sinto responsável, como se alguma coisa estivesse fluindo de mim e se transformando *nisso*.

É a criança que me faz compreender. O garoto que foi salvo do cobertor pegando fogo. Enquanto as pessoas correm, gritam e tentam ajudar, ele olha para um ponto fixo. Olha para alguém que está ali para ele, mas que não para mim. E é assim que sei que meu avô está aqui.

Alguém lutou contra a mulher e jogou-a no solo antes que ela arrancasse os olhos com os dedos. Mas ela está revidando com afinco e grita que eles têm de sair, que ela precisa arrancar o rosto. A garota que não consegue correr está chorando; o homem que não consegue falar continua paralisado.

Ivan corre para ajudar. Enquanto faz isso, uma mulher pela qual ele passa se joga no chão e começa a comer terra.

— CORRAM! — grito. Não sei mais o que fazer. — CORRAM! CORRAM! — grito várias vezes... Esta voz que não está atrelada a corpo algum. Corro até Ivan e o empurro, direcionando-o de volta na direção de Karen. — VÁ! — digo a ele. — SAIA DAQUI! — Ele obedece.

Agora meu avô consegue me ouvir. Meu avô sabe que estou aqui Mas claro que ele sabia desde o início. Minha maldição deu a dica.

Ele não consegue me ver. Eu não consigo vê-lo. Mas aqui estamos.

A mulher que sangra. O homem que sente frio a ponto de atear fogo em si. O outro que não consegue falar. A garota que não consegue se mover. A mulher que come terra. Como consegue lançar todas essas maldições ao mesmo tempo?

Sinto que ela está saindo de mim. A energia. Não que a maldição esteja enfraquecendo — não estou mais visível do que jamais fui. Mas meu avô se alimenta de mim. Sei disso. E por causa disso, sei que sou eu quem tem de correr.

Tomo cuidado para não trombar em ninguém. Tomo cuidado para não deixar nenhum tipo de rastro. Não quero que ele saiba em que direção segui. No entanto, se eu estiver correto sobre o fato de ele me perceber, certamente saberá que fui embora — e para onde estou indo.

Não posso voltar para casa. Não quero atraí-lo para lá. E, pela mesma razão, não posso ir à loja de Millie. Por isso me lanço rumo ao norte, mais fundo no parque, o mais distante que consigo ir das pessoas. Embrenho-me por Ramble e passo direto por qualquer pessoa que encontre. Eu me permito simplesmente ser um garoto invisível mais uma vez. Eu me desligo da cidade e me transformo num fantasma observador. Eu me desloco e me agarro à ilusão de que nada que eu faça pode afetar alguém. Sou uma causa sem efeitos. Sou passos sem um som. Não sou nada além de ar — perceptível em movimento, mas que já foi mesmo quando chega.

Os gritos me seguem pelo ar.

CAPÍTULO 24

NUNCA PENSEI EM me importar com o chá de um jeito ou de outro, mas ao sentar no magistorium enquanto Millie serve a milionésima xícara que bebi desde que a conheci, chego à conclusão de que odeio chá. Odeio tudo neste lugar. Este bunker de segredos que se mostrou completamente inútil. Como o chá, ele foi feito para acalmar e impregnar, mas a amargura inevitavelmente acompanha a indiferença.

Não despejei leite nem açúcar na minha xícara. No entanto, mexo a colher ridiculamente pequena no líquido âmbar e deixo a prata arranhar a porcelana, pois o ruído faz eco à minha irritação.

Estou pronta para compartilhar todo o meu descontentamento com ela, para que eu não sofra sozinha, mas espero o momento certo.

Millie aperta as mãos enrugadas e delicadas na frente do peito.

— Vamos começar. — Ela sorri, e eu faço uma careta, mas ela ignora minha expressão azeda. — Diga o código dos rastreadores.

Decorar é o método educacional preferido de Millie.

— Um rastreador identifica a presença da magia no mundo.

— Com que finalidade?

— Para permitir a prática justa e erradicar a maliciosa.

Millie sorri para mim.

— Muito bom.

— E, por falar nisso, como é que nós a erradicamos? — pergunto, sem esperar pela deixa seguinte. — Eu gostaria de passar para a erradicação o mais rápido possível.

Com um olhar breve de reprovação, ela contorna a mesa, prossegue com a lição e deixa minha pergunta desaparecer no ar como o vapor da minha xícara.

— Quais são as ferramentas dos rastreadores? — pergunta ela.

Tento não resmungar.

— Conhecimento, paciência e vontade.

— E como se adquire o conhecimento?

— Por meio do estudo e da observação. — Olho para as teias de aranha que ligam a prateleira de cima cheia de livros grossos ao teto; elas são espessas o suficiente para imitar renda. — Quando foi a última vez que *você* estudou? — Aponto para os livros cobertos de poeira.

As mãos de Millie voam para os quadris, e fico surpresa que ela pareça quase feroz.

— Jovenzinha, será que você deve perder nosso tempo com esse comportamento rude e egoísta?

— Não sou eu quem está perdendo tempo — resmungo.

Seus dedos se movem rapidamente antes que eu possa me mexer, e ela segura meu queixo.

— Elizabeth, estou falando muito sério. O tempo que passamos nessas sessões é precioso, e se quiser ajudar seu amigo, precisa me levar a sério. É desse jeito que é feito. Do jeito que sempre foi feito.

Desvencilho meu rosto de suas mãos. Meus olhos ardem, e eu pisco o mais depressa que consigo. As palavras não provocaram as lágrimas; foi minha frustração. Não importa quantos anos de experiência ou quanta tradição Millie ponha na mesa, isso não me empolga. Não consigo mais ficar sentada aqui. Não com Arbus lá fora, planejando sabe-se lá o quê. Por que Millie não compreende isso?

Ela puxa uma cadeira para mais perto e senta-se ao meu lado. Resisto à vontade de me encolher quando ela afaga meus cabelos, pois sei que tem boas intenções.

— Pronto, pronto, querida — diz ela. — Sei que deve ser difícil. Simplesmente estou tentando protegê-la.

Eu me reteso.

— Não sou eu quem precisa de proteção, Millie. Stephen...

Antes que eu possa continuar, uma confusão irrompe acima de nossas cabeças. Ouço um grito abafado e a batida rápida de calçados nas tábuas do assoalho, seguidos imediatamente pelos passos de botas pesadas. Uma porta se abre ruidosamente fora do alcance da vista. A confusão de passos fica mais alta conforme se aproximam pelos degraus.

Stephen se joga dentro do cômodo. Nunca o vi desse jeito. Os cabelos estão grudados na testa. Ele está sem fôlego, mas é óbvio que está desesperado para falar.

Eu me levanto quando ele diz:

— Elizabeth. — Há uma história escondida no jeito como ele pronuncia meu nome, a qual tenho medo de escutar.

— Por que você está aqui? — pergunta Millie para o espaço geral de onde vem a voz de Stephen.

Pelo som que irrompe da escada, imagino que um pedregulho está para surgir, mas é só Saul. Ele brande um pé de cabra.

— Onde está ele? — Saul ameaça o cômodo.

Ao avistar o pé de cabra, Stephen permanece prudentemente em silêncio. Imóvel, eu me coloco no caminho entre ele e Stephen.

Millie sacode o dedo para o homem imenso.

— Abaixe isso. É só o garoto.

— Ninguém entra sem ser revistado por mim! — berra Saul. As veias em seu pescoço estão latejando. — Não me importo quem seja. São as regras!

Como se estivesse falando para uma fera enraivecida, Millie arrulha:

— Está tudo bem, Saul. Não há perigo. Stephen não sabia.

Ela olha para mim, pedindo ajuda.

— Alguma coisa aconteceu — falei rapidamente. — Não foi?

Certificando-se de que está fora do alcance do pé de cabra, Stephen fala:

— O parque.

Ele começa a tossir, as pernas e braços estremecem com violência, e percebo que ele está arfando de forma seca.

— Ele está doente? — pergunta Millie, e semicerra os olhos ao ouvir os sons roucos que saem da garganta de Stephen.

— Não sei. — O medo deixa um sabor amargo e desagradável em minha boca. — Stephen...

— Estou bem. — Ele se endireita, mas o rosto perdeu toda a cor.

Saul se inclina na direção dele.

— Preste atenção, garoto...

— Cale a boca! — berro para Saul. — Se você pudesse vê-lo...

Eu me aproximo de Stephen com cuidado e ergo as mãos para tocar-lhe as bochechas com as pontas dos dedos. Ele apoia as palmas em meus dedos. A pele está fria.

— Conte-me. — Olho diretamente nos seus olhos e espero que nossa conexão o ajude a enfrentar o que quer que seja.

Sem desviar o olhar, Stephen meneia a cabeça.

— Ele estava lá, Elizabeth, depois que você foi embora. Não consegui vê-lo. Mas estava lá.

— Seu avô. — O horror me rouba o ar, e a frase sai como um sussurro. Não é assim que deveria acontecer. Eu ia manter Arbus longe de Stephen. Sou a rastreadora. Sou eu quem pode salvar Stephen. Mas Arbus chegou primeiro. Falhei antes de começar.

Stephen ainda está falando, as palavras febris:

— Ele lançou maldições. Não apenas uma. Em todas as pessoas à minha volta.

— Maldições múltiplas? — Eu me viro para Millie. — Ele pode fazer isso?

Millie não me responde. Em vez disso, pergunta a Stephen:

— Que maldições?

Ele estremece.

— Maldições para matar. Matar de modo horrível. Um homem... pôs fogo em si mesmo.

Prendi a respiração. Nada que eu tivesse visto — o que pensei ser o pior tipo de tormento em maldições —, chegava perto disso.

Mas não havia acabado.

— Ele fez uma mulher comer terra. E outra mulher... ela ia arrancar os próprios olhos com as unhas.

Devo ter arfado, porque Stephen diz:

— As pessoas a impediram. Mas ela ainda estava lutando contra elas, tentando arrancar a própria pele.

Millie põe as mãos sobre a boca, mas os olhos foram de Stephen para Saul. Acompanho o olhar dela com rapidez suficiente para captar o espasmo no rosto dele. Um espasmo no grupo de músculos no qual um dos olhos costumava ficar.

Ainda preso em suas lembranças, Stephen não percebe.

— Eu não podia fazer nada para impedir. — Ele faz uma pausa, a respiração entrecortada. — E senti que ele era capaz de fazer isso por minha causa.

— Do que você está falando? — Tiro as mãos do seu rosto e seguro seus ombros.

— Quando as maldições se manifestaram, não apenas vi o que elas eram. Alguma coisa física aconteceu. Como se ele estivesse drenando poder de mim.

Passo os polegares pelas costas das mãos dele, na esperança de transferir um pouco de calor da minha pele para a dele. De devolver um pouco da vida que o avô acabara de roubar.

— Nada disso é sua culpa — digo. — Nunca foi nem nunca será.

Stephen fica em silêncio. Mantenho as mãos dele nas minhas, mas olho para Millie.

— É ele? É Arbus?

— Essas maldições — diz ela lentamente, e afunda na cadeira — são algumas das marcas registradas de Maxwell.

— E foi isso... — Eu me viro para Saul, sem ter certeza se devo fazer a pergunta que me vem à mente, mas descubro que o vulto imenso já está desaparecendo escada acima. Passada a raiva, aparentemente já estava cansado da gente. Ou talvez o magistorium tivesse se enchido de lembranças dolorosas demais para ele suportar.

Sem Saul para nos ouvir, concluo meu pensamento:

— Saul perdeu um olho por causa de Maxwell Arbus?

— Sim — responde Millie com firmeza. — Mas isso foi há muito tempo. Saul já superou. E eu também.

Por mais que eu desejasse o contrário, minhas emoções estão abaladas.

— Superou? — Dou meia-volta e parto para cima de Millie, agitando os braços como uma marionete surtada. — Não me importa se foi há tanto tempo que a gente somente pudesse chegar lá com a TARDIS! Não tem como superar isso, porque está acontecendo agora!

Millie se levanta rapidamente da cadeira e aumenta a distância entre nós. Continuo a avançar para ela.

— Você não vê?! — Pego um livro da estante e sacudo uma nuvem de poeira de suas páginas. — Isto aqui não ajuda. Não posso estudar na sua escola quando o Central Park se transformou em uma zona de guerra. Não vou continuar a me esconder aqui com você. Temos de fazer alguma coisa!

Atormentei a senhorinha pelo cômodo até ela estar encolhida na parede mais distante.

— Elizabeth. — A voz de Stephen soa baixa, mas está bem atrás de mim. A bolha do meu desabafo estoura.

Olho para o corpo curvado de Millie e para os olhos arregalados e assustados, então fico com vergonha.

Recuo alguns passos e não olho para ela ao dizer:

— Desculpe, eu não devia...

— Todos estamos com medo. — As palavras de Stephen preenchem o vazio. A verdade nelas faz com que eu me sinta muito pequena.

Os passos macios das pantufas de Millie no assoalho de madeira me alertam de sua aproximação. Fico paralisada, sem saber se choro, se finjo que estou bem ou se peço um abraço.

Millie segura meu cotovelo, a palma ressecada contra minha pele. Ela recuperou a dignidade e me oferece um sorriso melancólico.

— Poucas vezes na vida vi uma explosão dessas. — Ela aponta para a própria boca. — E ela saiu destes lábios.

Sem acreditar muito, tento retribuir o sorriso.

— Embora não goste que ninguém grite comigo feito uma *banshee* — continua Millie —, é hora de admitir que você tem razão. Não podemos esperar que Arbus espalhe sua doença por esta cidade. Fazer isso seria falhar em nossa tarefa como rastreadoras.

— Erradicar a maldade? — Meu sorriso fica maior ainda.

Ela sorri, e posso ver uma mulher jovem debaixo das camadas da idade. Uma mulher cheia de força e vontade de lutar.

Estou pronta para me agarrar ao galho de esperança que ela ofereceu quando nós duas damos um pulo, assustadas com o estrondo e os gritos estridentes no andar de cima. O som se desloca, resmungos pesados marcados por gemidos agudos, como se alguma coisa difícil de manejar estivesse sendo arrastada pela loja de gibis.

Millie faz menção de ir para a escada, porém, sem explicação, Stephen começa a correr, e eu me apresso atrás dele. Ele sobe os degraus de três em três. Estou no meio do caminho e Millie, aos pés da escadaria, quando Stephen tenta abrir a porta da loja. Ele gira a maçaneta e empurra a porta, que se abre, mas não se desloca nem 3 centímetros. Ele volta a empurrar. Ela não abre.

— Saul! — grita Stephen. — Abra a porta! Saul!

Sem resposta.

Olho para Stephen e para a porta semicerrada.

— Ele nos prendeu aqui?

Stephen contrai o queixo e força o ombro contra a porta.

— Que diabos ele está fazendo? — A porta range no batente enquanto Stephen a força, em vão. Para Millie, era como se um espírito inquieto estivesse se debatendo na escada, desesperado pela atenção dos vivos.

Millie está sem fôlego quando chega ao patamar. Ela olha para a porta, depois fecha os olhos.

— Não — murmura ela, e junta as mãos diante do rosto como se estivesse rezando.

Exasperado, Stephen desiste da porta e se vira para Millie. Embora ela não consiga enxergar a insistência em seus olhos azuis, que estão fixos nela, tenho certeza de que sente sua intensidade.

— Por que ele nos deixou aqui? — quer saber Stephen.

Millie contrai os lábios e balança a cabeça. As mãos tremem, e é como se pedras enchessem meu estômago quando vejo lágrimas aflorarem nos olhos dela.

Stephen continua a encará-la fixamente, mas levanto uma das mãos, dispensando mais um interrogatório.

Com uma voz tão gentil que mal a reconheço como minha, digo:

— Millie, para onde Saul foi?

— Ele está indo atrás de Arbus — murmura Millie.

O choque na voz de Stephen substitui a raiva.

— Você tem certeza?

— Sim — responde ela. E se inclina como se as pernas estivessem prestes a ceder, o que me faz pular para a frente e a segurar ao redor da cintura para apoiá-la.

— Por quê? — pergunto a ela.

Millie começa a chorar, mas dá para distinguir as palavras no emaranhado de tristeza.

— Porque Saul sabe que Maxwell Arbus não vai embora de Nova York sem tentar me matar. E, desta vez, ele vai conseguir.

CAPÍTULO 25

— **TENHO SIDO TÃO TOLA** — diz Millie. — Muito tola mesmo.

Parei de bater os punhos na porta e agora estou tateando através da pequena fenda que criei, tentando entender o que está impedindo a abertura da porta. Enquanto isso, Elizabeth conduziu Millie e a fez sentar ao seu lado nos degraus.

— Por você tem sido tola? — pergunta Elizabeth.

— Saul me disse que isso ia acontecer. Assim que vocês saíram, no primeiro dia, ele disse para esquecer essa história. Ele sabia que você traria Arbus aqui, de um jeito ou de outro.

— Mas por que Arbus iria querer matar você?

— Porque sou uma rastreadora. Porque sou uma das últimas. Porque há muitos anos nossos caminhos se cruzaram.

— Por que você não nos contou isso, para começar? — Elizabeth está furiosa. — Você mentiu pra nós.

Millie apruma a postura.

— Não acho que você deveria ser a pessoa a ensinar a lição sobre mentiras, mocinha.

Paro o que estou fazendo e estudo os rostos de ambas. As duas são teimosas. As duas estão com raiva. As duas sentem-se culpadas.

— O que está acontecendo? — pergunto. Não posso ser mais específico que isso porque não tenho acesso às coisas específicas.

— Conte o que aconteceu — pede Elizabeth a Millie, como se minha pergunta não se aplicasse a ela.

Millie suspira.

— Foi há vinte anos. Eu tinha pouca experiência como rastreadora. Clientes particulares. Nenhuma publicidade... tudo era no boca a boca. Não era muita coisa, mas pagava as contas. E eu sentia que estava prestando um serviço. Estritamente diagnóstico, mas ficaria surpreso com a importância que representava para as pessoas. Saber que não era culpa delas. Saber que não estavam loucas.

— Eu havia tido alguns encontros com conjuradores... Numa cidade tão grande assim, isso é inevitável. Mesmo que não morem aqui, estão sempre de passagem. Mas era raro encontrá-los cara a cara. Na maioria das vezes, eu os conhecia por meio de seu trabalho.

— Subitamente, essas maldições intrincadas começaram a aparecer. Eu não sabia o que fazer com elas. Tinha ouvido falar dos padrões das maldições de Arbus, mas eu mesma jamais tinha visto alguma.

— Quem lhe contou sobre ele? — perguntei.

— Outros rastreadores. Estão mortos agora. — Millie balança a cabeça. — Antigamente, havia uma rede. Agora há somente postos avançados. Antes, se alguém como Arbus aparecesse, haveria uma dezena de pessoas para serem chamadas. Agora não sei o que fazer.

— Então o que aconteceu depois que você começou a ver pessoas com essas maldições? — pergunta Elizabeth, tentando fazer Millie voltar à história.

— Fiz o melhor que podia. Não conseguia compreender algumas. E outras me assustavam profundamente. Comecei a perambular pelas ruas e a procurar vestígios de Arbus. Eu era tão ingênua; não era jovem, mas ainda era ingênua. Não percebi que ele estava atrás de nós. Queria destruir todos os rastreadores para que os conjuradores pudessem reinar livremente.

— Mas como ele sabia que a senhora era uma rastreadora?

— Imagino que usou uma isca. É um dos truques mais antigos no livro. Um conjurador lança uma maldição em alguém sabendo que a pessoa vai correr até o rastreador mais próximo. Daí, assim que o indivíduo amaldiçoado descobre que o rastreador não pode, de fato, curá-lo da maldição, o conjurador retorna e se oferece para acabar com o feitiço em troca de informações. Quem conseguiria resistir a uma oferta dessas?

— Então alguém dedurou você? — pergunta Elizabeth.

— Imagino que sim. Ou talvez Arbus tenha percebido minha presença. Não há como ter certeza. Muitas vezes eu me perguntava o que o trouxera a Nova York, mas agora imagino que estivesse procurando por sua mãe, Stephen. Eu gostaria de pensar que não foi totalmente fortuito.

— Então o que aconteceu? — pergunto. — Ele foi atrás da senhora?

Lágrimas começam a se formar novamente nos olhos de Millie enquanto ela se recorda.

— Foi uma emboscada. Eu estava acabando de trancar a loja à noite. Era tarde, e eu não estava prestando atenção. Foi como se ele simplesmente tivesse aparecido ali, do nada. Não disse uma palavra, mas eu sabia quem ele era. Tentei gritar e pedir ajuda, mas a mão foi rápida demais ele foi direto na minha garganta. Derrubei as chaves e chutei com toda a força. E Saul... de algum modo Saul descobriu que havia algo errado. Quando eu estava prestes a desmaiar, ele chegou, me salvou e pagou um preço alto por isso. Isso causou tal comoção que outras pessoas vieram correndo também. Arbus tentou amaldiçoá-las, uma por uma, mas ele só conseguia lidar com determinado número de pessoas por vez. Então fugiu. E eu sobrevivi. Mas ele não é o tipo de homem que se esquece dos negócios inacabados, é? O único meio de se livrar de um rastreador é matando-o. Tenho certeza de que Arbus sabe disso.

Olho para Elizabeth a fim de ver se ela assimila isso. Olho para Elizabeth na esperança de que ela comece a desmoronar, ao menos uma fissura. Quero que ela sinta o medo que estou sentindo.

Mas se Millie está arrasada e eu estou com medo, Elizabeth mantém a aparência de determinação tranquila. Está assimilando tudo, mas isso não a perturba. É apenas informação. Não é uma ameaça de morte, porque ela não vai permitir que seja.

Gostaria de saber o motivo.

— —

— Alguma sorte com a porta? — pergunta ela.

Eu me esqueci completamente da porta.

— Vamos ver — diz ela, e fica de pé. — Meus braços são mais finos. Deixe-me tentar.

Ela encosta na porta e tateia ao redor.

— Parece que ele colocou toda a mobília do cômodo contra ela — comenta. Depois pega o celular. — Vou ligar para pedir reforços.

Laurie leva cerca de vinte minutos para chegar e mais dez para afastar a mobília de modo que haja espaço suficiente para sairmos.

Enquanto esperamos que termine, tento obter mais informações de Millie.

— Há algum meio de conseguirmos pará-lo? — pergunto a ela. — Quero dizer, o que é que Saul está tentando fazer agora?

— Não sei o que Saul pensa que pode fazer. Ele não é um assassino. Nenhum de nós é. Mas é isso que nos custaria. Conjuradores são seres humanos como o restante de nós. Se você esfaqueá-los, vão sangrar. Você só precisa pegá-los primeiro. Pegá-los desprevenidos. E isso é algo extremamente difícil de se fazer.

— Mas pode ser feito — diz Elizabeth. Nem mesmo me dera conta de que ela estava prestando atenção em nossa conversa.

— Sim — diz Millie. — Pode ser feito.

Tal fato não parece muito encorajador para ela. Pronuncia as palavras, mas o tom de voz está entremeado de dúvida.

— Quase lá! — grita Laurie.

Eu me aproximo de Elizabeth para que Millie não escute.

— Vamos para casa depois disso — digo. — Ou vamos ao cinema com Laurie. Uma coisa normal.

Elizabeth se afasta de mim. Não de modo dramático, mas o suficiente para que eu perceba.

— Arbus está lá fora — diz ela. — Saul está lá fora. Tenho de ajudar Millie a encontrá-los. Sei que você não pode, mas eu posso. É isso que preciso fazer.

Não há tom de discussão em sua voz, nem desejo de saber minha opinião.

Isso é maior do que vocês dois, eu me recordo.

Mas não quero que seja. Quero voltar a reduzir o mundo a nós dois, apenas por um tempo. Quero que ela seja capaz de se refugiar dentro de mim, e que eu seja capaz de me refugiar dentro dela.

Quando Laurie irrompe no cômodo, Elizabeth lhe dá um grande abraço, embora ele esteja todo suado. Também quero abraçá-lo, mas desconfio que isso simplesmente vá assustá-lo. As pessoas gostam de enxergar quem estão abraçando.

— Por que mobília velha sempre é mais pesada? — pergunta Laurie.

— O tempo torna tudo mais lento e pesado — retruca Millie. — Pode acreditar.

Ainda assim, não há muito peso nos seus movimentos quando nos libertamos.

— Tenho de encontrá-lo — diz ela. E se refere a Saul.

— Vou ajudar você a rastreá-lo — diz Elizabeth. E se refere a Arbus. Millie sabe disso.

— Precisa deixar Arbus em paz — adverte ela. — Nada de bom pode resultar de outro encontro.

— Não vou fazer nada — promete Elizabeth. — Ele precisa ter uma base domiciliar. Eu quero encontrá-la, portanto podemos observar aonde ele vai, ver o que está fazendo.

— Não — diz Millie. — Não confio em você.

Laurie parece tão surpreso quanto eu.

— Uau — diz ele. — Isso é um pouco forte, não é? Estamos do mesmo lado.

Millie não muda de ideia.

— Estamos, mas acho que temos interpretações diferentes do que isso significa. Não temos, Elizabeth?

— Se eu digo que não vou fazer uma coisa, não vou fazer.

— Alguém pode, por favor, me dizer o que está acontecendo? — pergunta Laurie.

Conto a ele sobre Saul e Arbus, incluindo meu embate

— Muito bem — diz ele —, eis o que vamos fazer: vamos nos concentrar em pegar Saul antes que ele faça alguma coisa idiota e acabe sendo amaldiçoado e esquecido, ok? E nós também continuaremos de olho em Arbus, mas *não* vamos procurá-lo. Entendido?

Ele olha para Elizabeth ao dizer isso. Em vez de concordar com a cabeça, ela o encara. O significado é claro: *quem pôs meu irmão no comando*?

Laurie está inabalável.

— Millie, você conhece Saul melhor que o restante de nós. Então Elizabeth, Stephen e eu seguiremos sua liderança.

Millie pensa. Dá para perceber que quer seguir com a busca por conta própria. Mas ela também percebe que não pode fazer isso sozinha, não com Arbus solto por aí.

— Você e Elizabeth, sim — diz ela. — Stephen, não.

— Por que não? — pergunto.

— É perigoso demais. Está claro que Arbus pode se alimentar do seu poder. Portanto, se acontecer de nós o encontrarmos, você só vai nos machucar e não vai ajudar. E você não consegue vê-lo. Então, se ele atacar, não será capaz de nos avisar.

— Mas consigo ver Saul, não consigo?

Millie está de pé e caminha até a porta.

— Estamos perdendo tempo, e isso é um luxo que não podemos nos dar. Stephen, preste atenção... você não pode nos ajudar. Só vai piorar as coisas. De forma alguma isso é culpa sua. Sua maldição é totalmente culpada por isto. Não posso negar o perigo que você representa só para poupar seus sentimentos. Não agora. Espero que entenda. Mas, mesmo que não entenda, deve ir para casa. Imediatamente.

Olho para Elizabeth para pedir ajuda, apoio. Mas ela está igualmente inflexível.

— Assim que voltarmos, passo por lá — diz ela. — Prometo.

Apenas Laurie parece compreender como me sinto rejeitado.

— Nós precisamos de você — diz ele. — Mas não para isso.

Não considero justo que ele as acompanhe, e eu não. Mas me sentiria infantil se verbalizasse isso. Não é um passeio para um jogo de beisebol.

Millie escreve um bilhete para Saul, caso ele volte e eles tenham saído. Quase me ofereço para ficar e esperar por ele. Mas se vou ficar preso e sozinho, este é o último lugar onde gostaria de estar. Não há nada agradável aqui, apenas os espectros de risco e fatalidade.

— OK! — digo.

— Te vejo logo — diz Elizabeth, amolecendo um pouco.

Só me resta torcer para que isso seja verdade.

Ao voltar para meu apartamento, me sinto inútil. Enquanto eles seguem adiante, devo recuar. Compreendo o porquê, mas é um entendimento que não traz conforto.

Se ela está correndo risco, eu também deveria correr. E não deveria me refugiar em casa.

Meus pensamentos são ditos em voz alta quando entro no apartamento. Não consigo parar de me censurar e pensar que, se eu tivesse dito algo diferente, feito algo diferente, não estaria sozinho, sendo obrigado a me perguntar o que está acontecendo. Somente quando estou no meu quarto é que me permito parar por um momento. Não consigo evitar me preocupar, mas a torrente de comentários preocupados para. Só por um segundo. Dois segundos. Olho para o computador e penso em ligá-lo. Depois paro de novo.

Passei a maior parte da vida neste apartamento. Conheço cada centímetro dele, cada canto. Sei quais livros pertencem a qual estante e em qual ordem. Mas, sobretudo, conheço os sons do apartamento. O assobio do aquecedor no inverno. A vibração do ar-condicionado no verão. O som abafado do tráfego através do vidro da janela. A geladeira tremelicando no lugar. A respiração das tábuas do assoalho.

Não consigo apontar o motivo, mas tem alguma coisa errada. Tão sutil quanto o tique-taque do relógio no quarto dos meus pais, há uma nova presença.

— Pai? — chamo, imaginando que talvez ele tivesse voltado. Talvez estivesse dormindo em sua antiga cama.

Mas, quando olho no quarto, ele não está lá. Chamo de novo, mas não há resposta.

Isso, penso, *isso é o que acontece quando o medo cresce feito um câncer.* Minha preocupação com Elizabeth — minha preocupação com todos nós — está se espalhando por todas as minhas percepções, envolvendo-as por completo.

Era isso que eu deveria ter dito para Elizabeth e Millie: preciso fazer alguma coisa porque não fazer nada é simplesmente tão prejudicial quanto encarar o perigo.

Penso em chamar meu pai, pois devo admitir que talvez fosse melhor se ele estivesse aqui. Não creio que isso me deixaria menos inquieto, mas pelo menos dividiria um pouco minha atenção.

Caminho até a sala de estar e imagino que, se não posso interagir de verdade com um ser humano, posso ao menos me afogar em um pouco de televisão. Eu me concentro e pego o controle remoto, então o observo pairar no ar por um segundo.

— Não deveria deixar a chave do lado de fora — diz uma voz. — Nunca se sabe quem poderia entrar.

O controle remoto cai da minha mão. Eu me viro para olhar e ver de onde vem a voz.

Ninguém está lá.

— Stephen — continua a voz. — Achei que já era hora de nos encontrarmos.

A voz é velha, mas não é fraca. É grave, rouca e desprovida de qualquer traço de bondade.

Permaneço em silêncio. Falar alguma coisa seria reconhecer a presença dele. Eu me recuso a fazer isso.

— O apartamento não é como imaginei — diz meu avô. — Durante todos esses anos, não sei o que eu estava pensando.

A voz é simplesmente como qualquer voz seria. Mas o corpo não está lá. É isso que me atinge, que me magoa. Isso é como eu pareço para outras pessoas. É assim que deve ser ficar comigo em um cômodo.

E como é apropriado que Maxwell Arbus seja a primeira pessoa a não estar aqui comigo.

— Sei que você está aqui — diz ele. — Posso sentir. É parte disso, sabe. Uma pessoa que pinta um quadro não o vivencia do mesmo modo que um estranho. Há um elemento de experiência em cada encontro, e essa experiência se manifesta não na visão, mas na sensação. O mesmo acontece com o que faço. Sei que você está aí porque criei você.

Ele está de pé diante da porta. Quer que eu saiba com precisão onde ele está. Bloqueando minha fuga.

Não digo nada.

— Não precisa ter medo. O que passou, passou. Como você tem andado na companhia de rastreadores, imagino que faça alguma ideia do que aconteceu. Talvez sua mãe tenha lhe contado. Ou seu pai.

Ele espera alguma coisa de mim. Não vou lhe dar isso.

Ele tenta soar paciente, mas não é bom em disfarçar a insatisfação.

— Estou velho, Stephen. Estou cansado. Só posso imaginar o que sua mãe lhe contou, mas, acredite, havia dois lados nessa história. Ela não era uma mulher forte. Não quis o poder que eu podia lhe dar. Mas você, Stephen... você é forte.

Desta vez, ele finge que respondi.

— Como sei que você é forte? Porque conheço sua maldição. Sei o que deve ter sido conviver com ela. Você precisa ser forte. Se não fosse, não sobreviveria.

— O que você quer? — pergunto baixinho.

— Aí está. É bom estarmos conversando. Não quero nada para mim, Stephen. Não mesmo. O que quero é que você aceite seus direitos inatos. Ao passo que meu tempo diminui, quero dar a você o que é seu. É um legado poderoso... deve perceber isso. E não tenho mais ninguém a quem dá-lo. Ninguém o merece mais que você.

Volto a ficar em silêncio. Ele parece racional, não malévolo. Mas ainda é o lobo diante da porta.

— É fácil retirar a maldição — diz ele. — Assim que você concordar, posso fazer isso em questão de minutos. Ficará visível para todos. Pense nisso. Na vida que teria.

Tem uma pegadinha nisso. Tem de haver uma pegadinha.

— Diga a palavra, Stephen. Diga que você não quer mais ser invisível.

Não confio em você. As palavras de Millie estão aí. Mesmo que minhas esperanças queiram assumir o controle e fazer um acordo com ele, sei que não confio nele. Não está oferecendo isso por bondade genuína, porque não há bondade em seu coração.

Ele ri, melancólico.

— Eu já devia saber... Você simplesmente é como sua mãe.

A intenção não era que fosse um elogio.

Quero gritar com ele. Quero dizer que ele nem mesmo sabe o significado de força se pensa que minha mãe era fraca. Que ele não é capaz de imaginar o inferno que a fez passar e o que foi necessário para percorrê-lo. Especialmente comigo. Especialmente com o filho invisível de quem ela cuidou em todos os dias de sua vida. E, sim, no fim, isso a derrotou. No fim, o corpo dela cedeu. Mas ela durou tempo suficiente para que eu me tornasse uma pessoa. Ela durou tempo suficiente para saber que eu sobreviveria.

Mas não digo nada disso a ele. Não grito. Não ataco. Porque não quero que ele pense que sou seu inimigo... embora eu seja.

— Você realmente fala sério quando diz que eu também poderia ser um conjurador? — pergunto num sussurro sem fôlego, como se ele fosse o Papai Noel realizando meu maior e melhor desejo.

— Claro — retruca ele, a voz monótona. — Afinal, você é um Arbus.

— Você me ensinaria?

Imagino que esteja concordando com a cabeça e, então, se dê conta de que não tenho como ver. Há uma pausa, e ele diz em seguida:

— Sim, ensinaria.

Nesse exato momento, eu poderia desfazer isso. Tudo o que preciso é dizer a ele que quero, e ele pode dar fim ao que pensei ser uma prisão perpétua.

Mas se eu fizer isso, ele poderia pôr uma maldição nova e diferente em mim. E a energia da antiga maldição que retornaria para ele poderia torná-lo ainda mais poderoso que antes.

Não posso arriscar. Mas também não posso arriscar que saiba que não estou do seu lado.

— Preciso de tempo — respondo. — Não muito, só um pouco. Porque isso mudará tudo. E quero me preparar.

— Não é uma coisa na qual você precise pensar — argumenta ele, irritado. — Estou oferecendo a você o que imagino ser tudo o que mais desejou na vida. Posso nunca voltar a oferecer. Eu o aconselharia a aceitar.

Assumo o tom irritado dele.

— Eu não cheguei tão longe fazendo juízos precipitados. Você diz que quer que eu me junte aos seus negócios de família? Bem, você quer um trabalhador impulsivo ou alguém que analise todos os ângulos? Se estiver procurando por um idiota, há milhões de outras pessoas nesta cidade para escolher.

Desta vez, é ele quem fica em silêncio. *Forcei muito a barra*, penso.

Finalmente, ele diz:

— Vou lhe dar 24 horas. E isso, você descobrirá, é muito generoso da minha parte. Você viu o que posso fazer com as pessoas. Não tome a decisão errada, ou muita gente pagará por isso.

A porta abre e fecha. Suponho que ele foi embora. Mas, até onde sei, ainda está aqui. Observando. Assombrando. Sabendo.

Ele não falou como vai me encontrar daqui a 24 horas.

Mas não imagino que isso vá ser um problema.

Não para ele.

CAPÍTULO 26

ESTOU TÃO ACOSTUMADA ao som baixinho dos pés de Millie se arrastando de um lado a outro nos limites do magistorium que fico admirada com a rapidez com que caminha. Com o cabelo grisalho brilhando conforme capta a luz do sol da tarde, ela desliza no fluxo veloz das ruas de Manhattan, e eu me apresso para acompanhá-la.

Laurie também notou.

— O que diabos ela põe no chá? — irrita-se ele, e corre ao meu lado quando nos flagramos fazendo esforço para acompanhar o passo de Millie.

— Um torrão de açúcar e um pouco de leite — digo com um gemido quando perco Millie de vista na multidão que se dirige ao Museu de História Natural. — Talvez ela faça caminhadas rápidas em shoppings com outros idosos.

— Plantão de Notícias, Josie — retruca Laurie. — Estamos em Manhattan agora. Zona livre de shoppings. Os shoppings ficaram no passado, em Minnesota.

Agarro a mão dele e o puxo quando entrevejo o penteado cuidadosamente preso de Millie balançando no mar de turistas.

Laurie aperta meus dedos com força.

— Ela está tentando nos despistar? — Ele parece um pouco magoado e com muito medo.

Eu compreendo. É assim que me sinto também.

Mas não porque Millie parece mais decidida a chegar ao destino do que certificar-se de que sua única aluna — e talvez a única outra rastreadora ainda viva — a esteja acompanhando. Não posso deixar de notar que a distância entre nós está aumentando. Ao passo que as pessoas continuam a entrar na minha frente e na de Laurie, nos atrasando ainda mais, a multidão se ajusta para acomodar a marcha determinada de Millie.

Parte de mim não a culpa por não se importar se estou sendo deixada para trás agora. Não tenho sido exatamente uma aluna exemplar. Em vez de permitir que as pessoas que me ajudam se aproximem, eu as tenho afastado. Por mais que tenha justificado minhas escolhas e o rastreamento solitário como necessidades, como parte de tentar solucionar o quebra-cabeça da maldição de Stephen, sei que isso também é mentira. É só mais um pretexto para evitar algo mais assustador que magia ou maldições: confiar em outra pessoa. Amar outra pessoa. Precisar de outra pessoa.

As mentiras que contamos para nós mesmos são as piores.

A massa de corpos que ocupa a calçada da Central Park West transformou-se num engarrafamento. As pessoas à minha volta param e fitam o outro lado da rua, boquiabertas. Celulares saem dos bolsos para disparar uma rápida torrente de mensagens ou fazer um vídeo. A sensação de alarme dispara uma descarga elétrica no ar, tão palpável que quase consigo enxergá-la. Fico me perguntando se isso significa que todos estamos amaldiçoados agora.

— Fique de olho em Millie — digo a Laurie. — Não a perca de vista.

Confiando que ele me ouviu, fico na ponta dos pés e espio por cima da multidão — e não os culpo por olharem.

Devo ter ficado tensa, porque Laurie puxa minha mão levemente.

— Ainda observando o alvo, juro — diz ele. — Mas qual é o problema?

— Estão fechando o parque. — Vejo as viaturas alinhadas com as sirenes piscando. A polícia de Nova York organiza as barricadas e interrompe o tráfego, inclusive o de pedestres, até o Central Park. O barulho dos cascos forrados, com ferro das montarias da polícia ressoa na calçada quando mais policiais chegam e bloqueiam as trilhas, impedindo que quaisquer observadores mais curiosos se aproximem demais.

Laurie me incita a avançar. Meus ouvidos estão atentos, e meu peito fica apertado quando ouço a onda crescente de pânico nas vozes dos outros observadores.

— O parque inteiro? Não. Isso não pode estar certo. Sério? A coisa toda?

— Seis pessoas? Ouvi dizer que eram vinte!

— Deus, outro ataque não. Outro não.

— Com certeza deviam fechar. Não dá pra deixar os filhos da mãe saírem dali. Provavelmente estão escondidos na mata.

— Bioterrorismo? Ai, meu Deus. Será que temos de sair da cidade?

— Já acabou? Tiraram todo mundo?

Uma voz muito mais próxima me afasta do alarido.

— Graças a Deus.

— Graças a Deus pelo quê? — pergunto a Laurie, que me puxa com força para a esquerda.

— Millie mudou de direção — responde ele. — Eu não aguentaria nem mais um segundo naquela calçada.

Não sei se ele se refere ao emaranhado de corpos que impedia nosso progresso ou ao terror infeccioso que está se espalhando pela multidão. Meu estômago parece uma colmeia de abelhas, vivo e me ferroando.

Eu e Stephen. Eu e Stephen.

Desde que o conheci, mesmo antes de saber que era o garoto invisível, amaldiçoado, o verão foi sobre nós dois. E mais nada. Nós dois. Como se existíssemos à parte do restante do mundo. Excepcional. Invejável pelo espaço que nós nos déramos para descobrir um ao outro.

Quando o Sr. Swinton explicou a causa da maldição e Millie explicou os feitiços para mim, fui puxada de volta para o mundo — embora fosse um mundo um pouco alterado. Mas bem no fundo, tudo o que acontecera ainda significava que um mais um era igual a dois. Outros detalhes permaneciam periféricos.

No período de algumas horas, Maxwell Arbus transferiu tudo o que era periférico para o palco central. E está arrastando Manhattan junto

— e assim que as notícias passarem em cadeia nacional, é provável que o país inteiro seja arrolado. Ele não se importa em atormentar estranhos para prosseguir com seus planos mesquinhos. Talvez terrorista *seja* um rótulo adequado.

Laurie está pensando nisso também.

— Ele é doido. Fechar o Central Park. Quem faz isso?

— O cara mau — murmuro.

Livre da multidão que aumenta cada vez mais na Central Park West, Laurie solta minha mão e começamos a correr. Acompanho seu olhar e vejo que Millie está esperando para atravessar a Columbus de novo.

A luz do sinal muda, e Millie corre pela rua. Laurie e eu nos apressamos para aproveitar o sinal aberto.

Chegamos ao outro lado da Columbus com apenas um táxi buzinando para nós, e chamo isso de vitória. Agora Millie está apenas alguns metros à nossa frente. Ela para e ergue o olhar para um toldo azul. Seus ombros sobem e descem, como se respirasse fundo. Daí se vira e entra na loja.

— É um café — diz Laurie, quando chegamos à porta.

— Eu sei ler — falo rispidamente, mas não reclamo quando me dá um peteleco na testa como castigo. Ele não merece minha irritação, por isso peço desculpas.

— Tá desculpada.

Entro no café. É um local que até mesmo o melhor corretor imobiliário teria dificuldade em vender como aconchegante, pois está abarrotado com quatro mesas que mal deixam espaço para se caminhar até o balcão. O fato de uma das mesas estar ocupada por um homem gigante cujo corpo transborda sobre duas cadeiras frágeis também não ajuda. Millie está parada ao lado de Saul, que está sentado olhando para a frente. As mãos imensas envolvem uma caneca branca, cheia até a borda com café preto.

— Aproxime-se com cuidado — murmura Laurie de trás de mim.

— Entendido — respondo.

Quando chego perto, percebo que não tem vapor subindo da caneca de Saul. E me pergunto se ele ficou aqui o tempo todo. Sentado. Aguardando. Pelo quê?

A voz de Millie falha ao falar com Saul.

— Você não sabe se ele virá até aqui. Deixe de ser tão teimoso.

Em vez de responder a ela, Saul olha para meu irmão.

— Então foi assim que vocês conseguiram sair.

Millie olha para nós, faz um muxoxo e assente para mim.

— Foi errado nos prender, Saul. — Millie volta a atenção para ele e fala como se estivesse dando uma bronca em uma criança pequena. — Deveria pedir desculpas a mim e a Elizabeth.

— Conheço meu ramo — diz Saul. — Vai acontecer aqui. E aqui é o último lugar onde vocês deveriam estar.

— E, por falar nisso, onde é que nós estamos? — pergunto a Millie.

— Este estabelecimento foi meu escritório e meu lar. — Millie senta-se, as costas eretas de orgulho enquanto fala. — Antes de Arbus me encontrar aqui e me levar para o subsolo. Antigamente, o magistorium era aberto ao público.

Laurie bufa.

— O que você escrevia na placa?

— Não tínhamos placa — responde Millie. — Quem precisava sabia onde me encontrar.

Alisando alguns fios de cabelo prateados que haviam escapado dos grampos, Millie suspira.

— Este espaço teve muitas vidas desde então. Primeiro, foi um boteco sujinho. Depois, uma confeitaria. Em seguida, uma adega. Aí virou um bar mais barato que a adega. Agora oferece café e internet.

Olho ao redor. Mesmo neste espaço exíguo, os poucos ocupantes estão curvados sobre os laptops. Ou enviando torpedos freneticamente. A equipe está amontoada perto da máquina de espresso. Todos os rostos no café estão pálidos por causa do medo. Ninguém tem certeza do que aconteceu.

— O que vem agora? — pergunto.

— Ele está atrás de Millie — diz Saul.

Millie estica a mão para ele. E a mão dela, da tonalidade e textura de um pêssego velho, desaparece no aperto.

— Não podemos ter certeza disso.

— Arbus não guarda ressentimentos — resmunga Saul. — Ele vive para eles. Não seja tola, Mildred.

Millie fica corada quando ele a chama pelo nome.

— Não achei que isso importaria mais. Foi há tantos anos.

Laurie tosse.

— Não quero minimizar a... hum... sua história, mas acho que estão perdendo o foco.

— O que quer dizer? — pergunto.

Dando alguns passos desequilibrados para trás quando Saul olha para ele com desprezo, Laurie diz:

— Não é que estejam errados. Eu entendo. Arbus vive para ressentimentos.

— Você não precisa repetir minhas palavras para mim, garoto. — O único olho de Saul domina a arte de intimidar.

— Sem dúvida, amigo. Er... senhor... Er. — Laurie engole em seco e balança as mãos nas laterais do corpo como se estivesse fazendo esforço para boiar. — Como eu posso dizer isso com delicadeza...?

Saul faz um movimento para ficar de pé, mas Millie faz um "tsc" e ele volta a sentar.

Com um arquejo súbito, cubro a boca com a mão.

Laurie aponta para mim.

— Isso! Obrigado. Ela entendeu! Por favor, me ajude com isso, maninha.

— Talvez ele acabasse vindo atrás de você — falo lentamente, e tenho de me lembrar de respirar. — Mas você não é a presa mais difícil. Não é você que ele está caçando.

— Você não sabe do que está falando. — rosna Saul para mim. — Não passa de um bebê aprendendo a engatinhar no meio disso tudo.

— E tudo isso gira em torno de um bebê — diz Laurie baixinho.

Millie respira fundo.

— Oh.

— Você mesmo disse. — Sustento o olhar pouco amigável de Saul.
— Arbus vive para os ressentimentos.

Desvio o olhar dele para poder fitar os olhos de Millie.

— Sabe que há um ressentimento de parte dele que é maior que o ressentimento profissional.

— A família — responde Millie.

— Stephen. — Minha voz falha, e tudo o que consigo fazer é olhar para o chão.

— E nós acabamos de deixá-lo sozinho. — Laurie termina a frase por mim.

Nós quatro ficamos em silêncio. O café continua barulhento com o ruído dos teclados e das vozes preocupadas dos atendentes.

Arrisco olhar para Saul. Ele balança a cabeça, mas afrouxa o aperto na caneca de café. Não é difícil compreender por que ele ficou tão tremendamente inebriado e solitário. Por que veio parar aqui, o local do último encontro com Maxwell Arbus. Este lugar deve estar cheio de lembranças, difíceis e doces, de uma vida protegendo Millie.

Em épocas de crise, nós nos concentramos em preservar o que amamos. Não acho que tenha sido a ética profissional a responsável por fazer com que Saul se dispusesse a continuar lutando, quase cego por causa da maldição, até Millie estar fora de perigo.

O que deu determinação a Saul foi a mesma coisa que me faz me afastar dos outros. E então estou do lado de fora, correndo. Estou na metade do quarteirão quando ouço Laurie gritar meu nome, mas a voz dele desaparece rapidamente. Meus pés tocam o pavimento numa velocidade maior que a que desejo. Se a polícia de Nova York já não estivesse totalmente ocupada pelo ataque de Arbus ao Central Park, não haveria meio de eu não ser interceptada por um policial. Esbarro em meia dúzia de pedestres azarados e quase derrubo um andarilho em minha corrida imprudente. Não paro para pedir desculpas. Nem sequer uma vez olho para trás. Sou perseguida por cada um dos epítetos no dicionário e algumas ameaças de violência.

Quando finalmente chego ao nosso prédio e passo correndo pelo porteiro, meus pulmões estão queimando e minhas coxas parecem de borracha.

O porteiro me segue até o elevador.

— A senhorita está bem?

Eu me inclino para a frente, engolindo o ar, mas aceno com a cabeça e o dispenso com uma das mãos. Ele lança um olhar de dúvida, mas felizmente o elevador chega, então cambaleio para dentro dele e aperto repetidamente o botão rumo ao terceiro andar até as portas se fecharem.

Apesar de minhas tentativas de respirar normalmente, ainda enxergo pontinhos pretos quando chego à porta de Stephen. Começo a bater na madeira com os dois punhos, tal como uma criatura selvagem, consciente de que estou dançando uma valsa com a loucura.

Estou de punhos erguidos, prestes a bater novamente, quando a porta se abre. Desequilibrada, caio no apartamento. Embora seja capaz de ver que Stephen está ali, assustado e parecendo tão esgotado quanto eu me sinto louca, não sei se vai me segurar. Ele me contou sobre o esforço necessário para se tornar palpável. Saber disso não ajuda, pois não consigo evitar cair agora. Estava me lançando contra a porta com toda a força que me restara.

Fecho os olhos. Não quero ver o chão quando colidir. Posso aguentar cotovelos e joelhos machucados, mas não consigo suportar a ideia de cair através de Stephen. Não quero me ver passar como se ele não estivesse na minha frente. Preciso que esteja ali. Que seja real.

Ele é.

E me segura.

Consigo respirar novamente.

Mas com a respiração, vêm as lágrimas. Lágrimas que ficaram presas dentro de mim por meses. Lágrimas que eu me convencera não estarem ali.

Agora estão livres e inundam meus olhos. São tantas, por tanto tempo, que penso que provavelmente vou me afogar nelas.

Stephen não diz nada. Apenas me abraça.

CAPÍTULO 27

VINTE E QUATRO HORAS.

Mas nem mesmo isso. Agora, vinte e três. Menos.

As pessoas dizem que o tempo escorre pelos dedos como areia. O que não reconhecem é que um pouco da areia gruda na pele. Essas são as lembranças que ficarão, memórias da época em que ainda havia tempo.

Três minutos.

Eu a seguro durante três minutos. Sou forte o suficiente por três minutos. Não chegamos realmente a parte alguma, mas parece que retornamos um ao outro. O pressuposto da palavra *reunir* é que, assim que voltam a ficar juntos, estão unidos. Dois como um. Puxar alguém para mais perto é apenas um símbolo temporário. O sinal revelador é o modo como vocês respiram um com o outro.

Trinta e sete pensamentos, todos presentes em três minutos.

Você está aqui.
Algo aconteceu.
Tudo que eu queria era que você estivesse aqui.
Ele esteve aqui.
Estou apavorado.

O fato de eu estar apavorado me apavora.

Preciso de você.

Não chore.

Só quero ficar assim, assim, assim.

Você me vê.

Ele vai nos destruir.

Nunca deveria ter metido você nisso.

Você ficaria muito melhor sem mim.

Fiz isso a você.

Ele fez isso a mim.

Me abrace.

Abrace.

Fique firme.

O que aconteceu?

Preciso te contar.

Não preciso de mais nada além disso, disso, disso.

Não é verdade. Há muito mais no mundo do que duas pessoas.

Sou amaldiçoado.

Me amar é sua maldição.

Preciso deixar você ir.

Fique firme.

Precisamos matá-lo, mas, se ele morrer, vai ser assim para sempre.

Se tentarmos matá-lo, ele vai nos matar.

Estou preparado para morrer, mas você precisa viver.

Eu não deveria ter esses pensamentos.

Eu deveria simplesmente abraçá-la.

Assim, assim.

Quero que essa seja a areia que fica nos meus dedos.

Você. Quando todo o restante se for, quero me lembrar de você.

Tenho de parar de pensar como se já tivesse acabado.

Vinte e três horas.

Queria que pudéssemos ficar assim até lá.

▬ ▬

Quatro batidas rápidas à porta em sequência.

Laurie grita do outro lado. Solto Elizabeth, volto a me dissolver no cômodo. Ela atende a porta, e não apenas Laurie como Millie e Saul entram também.

— A turma está toda aqui — digo. — Até nosso carregador de móveis favorito. — Embora pareça que Elizabeth e Millie o tenham perdoado, não estou totalmente disposto a perdoar Saul por ter feito uma barricada para nós no magistorium.

Saul não esboça um pedido de desculpas.

— Teria sido melhor se você tivesse ficado lá — diz ele.

— Você está em segurança? — pergunta Millie, e olha em volta da sala.

Está é uma das coisas boas de tê-los por aqui: se Arbus ainda estivesse em meu apartamento, eles o veriam.

Explico o que aconteceu, e os quatro percorrem todo o apartamento, só para ter certeza de que estamos a sós. Sinto-me como uma criança que mandou os pais banirem um fantasma no meio da noite, um que ele tem certeza de que apenas está fora de vista e que paira na zona mortal de sombras onde espectros e monstros habitam.

Quando eles têm certeza de que ele se foi, nós nos reunimos. Elizabeth e Laurie me contam por que Saul fez o que fez, e quase acho engraçado Arbus conseguir deixar tantas pessoas sentindo-se vulneráveis ao mesmo tempo.

Podem dizer o que for do meu avô, mas, ao menos, ele deixa sua marca.

— Então — diz Laurie, e olha para o relógio do celular —, nós sabemos que ele vai voltar em 22 horas e 40 minutos. É tempo suficiente para preparar uma armadilha, certo?

— Se fosse fácil desse jeito — retruca Saul bruscamente —, acho que já teríamos conseguido.

— Temos de pensar — diz Millie, como se tivéssemos planejado de outra forma.

— Nós temos de *matá-lo* — afirma Saul.

— Não! — diz Elizabeth. — Se o matarmos, todas as maldições permanecerão no mundo.

— E aqui neste cômodo — observa Laurie.

Saul balança a cabeça.

— Crianças, vocês não entendem. Não vão conseguir que Arbus retire as maldições. Nunca. A única esperança é que retire um feitiço para colocar outro... e aí devem matá-lo nesse intervalo. Mas, mesmo assim, ele somente pode retirar uma maldição por vez. Então vocês têm apenas uma chance. E todas as outras maldições permanecerão. Vocês não o matam para acabar com as maldições do passado. Vocês o matam para evitar as maldições do futuro.

Sei que Saul é inflexível em suas convicções, por isso me viro para Millie.

— Não há outro meio? — pergunto a ela. — Sem ser assassinato. Não há outro meio de drenar o poder dele e transformá-lo numa pessoa normal?

Millie balança a cabeça.

— Se há, nunca ouvi falar. Pode acreditar, eu procurei. Mas a morte parece ser o único jeito de deter um conjurador. Antigamente, havia o banimento ou o confinamento. Mas não é mais assim que funciona. Não se pode simplesmente banir alguém. A pessoa simplesmente vai terminar em outro lugar.

— Então basicamente preciso escolher entre matar meu avô ou me juntar a ele?

Millie parece alarmada.

— Não é realmente uma escolha, é?

Respondo que não. Mas ainda assim, fico pensando que precisa existir outro meio.

Saul está inquieto. Continua a olhar para a porta, revezando o peso do corpo entre os pés.

Finalmente, Millie pergunta:

— O que foi?

— Se Arbus apareceu aqui uma vez, não há nada que o impeça de vir de novo — diz Saul. — Preciso tirá-la daqui.

Não todos nós. Só ela.

Millie também percebe isso.

— O problema não sou eu — censura ela delicadamente. — Temos de olhar o quadro inteiro.

— Bem, vamos olhar o quadro inteiro de casa — diz ele. — Podemos nos proteger por lá.

Dá para ver que Millie vai protestar mais, mas a verdade é que desejo que ela e Saul saiam. Não vou resolver isso com eles por aqui, principalmente sabendo que Saul vai me jogar de cabeça nas garras de Arbus se isso significar salvar Millie.

— Que tal isso? — diz Elizabeth. — Por que vocês dois não voltam para o magistorium por enquanto? Laurie e eu ficaremos com Stephen. Nós podemos até levá-lo clandestinamente para nosso apartamento. Se ele estiver comigo, serei capaz de ver a chegada de Arbus. E, nesse meio tempo, podemos tentar bolar um plano para amanhã. Porque tem de haver um plano.

Millie concorda.

— Venham às oito da manhã — diz ela. — Há algumas coisas nas quais queremos dar uma olhada. Depois, podemos resolver o que fazer em seguida.

Todos nos agarramos à ilusão de que somos uma equipe. Mas acho que todos nós sabemos: Arbus poderia nos afastar em um segundo. A lealdade de alguns são mais tênues que a de outros.

Quando ficamos apenas eu, Elizabeth e Laurie, me permito baixar a guarda um pouco mais. Talvez a gente não tenha nenhuma resposta, mas pelo menos não tenho Saul me olhando de cara feia como se eu fosse o troiano que abriu o portão para o cavalo.

— Por que é que mesmo nós sendo cinco e ele apenas um, *ainda* tenho a sensação de que estamos em menor número? — pergunta Laurie.

— Porque ele deseja isso mais do que a gente — responde Elizabeth.

— Deseja o quê?

— Nos destruir. Esse é o problema, não é? Ele quer nos destruir mais do que nós queremos destruí-lo. Porque temos um código moral e ele não. Em um mundo justo, isso nos daria uma vantagem. Mas agora? Não muito.

Ela está negando a própria fúria, e me pergunto o porquê.

— Não podemos deixar os babacas vencerem — diz Laurie. — Quero dizer, é disso que se trata, não é? Sempre é isso. Olha... será que quero cortar-lhe a cabeça e erguê-la como um troféu? Nem um pouco. Mas também não quero que ele vença. De jeito algum podemos deixá-lo vencer.

— Esse é o problema de ter um código moral — digo. — Nós queremos destruir a parte babaca dos babacas, mas queremos salvar o ser humano por baixo disso.

— E você acha possível? — pergunta Elizabeth. — Ele é um velho. Você é o único parente dele. Há alguma chance de persuadi-lo a mudar?

Gostaria de poder acreditar que essa era uma opção. Mas não posso.

— Não — respondo. — Se eu o rejeitar, vai ser isso. Está tudo acabado. Ele não vai recuar.

— Então ele tem de morrer — diz Laurie.

— Não — respondo.

— Então ele vive.

— Não.

Ficamos assim por um momento, no intervalo incerto entre cada não.

Então Elizabeth diz:

— Exato. É *exatamente* meu ponto.

Afasto-me um passo deles. Digo que voltarei em um segundo. Só preciso ficar um pouco em outro cômodo. Preciso pensar no assunto sem ninguém na minha frente, sem ver as consequências perpassando suas vidas.

Eu me retiro para meu quarto, como faço desde que consigo me lembrar. Cercado de todos os marcos da minha juventude, me pergunto se sou forte o suficiente para me afastar de tudo. Porque essa é a pergunta na minha mente: se eu fosse embora, será que Arbus me seguiria? O que aconteceria se o garoto invisível desaparecesse? Se eu deixasse este mundinho que construí, será que ele permaneceria seguro?

Penso em meu pai, em sua vida na Califórnia. E se eu recomeçasse lá? Mesmo que ele não me quisesse por perto, sabia que me ajudaria.

É possível. Totalmente possível. Inutilmente possível. Porque mesmo enquanto penso, sei que de jeito algum vou embora. Quero escapar, sim. Mas este não é o futuro para o qual quero fugir. Quero seguir a trilha que conduz de volta para nós, não para longe de nós. É egoísta, eu sei. Talvez destrutivamente egoísta. Mas não posso ser altruísta o suficiente para apagar tudo o que encontrei nas últimas semanas.

Minha mãe ficou. Ela está aqui comigo agora porque ficou comigo na época. Tenho certeza de que ela pensou em fugir também. Fugiu uma vez, quando não havia verdadeiramente algo pelo qual viver. Mas depois ela ficou, quando encontrou alguma coisa, e essa coisa fui eu.

— O que eu deveria fazer? — pergunto a ela agora, e reconheço o silêncio que recebo em troca. Embora saiba que ela não é capaz de responder, ainda gosto de pensar que está ouvindo.

Ouço os passos de Elizabeth se aproximando pelo corredor. Ela chama meu nome, como um aviso, dando-me uma chance de dizer se quero que fique longe.

— Aqui — respondo.

Deixamos nossa preocupação tão exposta um com o outro. Vejo isso no rosto dela e sei que ela deve ver no meu.

Ela não me pergunta se estou bem. Ela sabe. Em vez disso, pergunta:

— Posso fazer alguma coisa?

— Millie não ensinou como voltar no tempo, ensinou?

Elizabeth balança a cabeça.

— Ela guarda essa informação para si.

— Isso é muito ruim — digo —, porque realmente adoraria que nós existíssemos no mundo como o conhecíamos há cinco semanas. Quero que a gente esteja lá, quero ser daquele jeito de novo. Sem Arbus. Sem Millie. Só nós dois nos encontrando e o mundo exclusivamente nosso.

— Todos os casais ficam nostálgicos sobre o começo da própria história — diz Elizabeth, aproximando-se. — Não há nada de errado nisso.

— Mas nem todos os casais vão ter o dia seguinte que nós vamos ter.

Ela me abraça. Eu me faço presente para ela.

— Não podemos fazer isso sozinhos — sussurra ela. — Sabe disso, certo? Precisa ser nós dois. Juntos. Não há outro jeito.

Isso não é verdade. Há muitos outros meios.

Mas também é verdade, porque nenhum de nós vai aceitar outra opção.

Proteção. Para tantos outros casais, é uma promessa metafórica. É a forma emergencial do cuidado, o mecanismo de defesa contra o inesperado. Mas Elizabeth e eu a tecemos na trama de quem somos juntos. Então não devo tentar separar isso ou nos separar. Devo assumir tudo.

Caminhamos de volta à sala de estar e encontramos Laurie deitado de costas no sofá, fitando o teto.

— Alguma revelação? — pergunta Elizabeth.

— Não — diz ele. — Mas você poderia passar uma nova demão de tinta.

Olho para cima e vejo as lascas e rachaduras às quais ele se refere.

— Não é uma prioridade neste momento — diz Elizabeth a ele.

— Bem, podemos apenas acrescentar isto à lista de coisas que faremos quando acabarmos com essa história, certo? — diz Laurie, sem se deixar intimidar.

— Parece um bom plano — digo.

Toda luta pela sobrevivência é na verdade uma luta para retornar às preocupações desimportantes do mundo. Consigo nos imaginar neste cômodo: os lençóis sobre a mobília, tinta pingando dos rolos, tinta em nossas roupas. Somos felizes no futuro hipotético. Eu me agarro a isso.

— Nós realmente precisamos ir para casa — diz Laurie. — Em breve mamãe vai ficar preocupada.

— Você vem com a gente. — diz Elizabeth. — Eu não estava mentindo para Millie. Vamos ficar com um olho em você e outro em Arbus. Não quero você sozinho aqui, para o caso de ele resolver voltar antes. Laurie e eu daremos uma desculpa para sairmos às oito, e você vem conosco. Mas, nesse meio tempo, pode testemunhar o bom e velho jantar em família.

Parece ótimo para mim.

A mãe de Elizabeth e Laurie deve ter nos ouvido caminhando pelo corredor. Ela abre a porta antes de um deles pegar a chave.

— Está atrasado — diz ela para Laurie.

Depois se vira para Elizabeth.

— Desculpe — diz ela. — Isso foi rude. — E estende a mão. — Você deve ser uma das amigas de escola de Laurie. Sou a mãe dele. Gostaria de jantar com a gente?

CAPÍTULO 28

EU ME DOU conta de que minha mãe não sabe que tenho um namorado invisível cujo avô é um maníaco adepto de magia negra. Percebo que não sabe que o malfeitor maluco está na cidade, que esteve em nosso prédio e que é a razão pela qual o Central Park fechou. Mas não tenho paciência para essa brincadeira boba.

— Ha, ha — digo. — Sei que andei saindo um bocado, mas isso já é demais.

— Como é que é? — Minha mãe franze a testa, olhando para mim como se tentasse decifrar alguma coisa.

Laurie, sempre o mediador, se coloca entre mim e minha mãe.

— Então? O que tem no cardápio? Comida chinesa? Italiana? Ou talvez o indefinido e ainda assim delicioso macarrão caseiro com queijo?

Minha mãe exibe uma expressão um pouco decepcionada.

— Oh. — Ela olha para mim com uma expressão de "Eu sou uma péssima mãe e anfitriã". — Se eu soubesse que traria uma convidada, teria... em vez de trabalhar.

— Mãe! — interrompo. — Por favor. Sabe que a gente não espera que você cozinhe. Estamos no século XXI. Você sustenta nossa família sozinha em Manhattan. Esqueça o macarrão com queijo.

— Hummm. — Mamãe olha para mim como se não soubesse se deveria rir ou me repreender. Seu olhar se volta para Laurie, suplicante.

— Não vai me apresentar? — pede ela, e força um sorriso para mim. Os olhos dela estão em mim, curiosos e confusos. Sem noção de nada.

A ficha não cai até eu sentir a mão de Stephen em meus ombros.

O tremor começa nas minhas mãos, mas rapidamente toma conta dos braços e pernas. Consigo mantê-lo longe do meu rosto, sabendo que lábios trêmulos são um prelúdio de dois segundos para as lágrimas.

Minha mãe não sabe quem eu sou. Olha para mim e vê uma estranha.

Se sua memória foi apagada é porque alguém a apagou. Aqui. Em nossa casa.

Maxwell Arbus não apenas visitou o neto. Aproveitou a chance para dar uma passadinha no meu apartamento e deixar um presente de despedida.

Observo mamãe e sei que deve estar sentindo-se estranha e inadequada, mas não consigo deixar de acreditar que, se eu olhar para ela por tempo suficiente, vai saber quem sou. *Tem* de saber.

Por favor, mãe. Por favor.

Minha mãe consegue manter o sorriso, embora ele tenha ficado inseguro. Não posso mais suportar olhar para ela, por isso olho para meus sapatos.

Laurie não perde um segundo.

— Anda, mãe. — Ele fala com um tom de voz exagerado, de apresentador de game show. — É o jantar em família.

— Ah! — Minha mãe dá um sorriso amplo, de aprovação a Laurie. — Está atuando... É o dever de casa, não é? Vocês dois são irmãos numa cena que você vai representar?

Laurie toca o nariz com o dedo e sorri para ela. Ele rapidamente lança para mim um olhar do tipo mil-desculpas-mas-o-que-diabos-a-gente-pode-fazer. Por trás do clarão branco dos dentes, vejo o espasmo de pânico no seu rosto.

Minha mãe ri e bate palmas, entretida.

— Como é engraçado. Agora tenho um filho e uma filha, e o nome dela é...

— Elizabeth — sugere Laurie.

— Que nome lindo.

Eu me obrigo a erguer os olhos.

Minha mãe sorri para mim, depois olha por sobre o ombro, para dentro do apartamento à espera.

— Espero ter lembrado corretamente que você adora o prato chinês vegetariano com especiarias.

— Essa sou eu. — Retribuir o sorriso é doloroso. Quero gritar, *Sou eu!*, quero abraçá-la, sacudi-la e implorar até que ela consiga lembrar que meu sorvete favorito é chocolate com menta, que apenas canto junto com o rádio em viagens de carro e que me comprometi com uma carreira que provavelmente vai significar depender da ajuda financeira dela para sempre.

Mas minha mãe só consegue olhar para mim com a reserva gentil e educada de uma estranha.

Stephen se inclina e sussurra:

— Estou bem aqui. Vou ficar aqui o tempo todo.

É aí que percebo que não posso fazer o que quero. Não posso correr do prédio sem parar até chegar à loja de Millie e pedir que ela dê um jeito na minha mãe, na minha vida. Em vez disso, tenho de me sentar em um apartamento que pertence à minha família e ser tratada como se fosse uma estranha de passagem por causa do dever de casa de Laurie.

Gostaria de poder parar de enxergar a maldição. Uma vez que soube que estava ali, não consegui mais me desligar disso. Explosões de luz aparecem em uma pulsação regular e pairam diante dos olhos de minha mãe, a deixando cega como um flash de câmera infinito. Sei que eu poderia retirar a maldição, mas percebo que foi criada para durar — o que significa que exigiria um preço alto de mim. Ou me mataria. Sabendo que um confronto com Arbus é iminente e sem aviso, não posso me permitir enfraquecer com a tentativa de libertar a mente de minha mãe. Logo, não consigo olhar para ela. Os flashes fazem meus olhos arderem e minha cabeça doer.

Minha mãe indica que entremos. Laurie dá um aperto de incentivo na minha mão, antes de acompanhá-la. Meus sapatos parecem blocos de cimento quando obrigo um pé a seguir o outro pela porta. Stephen passa os braços ao redor da minha cintura e dá cada passo comigo. Eu me pergunto se ele tem medo de que eu caia, ou se apenas está tão perturbado com essa reviravolta de nossas desventuras quanto eu.

Trinco meus dentes quando vejo a mesa. Caixas de comida chinesa já estão abertas à espera, o vapor saindo delas. Dois lugares já foram postos. Minha mãe se apressa para acrescentar um prato para mim, a filha inesperada.

Como um robô, eu me ajeito na cadeira em frente ao local arrumado às pressas. Stephen permanece ao meu lado. É bom que Laurie tenha números prontos de teatro. Ele mantém mamãe ocupada e a entretém com histórias sobre a escola e festas adolescentes de Manhattan. Tento bancar a atriz também. Aceno com a cabeça, finjo dar risadas e acrescento breves adornos às histórias de Laurie, seguindo o ardil. Me concentro em Laurie, não em minha mãe.

Até minha mãe sorrir para mim e dizer:

— Sinto muito por sair do personagem, mas tenho de lhe dizer como isto é adorável. Sempre me pergunto como seria ter uma filha.

Eu me torno uma estátua e sinto o sangue abandonar meu rosto e meus dedos ficarem gelados. Até Laurie se encolhe, sufocando com as palavras o que não consegue botar para fora. Stephen se ajoelha ao meu lado e segura minha mão entre as dele. Ele não pode falar, não sem que mamãe ouça, mas esfrega meus dedos, trazendo vida de volta aos membros congelados.

Finalmente, Laurie interrompe:

— Como se eu não fosse suficiente!

Mamãe, cuja testa começara a vincar de preocupação ao me olhar, rapidamente se vira para Laurie com uma risada.

— Ah, queridinho, sabe que não foi isso que eu quis dizer.

Laurie finge fazer beicinho, e minha mãe faz um carinho nele.

— Posso usar o banheiro? — Meu sorriso está tão forçado que acho que meu rosto vai rachar.

— Claro — responde minha mãe. — Seguindo o corredor à esquerda.

Aceno com a cabeça, como se precisasse das indicações, e saio da sala. Minha intenção era fazer uma pausa no banheiro para que eu pudesse jogar água no rosto e limpar a mente. Passo pelo quarto de Laurie, mas quando alcanço a porta do meu quarto, paro. Não sei o que espero encontrar, mas não é o que está lá. Tudo parece como deixei: meio bagunçado, a evidência dos meus trabalhos artísticos espalhada na cama e na mesa, roupas esperando para ser dobradas.

Passos se aproximam por trás de mim, e eu sei que é Stephen.

— O que você acha que ela vê? — pergunto a ele. — Um cômodo para guardar coisas? Um escritório? Um quarto para as visitas?

Porque sei que a maldição afeta tudo que minha mãe vê. Ainda há retratos meus, de Laurie e de mamãe pendurados nas paredes do corredor e em porta-retratos nas mesinhas de cabeceira. Minha mãe não consegue ver nenhum deles.

Eu me tornei invisível para minha mãe. Minha vida inteira desapareceu para ela.

Stephen segura meu cotovelo e me afasta do cômodo.

— Sinto muito.

— Não é sua culpa — respondo, como por reflexo.

Ele balança a cabeça, sem expressar um argumento. Mas vejo o peso da culpa pesando sobre seus traços.

Meus lábios ameaçam voltar a estremecer, então eu os mordo.

— O que vamos fazer?

Stephen estica a mão. Abarca meu queixo entre seus dedos; o polegar afasta os lábios dos meus dentes. Ele se inclina, me beija e pede as desculpas que eu não quero, mas também oferece o calor do toque do qual necessito.

O beijo termina, mas ele mantém a testa encostada na minha.

— Vou dar um jeito nisso.

Balanço a cabeça sem interromper o contato.

— Nós. Nós vamos dar um jeito nisso.

Stephen não responde, e fico imóvel.

— Não quero te ver machucada — murmura ele. — Agora meu avô está punindo você. Porque você me ama.

Não sei o que dizer. A raiva e a angústia fecharam minha garganta.

— Ah! Festa no corredor. — Laurie aparece ao nosso lado. — Bons tempos. Devia voltar para a mesa. Mamãe está preocupada que você esteja com intoxicação alimentar. Está começando a olhar para as caixas do delivery como se fossem suspeitas de assassinato.

O olhar dele passa por nós até meu quarto.

— Hum. Está a mesma coisa de sempre.

— A maldição afeta apenas sua mãe. — Stephen se afasta de mim. Há uma distância súbita na voz dele, uma decisão que me assusta. Stephen olha de mim para Laurie.

— Vocês dois deveriam ficar aqui. Terminem o jantar. Depois Elizabeth pode retirar a maldição de sua mãe.

— Você viu a maldição? — pergunta Laurie, e franze a testa.

— Sim — respondo. — E se eu fizer alguma coisa em relação a isso, ficarei inutilizada pelo restante da luta. Ou pior.

— Provavelmente é isso que Arbus quer. — Laurie suspira. — Ele é um cara mau e inteligente, não é? Que droga.

— Vou falar com Millie — continua Stephen. — Mas, primeiro, você tem de cuidar disso.

Laurie começa a menear a cabeça.

— Já falei que não posso retirar a maldição — digo a eles, e lanço um olhar de soslaio para Stephen. Ele está tentando manter a mim e Laurie afastados do que promete ser o confronto final entre ele e o avô. Embora uma parte disso, tenho certeza, seja para nos manter fora de perigo, tem alguma coisa por trás do gume de aço que se esgueirou sobre seus olhos azuis. Isso me dá medo.

— Vou pedir licença para ir com Stephen até a loja de Millie — digo antes que Stephen fale mais alguma coisa. — Laurie, ajude mamãe a arrumar as coisas e diga a ela que temos planos com amigos hoje à noite. Encontre-nos no magistorium.

Laurie relaxa os ombros. Não quer ficar para trás.

— Só quero ter certeza de que mamãe não será afetada de outro modo — digo a ele, e esboço um sorriso. — E você devia dizer a ela que máximo que eu sou.

— O quê? — Laurie franze a testa.

— Se tudo o mais falhar — digo secamente —, você vai ter de convencê-la a me adotar.

Laurie bufa, mas seus olhos estão brilhando um pouco forte demais.

— É, tá bom. Como se eu quisesse uma mala como você por perto quando posso ter a casa toda só para mim.

Ele corre e me envolve num abraço tão apertado que não consigo respirar. Isso é bom, porque se eu pudesse inspirar, provavelmente começaria a soluçar.

Voltamos para a cozinha, e desta vez Stephen não segura minha mão nem toca meu ombro. Está perdido nos próprios pensamentos, recuando de um jeito que não consigo suportar, mas que não sei como impedir.

— Você está bem, querida? — pergunta minha mãe.

— Estou bem — digo. — Obrigada pelo jantar maravilhoso.

— Não vai ficar? — Ela aponta para a sala de estar. — Nós costumamos fazer a noite do filme com pipoca depois do jantar em família.

Quero dizer *eu sei*, mas balanço a cabeça:

— Obrigada. Outro dia, talvez.

Os cantos dos meus olhos começam a arder, por isso grito:

— Tchau, Laurie! — E corro para a porta.

Não paro até chegar à porta do elevador, socando o botão repetidas vezes. A mão de Stephen se fecha no meu pulso e o afasta. Fico feliz por voltar a me tocar, mas ainda posso sentir a rigidez que tomou conta dele.

O elevador chega, e nós entramos.

Quando as portas se fecham, eu digo:

— O que quer que esteja pensando em fazer, não faça.

Ele não responde.

— Stephen. — Eu me viro para encará-lo. — Nós dissemos que vamos fazer isso juntos. Prometemos. Lembra?

Se o tempo não estivesse contra nós, eu pararia o elevador e nos manteria como reféns até Stephen confessar o plano secreto que ele bolara desde que se deparara com a maldição da minha mãe. Mas temos tão pouco tempo do jeito que as coisas estão... Não posso arriscar um atraso.

Não conversamos enquanto caminhamos pelo Upper West Side até a loja de Millie, mas desta vez não é para evitar olhares estranhos dos outros pedestres, que pensam que estou falando sozinha. O silêncio é novo, desconhecido, cauteloso. Não gosto dele.

Quando chegamos ao edifício marrom-avermelhado, uma placa pendurada na porta da loja diz *Fechado*. Giro a maçaneta e vejo que está destrancada. O assoalho da loja está escuro.

— Saul? — Espio nas sombras e aguardo por uma resposta. Não ouço nada.

Os odores de almíscar e tinta são familiares, mas minha pele fica retesada e coçando, como se reagindo a algo estranho e desagradável.

— Elizabeth. — Ouço o tom de advertência na voz de Stephen, mas me viro e peço silêncio. Que escolha temos além de continuar até o magistorium?

— Opa! — Ainda estou olhando para Stephen quando tropeço em alguma coisa.

— O que aconteceu? — pergunta ele. — Você está bem?

— Sim. — Baixo o olhar para ver o que foi deixado no corredor. Não é o quê. É quem.

Saul está deitado com o rosto virado para o chão. No escuro, não consigo ver se está ferido. Não sei se está morto ou inconsciente. E não quero descobrir.

Com um grito de alarme, corro para a porta do magistorium.

— Elizabeth, espere!

Ignoro Stephen e corro escada abaixo.

— Millie!

Millie está sentada à mesa, com uma xícara e um pires diante de si. Seu rosto está branco como giz por causa do medo, mas a boca é um traço fino de fúria. Ao lado dela, um homem alto e magro serve chá em sua xícara. Já o vi uma vez.

Sem olhar para mim, Maxwell Arbus diz a Millie:

— Veja só se não é sua pupila, Mildred. Que adorável da parte dela se juntar a nós.

Maxwell inclina a cabeça levemente, como se ouvindo algo com atenção.

— E você trouxe meu neto. Stephen, estou decepcionado com sua impaciência. Nosso encontro está marcado somente para amanhã. Como você pode ver, tenho outros negócios a tratar. Não faz sentido perder horas preciosas na cidade que nunca dorme.

Não ouvi Stephen descer as escadas, mas agora ele está de pé ao meu lado. Estico a mão até a dele. Quando fecho meus dedos sobre os dele, ele continua parado.

— Juntos — sussurro a palavra tão baixo que não sei se ele me ouve.

— Volte para casa e me aguarde — diz Arbus a Stephen, sem se virar. — Irei até você na hora marcada, conforme combinamos.

— Não. — A resposta de Stephen é serena, porém firme.

Aperto os dedos dele com tanta força que as articulações ficam brancas. No entanto, Stephen dá um passo adiante e se desvencilha da minha mão. Estico a mão para segurá-lo de novo, pois quero puxá-lo de volta e mantê-lo perto de mim. Mas ele está determinado a seguir sem mim, porque quando meus dedos se esticam até ele, atravessam sua pele.

CAPÍTULO 29

SAUL ESTÁ MORTO, e não tenho dúvida de que Millie será a próxima, se sairmos deste cômodo.

Não consigo enxergar meu avô, mas consigo acompanhar o olhar dela.

Ela sabe.

Eu me lanço para a frente. Arbus não espera por isso. Mas percebe minha presença e se desvia um pouco, por isso termino parando ao lado dele. Eu o derrubo, mas ele se esquiva.

— Maldito! — grita, e me chuta.

Não consigo ver o que ele faz a seguir, mas pelas reações no cômodo, fica claro o suficiente. Ele se põe de pé e empurra Millie. Em um segundo, a mulher desperta da própria angústia — quando Arbus entra em seu alcance, ela pega a xícara e joga o chá quente no rosto dele.

Arbus enfia a mão no bolso e tira uma faca ensanguentada — a mesma faca, sem dúvida, que acertou Saul nas costas.

Elizabeth e Millie se afastam dele. Tento acalmar a respiração, ficar o mais invisível que posso.

— Então chegou a esse ponto — diz ele, e tenta me encontrar, mesmo sem conseguir me ver.

Sei bem que não devo dizer nem uma única palavra.

— Teimoso como sua mãe e estúpido como seu pai. Você nasceu para sofrer como ambos, e vai.

Tudo o que deu errado em minha vida pode ser traçado até este homem. Este único homem.

Ele começa a fazer o caminho de volta até a porta. Em seguida, um som vem da escada.

— Elizabeth! — chama Laurie. — Stephen!

— Não, Laurie! — grito. — Corra!

Acho que Arbus vem atrás de nós agora, mas em vez disso ele se vira em direção à escada e começa a murmurar um feitiço.

— Não ouse! — grita Elizabeth. Posso sentir Arbus controlando a energia da minha maldição e me atraindo para mais perto. Ao mesmo tempo, Elizabeth faz um movimento com as mãos, e, quando Arbus libera o que tem (posso senti-lo fazendo isso) ela o atrai para ela, tirando o suficiente para fazer a magia falhar.

Furioso, Arbus tenta virar a maldição contra Elizabeth, mas não vai funcionar.

No entanto, a faca vai. Quando fica claro que ele não pode confiar na magia, ele brande a arma. Eu a observo se erguendo no ar, na mão invisível. Ele não se importa de como retira o sangue, mas de como causa a dor. Magia e violência são a mesma coisa para ele.

Conforme ele avança, Millie capota sobre a mesa para detê-lo. Estico o braço para bloqueá-lo.

Tudo que consigo ver é a faca, por isso, corro para ela.

Pela visão periférica, dá para ver que Elizabeth está cambaleando — absorver a maldição tem um preço. Mas não posso me concentrar nisso. Eu me concentro no ponto onde o braço de Arbus deve estar. Jogo meu corpo naquele espaço e atinjo o osso. Arbus dá um grito e vira a faca em minha direção. Mas, nesse momento, passo por ele. Ele gira, desequilibrado, depois se recupera.

Espero que venha diretamente para mim. Mas ele se aproveita disso e pula na direção da porta. Paro e tento bloqueá-lo, mas estou muito atrasado.

Dá para senti-lo saindo do cômodo. Dá para sentir minha maldição se curvando atrás dele, seu corpo desesperado para manter a energia dela.

— Laurie! — grita Elizabeth, e seu rosto é todo pânico.

Quero correr atrás de Arbus, mas preciso que alguém capaz de enxergá-lo tome a dianteira. Até onde sei, ele está no topo da escada e com a faca em prontidão.

Millie parte para cima dele. Eu a aviso para tomar cuidado, mas ela não se importa.

Eu a acompanho, e uma Elizabeth trêmula vem atrás de mim.

Arbus não está aguardando por nós no topo da escada. Mas lá está Saul, bem onde o deixei, virado para que a ferida ficasse visível. Millie cai de joelhos ao lado dele e o aninha nos braços. Sei que ela não vai deixá-lo, por isso tudo o que consigo dizer é: "sinto muito." Não fui eu que causei isso a ela? Minha maldição é o farol que trouxe meu avô a esta cidade.

Enquanto me vejo perdido neste momento de culpa, Elizabeth assume o controle.

— Tranque a porta — diz ela. — Apenas para o caso de ele voltar.

Millie nem mesmo parece escutar. Ela começa a uivar: uma liberação rouca, gutural de dor, o som mais doloroso, que não existe em idioma algum. Quero confortá-la, mas que conforto posso oferecer? O único conforto virá quando Arbus estiver morto.

No entanto, não posso matá-lo. Não antes de ele desfazer todas as maldições, incluindo a minha.

Elizabeth já está do lado de fora da porta. *Laurie*, eu me lembro. Provavelmente, ele tem dois minutos de dianteira em relação a Arbus. Não é o suficiente.

Temos de supor que ele foi para casa. Elizabeth está tentando telefonar, mas ele não atende. Com sorte, está ocupado demais fugindo.

A malevolência de Arbus não pode ser contida. A adrenalina de nosso confronto deve ter se manifestado nesse aspecto. Porque ele nos deixou uma trilha. Uma trilha horrível.

Essas pobres pessoas acreditaram que iam dar uma volta numa bela noite de verão. Podiam estar voltando para casa depois do jantar ou ter ficado até mais tarde no trabalho.

Agora são vítimas.

Um homem de terno está deitado na calçada, berrando:

— Onde estão minhas pernas? O que você fez com minhas pernas?

Uma garota de 11 anos está rasgando as próprias roupas, como se estivessem cobertas por escorpiões. O menino ao lado dela está arrancando os próprios cabelos em chumaços, sem reconhecer o sangue em seus dedos.

Um quarteirão depois, um casal de namorados que saiu para dar uma volta agora está se estapeando. Um homem que levou o cachorro para passear neste momento tenta enforcá-lo com a guia. Sem hesitar um minuto, Elizabeth corre até ele e soca o homem no peito; assustado, ele deixa a coleira cair, e o cão foge em segurança para dentro do parque.

É uma escolha terrível: ficamos e ajudamos estas pessoas ou as ignoramos e tentamos deter Arbus?

— Vamos — diz Elizabeth, correndo à frente. Ela pegou o celular mais uma vez e está ligando para a polícia.

Deixe que eles lidem com isso. Temos de chegar à causa.

— Ele está usando muita energia — diz Elizabeth para mim, assim que desliga o telefone.

— Ele quer que nós o encontremos — digo. — É isso. Xeque-mate.

Chegamos ao nosso prédio e descobrimos que o porteiro está se jogando contra o painel de vidro, batendo em estilhaço após estilhaço com o corpo. Não quero tocá-lo, pois há vidro por toda a pele, mas de que outro modo posso impedi-lo? Elizabeth caminha para bloqueá-lo, e eu me desloco para pegá-lo, mas ele se desvia de nós, se ajoelha no chão e começa a catar o vidro, levando-o aos lábios. Elizabeth chuta os cacos para longe da mão dele; ele uiva.

Outro inquilino se aproxima do edifício: Alex, o mauricinho do 7A.

— O que está acontecendo? — pergunta, chocado.

— Segure-o e não solte até a polícia chegar — ordena Elizabeth.

Alex assume uma posição de lutador, segura o porteiro e acena com a cabeça.

— Estou segurando — diz ele, inflexível e sem perguntar mais nada.

Corremos para os elevadores.

— Meu apartamento ou o seu? — pergunta Elizabeth.

Balanço a cabeça e aponto para o ponteiro dos elevadores. Os dois indicam o último andar.

— O telhado — digo a ela. — Tem de ser o telhado.

CAPÍTULO 30

CORRO PARA A escada. Subo os degraus de dois em dois, me jogando de patamar em patamar. Não olho para os números dos andares. Não consigo pensar na subida, nos preciosos minutos roubados por cada lance, nem no modo como meus pulmões estão ardendo. Tudo o que sei é que *não vou parar de correr* até estar no telhado.

Stephen permanece atrás de mim, mas não fala. Não há pausa para reunir os pensamentos. Não há estratégia. Nenhum plano.

E então estou diante da porta para o telhado. É um portão cinza de metal, espesso, imponente. Empurro.

Nosso edifício baixo, de nove andares, não é um desses com um jardim lindo e da moda. O espaço no qual tropeço, piscando sob a luz súbita e incômoda do dia, é um quadrado sombrio ao ar livre feito de cimento e cercado por uma beirada baixa de tijolos.

Primeiro, vejo meu irmão.

— Laurie!

Começo a caminhar na sua direção, mas uma voz assustadoramente calma me faz parar a uns poucos metros dele.

— Não me aproximaria mais se fosse você. — Maxwell Arbus está de pé, as mãos cruzadas junto às costas. O olhar dele é especulativo e experiente, como se avaliando o valor de alguma antiguidade.

Sem tirar os olhos de mim, Arbus inclina a cabeça para Laurie.

— Seu irmão está com algumas ideias pouco comuns no momento.

Arrisco desviar os olhos dele para me concentrar em Laurie. Os olhos do meu irmão estão vidrados, e sua expressão é extremamente serena.

— Não decidi ainda o que Laurie quer fazer — diz o avô de Stephen. — Se quer voar ou saltar para o edifício ao lado.

— Não. — Minha voz quase falha. Não quero desmoronar diante deste homem e sei que estou no limite.

— Saltar seria mais esportivo, não acha? — emenda Arbus. — Talvez ele consiga chegar ao prédio vizinho.

Tento negociar.

— Por favor, deixe-o ir. Meu irmão não tem nada a ver com isso.

A risada de Arbus é como um latido agudo.

— Ele está aqui, não está? Acho que isso torna seu irmão parte disso.

— E minha mãe? — Não quero fazer isso. Estou permitindo que ele me atormente, mas não consigo parar. A raiva e o medo estão guiando meus pensamentos, minhas palavras.

— Tenho certeza de que é uma mulher adorável — responde Arbus. — Uma vergonha que mães solteiras não possam disciplinar os filhos como necessário. Se vocês tivessem um pai adequado, tenho certeza de que não estaríamos neste contratempo desagradável.

Estou destruída perante tal crueldade, e ele percebe isso. Um sorriso torto se abre nos lábios finos.

— Na verdade. — Sua voz se torna perigosamente baixa. — Odiaria que ela perdesse os belos pontos de minha instrução.

Depois de mudar ligeiramente a posição do corpo e proferir algumas palavras que não consigo ouvir, Arbus diz:

— A maldição de sua mãe foi retirada.

Sei que não devo sentir alívio, um instinto que se confirma quando ele me diz:

— Logo ela vai compreender plenamente o erro de deixar os filhos sozinhos durante tantas horas do dia, com liberdade demais para se meter na vida dos outros. As consequências são mais bem compreendidas de maneira cruel e brutal. Caso contrário, a lição pode não ser absorvida.

O olhar dele vai até Laurie. Meu irmão, com um sorriso confuso, começa a caminhar até a beira do telhado.

— Não! — O grito não é meu. Vem de Stephen.

Laurie para bem perto do parapeito de tijolos de 60 centímetros que circunda o edifício.

Eu compreendo o motivo de Stephen não ter se manifestado até agora. Ele não pode ver o avô, mas Arbus estava falando com tanta liberdade comigo que Stephen sabe precisamente onde o conjurador está parado.

Arbus semicerra os olhos e se concentra no espaço atrás de mim.

— Estava me perguntando quando você ia se juntar à conversa, Stephen.

Stephen não responde. Arbus continua a olhar por cima do meu ombro, mas, com minha visão periférica, consigo ver Stephen dando um passo breve para o lado. Não permito que meu olhar o acompanhe. O avô de Stephen não está preocupado com o fato de a própria voz continuar a assinalar sua posição. Ele balança para trás nos calcanhares, satisfeito pelo modo como a cena no telhado está se desenrolando.

— Quero lhe dar mais uma chance — diz Arbus ao espaço vazio onde Stephen estava. — Entenda que isso é quem você é.

Ele faz um gesto para mim e para Laurie. Por que mover as mãos se Stephen não pode ver? Então percebo que é por minha causa. Não importa aonde Arbus vai chegar com isso, ele aposta em mim para ajudá-lo no caminho.

Minha desconfiança se confirma quando ele continua a se dirigir a Stephen, porém mantendo o olhar em mim.

— O que você pode oferecer a essas pessoas? — questiona Arbus. — Sua herança é a dor. Goste ou não, o sofrimento vai se espalhar como se fosse uma doença. Os últimos dias não foram demonstração suficiente dessa verdade?

— Aquilo foi você! — grito para Arbus. — Stephen não tem nada a ver com suas maldições!

Os olhos dele se estreitam para mim, e vejo Laurie pôr um pé no parapeito do edifício. Não posso me arriscar a voltar a falar. A cabeça e os ombros de meu irmão estão cercados por um enxame de criaturas com asas prateadas e douradas que enchem o ar com uma melodia de sinos, alegre. Elas se mexem tão depressa que não sei dizer se são fadas ou pássaros. Mergulham e rodopiam ao redor de Laurie como um tornado reluzente, e sua luz e música doce o atraem para a perdição.

Nunca odiei tanto alguém como odeio Maxwell Arbus neste momento. Cada uma de suas maldições é mais forte que eu. Sempre fui uma lutadora. Corajosa. Atrevida. Algumas vezes, obstinada. Mas qualquer bravura ou seriedade que eu pudesse oferecer é superada pelos anos de experiência que Arbus acrescenta ao jogo. Ainda sou uma caloura, ao passo que ele está no Hall da Fama. Ao lançar uma maldição sobre meu irmão, Arbus me tornou impotente.

Um carretel inteiro de emoções se desenrola no piscar de um olho. Vejo imagens de mim mesma: soluçando, gritando, uivando, vomitando e desmaiando. Nenhuma dessas reações me ajudará, nem ajudará a Laurie ou Stephen.

Um cenário que já é horrível se torna ainda pior graças à óbvia diversão que Maxwell Arbus sente com nosso sofrimento.

— Estou esperando, Stephen. — Arbus sacode o pulso, e Laurie pisa na beiradinha.

Estou de joelhos. Muda e desesperada.

Embora ainda esteja ostentando aquele sorriso torto, Arbus olha para mim e capto alguma coisa nos olhos dele. Um lampejo de cautela. Não consigo respirar, mas o medo não é o culpado. Arbus precisa tirar meu equilíbrio, e não apenas como uma manobra para ele obter o que deseja de Stephen.

O conjurador foi atrás de Millie. Curar um antigo rancor era parte de sua motivação, mas havia mais. Como rastreadora, Millie continua a ser uma ameaça para Maxwell Arbus. E eu também sou uma ameaça.

Fico onde estou. Deprimida. Submissa. Mas faíscas estão incendiando meu cérebro, dando carga a meu corpo até meu sangue ficar elétrico. Não sou uma garota que se encolhe de medo. A parte do avô de Stephen que tem medo de mim se projetou na fachada de confiança inabalável. Eu a reconheci e agora agarro a esperança que me oferece. O único modo de proteger Laurie é explorando a vulnerabilidade esquiva do conjurador.

Sei o que preciso fazer.

Desviar os olhos de Laurie exige mais coragem do que sei que possuo. Ao fazê-lo, estou delatando a posição de Stephen, mas não tenho escolha. Sou uma rastreadora. Posso cortar os nós de dor e sofrimento que monstros como Maxwell Arbus amarram nas vidas de outras pessoas.

Coloco minhas mãos no telhado aquecido pelo sol para me firmar e respiro fundo. A maldição de Stephen paira ao redor dele. Os tentáculos escuros, efêmeros como névoa, se tornam sólidos enquanto eu o observo. O som da maldição, como o de algo sendo esmagado, enche meus ouvidos.

Antes de começar, digo a mim mesma que não é suicídio. Tenho treinado. Minha resistência aumentou. Drenar a obra-prima do conjurador não vai me matar. Estou tranquila o suficiente com esta mentira a ponto de acreditar nela, para o bem de Laurie. Para o bem de Stephen. Devo retirar o máximo de poder possível de Arbus.

Stephen observa o avô enquanto ele caminha de lado pelo telhado, cautelosamente. Ele para repentinamente, gira e me encara no momento em que minha mente se conecta à maldição, como se eu o tivesse tocado fisicamente. Ele arregala os olhos, alarmado, e começa a balançar a cabeça.

Não importa. Isso tem de ser feito. E então começo a drenar as trevas para dentro de mim.

CAPÍTULO 31

O QUE QUER que esteja fazendo, é coisa demais para ela.

Num momento, ela é o retrato da concentração.

Não posso fazer nada. Não posso impedi-la.

No momento seguinte, ela começa a desmoronar.

Primeiro, está nos olhos dela. O choque. O corpo cai para trás, como estivesse sendo empurrado. Ela mal consegue ficar ereta.

Aí o nariz começa a sangrar. Um único filete de sangue no início. Depois mais. E mais. O sangue escorre pelo rosto. E a parte mais assustadora é que ela não parece notar.

Ela não consegue firmar a mão. Uma vez que se abriu, deixa de estar no controle.

Meu avô começa a tremular. Ali, diante dos meus olhos, ele aparece, depois desaparece. Olho minhas mãos. Pela primeira vez, olho minhas mãos e as vejo. No início, quase não compreendo. Penso que devem ser as mãos de outra pessoa. Elas tremulam e parecem existir, depois tremulam e somem de novo.

Elizabeth desaba.

Corro até ela, tento usar minha voz, minhas mãos, minha vontade de revivê-la. Ela se contorce. O sangue não para de escorrer do nariz dela. Eu o vejo em minhas mãos, depois paro mais uma vez de ver minhas mãos.

Ele a está matando.

Assim como eu o vejo tremular, ele me vê tremular. Não o sinto drenando minha maldição, como fez antes. Não. Isso é outra coisa.

Laurie chama o nome de Elizabeth. Ele está longe do peitoril e se vira para nós.

Meu avô me olha nos olhos, depois desaparece.

Não sinto nada disso.

É Elizabeth quem sente. Elizabeth quem sofre.

Elizabeth é quem está morrendo.

Meu avô está vencendo. Ele sabe disso, e, quando volta a ficar visível, vejo o sorriso em seus lábios. A satisfação.

Preciso impedi-lo.

Laurie aninha a cabeça de Elizabeth no colo. Ele grita para mim, pergunta o que está acontecendo, o que está acontecendo. Ele me diz para fazer isso parar.

Preciso fazer isso parar.

Ouço um gorgolejo na garganta de Elizabeth. Mais sangue saindo. Saindo.

Não posso pedir ao meu avô que pare. Sei que não vai parar. Nunca vai parar. Não posso retirar seus poderes. Não sou tão forte assim. Nenhum de nós consegue ser tão forte assim.

Se ele não morrer, ela vai morrer.

Eu gostaria de matar num acesso de fúria. Gostaria de matar sem pensar.

Mas não é assim que funciona.

Sei que estou fazendo uma escolha.

Enquanto Laurie toma conta da única garota que vou amar, me jogo em cima do meu avô, reunindo todas as forças que possuo. Enquanto tremulamos, não somos exatamente humanos nem exatamente mágicos. Somos apenas parentes. Ele brande a faca, mas eu o agarro pelo pescoço. Isso o abala, e ele afrouxa a mão. Giro seu pulso, e a arma cai.

— Stephen — arqueja ele. Mas só consigo pensar que meu avô não tem o direito de saber meu nome.

Mais uma vez, estamos invisíveis, mas eu mantenho o aperto. E o empurro para trás, para trás.

Elizabeth tem uma convulsão. Laurie não consegue parar de gritar.

Preciso terminar isso.

Quando empurro meu avô para o peitoril, peço perdão à minha mãe. Ela não ia querer que eu fizesse isso, embora espero que me entenda. Peço desculpas a Elizabeth porque nunca deveria tê-la conhecido, nunca deveria tê-la deixado me amar. Peço desculpas a mim mesmo porque, se eu fizer isso, a maldição nunca vai terminar. Mas a única alternativa é que isso continue a saturar Elizabeth até ela morrer.

Não vou perdê-la. Por nada.

Estamos no limite. Meu avô está lutando, mas perdendo poder. Quando tremulamos, vejo ódio nos olhos dele. Nojo de mim. De todos nós.

Com uma das mãos, aperto seu pescoço.

Com a outra, empurro.

Enquanto faço isso, uma onda de poder o preenche. Com uma força que eu não sabia que ele tinha, meu avô me agarra. Se ele cair e morrer, vai me levar com ele.

Por um instante, ficamos num equilíbrio estranho. Eu me afasto, ele recua e nós pairamos ali no ar, visíveis e invisíveis, prestes a morrer e ainda viver, avô e neto, quem amaldiçoou e quem foi amaldiçoado.

Então seu aperto fica cada vez mais forte, e eu me sinto sendo puxado para ele.

Ouço um grito. O grito do meu avô. E um braço à minha volta. O braço de Laurie.

Meu avô agora tem uma faca cravada na lateral do corpo. Ele não tem mais força para se segurar em mim.

Ele cai.

E quando cai, desaparece.

E quando ele cai, desapareço.

Laurie se agarra a mim

Laurie se agarra.

E eu tenho de me fazer sólido para ele. Até ver que a faca atingiu o solo. Até saber que agora acabou e que meu avô está morto.

Estou a salvo, sempre serei invisível, e Elizabeth vai morrer de qualquer maneira.

Laurie me solta e corre de volta para ela. Estou bem atrás dele. Ela arriscou tudo para me salvar. Tudo. E eu não tenho fé suficiente em um mundo justo para pensar que ela vai ficar bem agora.

Nós dois gritamos seu nome. Vemos o leve subir e descer da respiração percorrendo seu corpo, e somos infinitamente gratos por isso. É difícil dizer se o sangue parou de jorrar. Tem tanto, por toda parte.

— Precisamos levá-la a um hospital — diz Laurie

Fico de pé, como se houvesse alguma coisa que eu pudesse fazer.

Mas o que posso fazer? Ninguém fora deste telhado jamais vai me ver ou me conhecer, ou mesmo saber que eu existo.

Volto a me ajoelhar ao lado dela.

É a sensação mais horrível do mundo, estar disposto a dar algo e saber que não é o suficiente.

Estico a mão até a mão dela e ponho tudo que sou neste toque. Todos os desejos que já tive, cada grama de amor que já recebi. Pego emprestado cada fragmento do futuro e puxo para o presente, trazendo aqui para ela perceber, sentir, saber.

— Por favor, Elizabeth — digo a ela. — Por favor, fique bem.

Milagrosamente, os olhos dela se abrem, assustados.

CAPÍTULO 32

— **FUNCIONOU.** — Ergo o olhar para Stephen, o Stephen visível, e tento sorrir em meio ao cansaço, sem saber por que aquela palavrinha o fez estremecer.

Tento sentar bem ereta, mas meus braços e pernas estão moles. Baixo os olhos e vejo todo o sangue. O tom escarlate encharca o algodão da minha camiseta e faz com que o tecido fique quente e pesado sobre minha pele. Preciso de um segundo e do gosto salgado de cobre nos lábios para perceber que o sangue é meu. Stephen começa a erguer os braços sob minhas costas cuidadosamente, mas Laurie aparece ao lado dele.

— Você não pode carregá-la — diz meu irmão a ele.

— Laurie! — O que eu pretendia que fosse um grito de alegria sai como um coaxar patético.

Ele se ajoelha e segura minha mão.

— Sim, Josie. Estou aqui. Tudo vai ficar bem.

Enquanto Stephen se afasta, relutante, Laurie me carrega.

— Tem certeza de que deveríamos movê-la? — pergunta Stephen, embora ele mesmo tivesse tentado me erguer.

Laurie meneia a cabeça.

— Não estou preocupado com os ossos. Ela perdeu um bocado de sangue.

Agora que Laurie estava me erguendo, aquelas palavras ganharam vida em meu corpo. A cada movimento, manchas flutuam pela minha visão, e meu crânio parece estar entupido com algodão.

Embora meu irmão esteja me carregando até a porta, tento olhar ao redor. Mexer a cabeça me deixa enjoada, e minha visão fica cada vez mais borrada. Fecho os olhos por causa das manchas e náuseas, e pergunto:

— Arbus?

— Se foi — diz Laurie.

Mantenho os olhos fechados.

— Se foi ou está morto?

— Morto. — A voz de Stephen está próxima. — Caiu do telhado.

Meus dedos dormentes conseguem segurar a camiseta de Laurie. Faltou muito pouco para que meu irmão fosse a pessoa a voar do parapeito em vez de o avô de Stephen.

— Acho que você deveria tentar não falar, Elizabeth — diz Laurie. A voz é gentil, portanto sei que não é uma piada.

Normalmente, tenho alergia a obedecer, mas estou tão, tão cansada. Inclino a cabeça no ombro de Laurie e deixo as manchas se expandirem de pontinhos escuros a imensos glóbulos que obscurecem toda a luz.

Passo as horas seguintes de um jeito bizarro e episódico.

Episódio um:

Meu irmão e Stephen esperam o elevador e têm uma conversa que não entendo.

— Você não o matou — sussurra Stephen.

Os braços de Laurie ficam mais apertados ao meu redor.

— Não fale sobre isso. Apenas não fale.

Stephen olha para mim e vê que estou franzindo a testa, mas desvia o olhar.

— Eu tenho de falar. Você me salvou. Não aconteceu mais nada.

— Eu o esfaqueei — responde Laurie. — Acho que isso conta como alguma coisa.

Empino meu queixo com esforço para poder olhar o rosto de Laurie. Ele está com uma expressão sombria que faz com que pareça muito mais velho do que é.

— Você teve de fazê-lo — diz Stephen baixinho.

Laurie retruca:

— Nós dois tivemos de fazê-lo.

Eu me lembro das portas do elevador se abrindo e, depois, de mais nada.

Episódio dois:

As sirenes estridentes me trazem de volta à consciência. O Upper West Side foi invadido por unidades de triagem: consequência da onda de maldição de Maxwell Arbus por toda vizinhança. A parte boa desse horror é que meu estado não espanta os paramédicos como algo estranho. Sou apenas uma das dezenas ou mais vítimas. A parte ruim é, bem, óbvia.

Quando sou transferida dos braços de Laurie para a maca, estico a mão para Stephen, que fica para trás.

— Preciso dele — digo ao paramédico que empurra a maca para uma ambulância à espera, o que também me leva para longe de Stephen.

O paramédico olha para Laurie.

— Ele está bem ali.

Laurie se inclina e sussurra:

— A ambulância está cheia demais. Ele não pode entrar sem esbarrar em alguém. É arriscado demais.

Balanço a cabeça, e Laurie diz:

— Avisei a ele para qual hospital estamos indo. Ele vai nos encontrar lá.

As portas da ambulância batem, e o som das sirenes envia uma nova onda de escuridão para me engolir.

Episódio três:

A sala parece clara demais, e estou coberta com um lençol que causa muita coceira. A coceira se concentra na dobra do braço direito, mas quando tento aliviar esfregando o local, minha recompensa é uma dor aguda.

— Ah! — A agulha que liga minha veia ao conta-gotas intravenoso me castiga por perturbá-la.

Meu grito faz com que uma pessoa venha correndo para perto da cama.

Minha mãe encosta a palma da mão na minha bochecha, como se eu tivesse 3 anos.

— Querida, você acordou.

— Você sabe quem eu sou — digo. Meus olhos ardem com lágrimas repentinas.

— Claro, Elizabeth. — Minha mãe olha para o conta-gotas. Ela deve achar que o medicamento está me deixando maluca. — Como está se sentindo? — pergunta.

— Estranha — digo. Vago, eu sei. Mas não quero dizer que meu corpo parece um milhão de elásticos esticados ao limite e que ainda sinto gosto de sangue.

— Você provavelmente vai se sentir estranha por um tempo. — Minha mãe sorri e olha para o outro lado do quarto. Acompanho o olhar dela e vejo Laurie sentado em uma das cadeiras de quarto de hospital. Stephen está sentado ao lado dele na outra cadeira. Sem olhar para Stephen, Laurie se levanta e se junta à minha mãe.

— E aí? — diz Laurie. O efeito debilitado de antes ainda está aparente nos olhos dele.

— Você está bem? — pergunto a ele. Quando estico a mão, ele segura meus dedos trêmulos.

— Não vamos nos preocupar comigo — responde ele. — Eu não tentei doar 15 litros de sangue para a calçada.

— O que aconteceu? — pergunto a Laurie, e sei que ele vai entender o que quero dizer: o que mamãe acha que aconteceu?

É minha mãe quem responde:

— Eles simplesmente não sabem, querida. Tantas pessoas foram afetadas. E depois do que aconteceu no parque, acham que é algum tipo de neurotoxina.

Eu resmungo. Mesmo morto, Maxwell Arbus nos deixa um legado de suas maldições: uma cidade paranoica, que busca um culpado que nunca será encontrado, mas sempre será temido. Seria muito melhor se eu pudesse dizer ao Departamento de Segurança e à Polícia de Nova York que eles podem parar a investigação agora mesmo. Que essa confusão foi causada por um conjurador descontrolado, mas que ele se foi e que todos nós podemos prosseguir com nossas vidas. Mas isso não vai acontecer. Não quero ser transferida para a ala psiquiátrica.

Stephen ainda está sentado. Reunindo todo atrevimento que consigo, sorrio na direção dele e falo:

— Você fica constrangido na frente da família ou o quê?

Laurie tosse.

— Sabe que nunca sou tímido. Mamãe andou assistindo ao noticiário, portanto, ela sabe mais.

Lanço um olhar irritado a Laurie, ainda falando com Stephen:

— Fico feliz por você ter encontrado o hospital.

Minha mãe leva a mão da minha bochecha para a testa.

— Você está se sentindo bem, Elizabeth?

— E, por falar nisso, o que é que eles estão te dando? — Laurie finge remexer na bolsa do intravenoso, mas seus olhos me mandam um aviso.

Fico em silêncio. O que mais posso fazer? Stephen olha para mim, e eu continuo perfeitamente imóvel. Ele está aqui. Comigo. E nada mudou.

Sou a única pessoa capaz de vê-lo.

A dor queima meus membros quando meu corpo fica tenso, retesando-se por causa de todas as perguntas que não posso fazer com minha mãe aqui. Que diabos aconteceu? Por que eu estava coberta com sangue e semiconsciente, se Stephen ainda está invisível? O que significa o fato de ele estar invisível e o avô, morto?

— Elizabeth? — murmura minha mãe, mas noto a preocupação na voz dela. — Será que devo chamar a enfermeira?

Balanço a cabeça, grata quando a atenção dela se volta para uma batida à porta.

— Posso entrar?

Tenho certeza de que imaginei o som da voz de Millie, mas um instante depois vejo a pele branca como papel e o rosto familiar, marcado por rugas que parecem ter ficado mais profundas desde a última vez em que a vi. Millie usa um vestido preto e luvas pretas. Meu estômago dá um nó quando me lembro do motivo.

— Como vai você, querida? — Millie me pergunta antes de se apresentar à minha mãe.

Tento pensar desajeitadamente em uma explicação para a chegada dela, mas minha mãe fala primeiro.

— Acho que os medicamentos a estão deixando um pouco confusa — diz ela a Millie. — Mas os médicos falaram que não há nenhum dano permanente.

— Graças a Deus. — Millie oferece um sorriso tranquilizador à minha mãe.

— Vocês duas se conhecem? — Estou imaginando um encontro clandestino que Millie arranjou com minha mãe para explicar minhas atividades.

Laurie interrompe:

— Fui eu quem chamou Millie. Pensei que ela fosse querer estar aqui.

— E ele estava certo. — Millie assente.

— Fico feliz que Laurie tenha nos apresentado. — Minha mãe lança um olhar direto para ele. — Da próxima vez que você arrumar um emprego, espero ser consultada sobre isso.

— Um emprego... — Olho para Laurie, que assume de onde eu parei.

— Na loja de gibis — diz Laurie. — Sei que é em meio expediente, mas você falou tanto sobre Millie que achei que deveria avisá-la do que tinha acontecido. — Ele força uma risada. — Não queria que você fosse demitida por faltar ao trabalho.

— Laurie — censura minha mãe.

— Está cedo demais para piadas? — Meu irmão finge bater nas costas da própria mão.

Minha mãe suspira.

Stephen ainda está na cadeira. Em silêncio.

306

— Mãe, você podia pegar suco para mim? — peço.

— Tem água. — Minha mãe pega um copo. — Não sei se já pode tomar outra coisa.

— Pode perguntar à enfermeira?

Minha mãe hesita, mas depois diz:

— Está bem.

Espero ela sair do quarto.

— Stephen. — Minha voz falha.

Ele levanta da cadeira e fica ao meu lado, de frente para Laurie e Millie.

— Diga-me a verdade — pede ele enquanto afaga meus cabelos. — Você está bem?

As lágrimas entalam na minha garganta, mas tento engolir tudo:

— Por que eles não conseguem te ver?

Stephen não responde. Posso sentir o toque de seus dedos na minha têmpora. Estico a mão, cubro a dele com a minha e olho para Millie e para meu irmão.

— Por que não podem vê-lo? — pergunto em tom acusador, como se o fato de Stephen ser invisível fosse, por alguma razão, resultado da conspiração dos dois.

— Querida Elizabeth — diz Millie em voz baixa —, claro que é a maldição. Como sempre foi.

Balanço a cabeça.

— Mas eu retirei a maldição. Eu a senti dentro de mim.

Quando digo isso, não consigo deter um calafrio. Meus braços e pernas agitam-se com a lembrança. Envenenamento do sangue. É a única coisa na qual consigo pensar para descrever. Certa vez, vi um filme que se passava em algum momento do passado no qual a medicina era horrível e um personagem morria por causa de envenenamento sanguíneo depois que seu ferimento infeccionava. Eu me lembro do close nojento do corte fatal. Veias escuras se espalhavam pela ferida, prova de como seu corpo se voltara contra si.

Foi assim que senti a maldição de Stephen quando a retirei do corpo dele, trazendo-a para o meu. Arabescos escuros de ressentimento e malícia que rastejavam pelas minhas veias, doentios e dolorosos.

— Precisei deter aquilo. — Stephen diz finalmente. — Estava matando você.

Minha voz é inexpressiva.

— Eu não estou morta.

— Você morreria — insiste Stephen. Ele vira olhos suplicantes para Millie.

— Foi a maldição mais forte que já vi — diz Millie. — Você não teria sobrevivido.

A raiva comprime meu peito e me faz sentir mais dor ainda.

— Você não sabe disso.

O silêncio dela me diz que ela não sabe.

— Josie. — Laurie segura minha mão. — Como ele poderia arriscar?

— Eu não poderia.

— Você não poderia — sussurro, e fecho os olhos para poder simplesmente sentir o calor da pele dele. Tento dizer a mim mesma que, de alguma forma, está tudo bem. Que o que eu posso sentir e ver é suficiente.

— Suco! — anuncia minha mãe da porta. Ao ouvir o som da voz dela, Stephen recua. Abro os olhos.

Minha mãe estende um copo de suco de maçã para mim com um floreio.

— Quem é a super-heroína agora? — Ela sorri e pisca para Millie como se tivesse acabado de estabelecer um tipo de irmandade de loja de gibis.

Tento sorrir, mas sinto meus lábios tremerem. Laurie e Millie olham para mim com uma empatia que beira a pena. Quero atirar o suco de maçã do outro lado do quarto.

CAPÍTULO 33

FICO EM VIGÍLIA. Os médicos e enfermeiras entram e saem. A mãe de Elizabeth faz visitas com Laurie. Elizabeth dorme e acorda. Durante todo o tempo, fico de pé no canto e aguardo os momentos em que eu e ela ficamos a sós, quando posso tê-la como companhia. Mesmo quando ela dorme, tento segurar sua mão. Quando está bem, me pede para deitar na cama junto com ela, para abraçá-la. Ficamos deitados assim durante horas, nada além dos corpos e da respiração, e nos perguntamos o que vai acontecer em seguida.

Enquanto mantenho vigília, a polícia retira o corpo ensanguentado e despedaçado do meu avô da calçada em frente ao meu edifício. Ele é a única morte registrada, e contam que se tratava de um homem afetado de maneira tão grave pelo que atingiu aqueles poucos quarteirões em Manhattan que acabou se esfaqueando e pulando do telhado. O corpo ficou no necrotério durante semanas sem ser reclamado. Finalmente, ele teve um enterro sem funeral numa sepultura de indigente; uma morte anônima.

Não preciso ler o relatório do legista para saber: a faca pode tê-lo surpreendido, mas ele morreu por causa da queda.

Sinto que o remorso deveria crescer como outra maldição dentro de mim. Mas isso não aconteceu até agora.

Meu pai deixa recados.

Não tomo conhecimento disso até chegar em casa, três dias depois de Elizabeth ser levada para o hospital. Embora seja invisível, preciso tomar um banho e trocar de roupa.

É estranho ouvir a voz do meu pai, porque ele não tem ideia do que aconteceu. É como se o passado me telefonasse e não percebesse que já estou no futuro. Ele assume um tom casual, como se estivesse ligando para mim na faculdade e quisesse saber como estão as aulas. Até pergunta por Elizabeth e diz que gostou dela, pelo breve período em que estiveram no mesmo cômodo. A sinceridade sobre isso me deixa inseguro; sou tomado pelo peso de todas as coisas que ele não sabe. Eu me sento no chão, fecho os olhos, volto a me controlar. Escuto os outros recados: cada um mais urgente que o outro devido à ausência de resposta de minha parte.

Quando telefono de volta, há um alívio verdadeiro na sua voz. Ele me pergunta onde andei, e conto para ele que Maxwell Arbus está morto. Concluí que isso é tudo de que ele precisa saber.

No mesmo instante (com ansiedade), ele me pergunta se a maldição foi quebrada.

Digo que não. Em silêncio, torço para que ele encontre um jeito de me amar.

Não posso voltar imediatamente para Elizabeth. Não é hora de ela ver minha necessidade vulnerável, meu desejo nu.

Telefono para Laurie e descubro que ele está no apartamento de Sean. Digo que lamento interromper, mas ele me garante que não estou fazendo isso. E pergunta se está tudo certo com Elizabeth. Explico que voltei para casa por um breve período. Ele diz que já vai descer, e não tento persuadi-lo a ficar com Sean. Quero conversar, mesmo que não esteja certo do que quero dizer.

Não vamos ao telhado. Talvez a gente nunca suba ali de novo. Em vez disso, ele deita no chão da minha sala de estar, o rosto virado para o teto. Eu me posiciono ao seu lado e também olho para cima. Faço barulho no processo para que ele saiba precisamente onde estou.

— Gosto de Sean — diz ele. — Mas é um pouco diferente agora. A possibilidade de ele me conhecer, de me conhecer *completamente*, acabou. Eu estava pensando num jeito de contar a ele o que aconteceu em Minnesota. Mas isso? Somos os únicos que vão realmente saber sobre isso, não somos?

— Somos — digo a ele. — Para melhor ou para pior, é algo nosso.

Ele se vira para mim e diz:

— Prometa uma coisa.

— O quê?

— Prometa que não vamos deixar de nos conhecer. A última coisa pela qual passei, passei sozinho. Não quero fazer isso nunca mais.

Olho fixamente nos olhos dele.

— Nunca vamos deixar de nos conhecer — prometo.

Embora ele não possa me ver, é como se me visse. Parece que ele me vê perfeitamente.

— Ótimo — diz ele

Os médicos não sabem o que há de errado com Elizabeth, mas Millie sabe. Embora isso a apavore, ela consegue enxergar a presença de Arbus dentro de Elizabeth, as últimas ramagens da maldição que se agarram nos espaços que não são sangue, nem tecido, nem músculos, nem ossos.

— Será que vai embora um dia? — pergunto. Elizabeth está dormindo a salvo. Millie não precisa fingir que está tudo bem.

— Com o passar do tempo, acredito que sim — diz ela. Mas dá para ver que ela não tem certeza. — É um milagre que tenha sobrevivido. Mas assim como você permanece invisível, o poder que ela absorveu dele não sumiu quando ele morreu. Nós basicamente estamos confiando em um sistema imunológico mágico para destruir o que ela assumiu. Esperamos que tenha criado resistência suficiente para combater isso. Em particular, porque ela é jovem e naturalmente poderosa. Mais do que a maioria.

— Mas não há um precedente? — pergunto. — Algo assim já aconteceu a você ou a outro rastreador?

Millie balança a cabeça.

— Ninguém que eu conheça. Ninguém que tenha sobrevivido.

— E não há nada que possa fazer?

— Posso observar. Isso é tudo.

— Então ela vai conviver com isso dentro dela?

— Sim. O corpo vai se recuperar do choque. Mas ele estará aí, até não estar. Mas quando vai ser isso... eu não sei.

Os médicos acreditam que seja uma recuperação rápida. Mas Millie e eu sabemos. E suspeito que Elizabeth também saiba.

Eu a observo dormir na cama do hospital. Ela está machucada. O cabelo, oleoso e úmido. Tem olheiras e marcas no pescoço. Às vezes, a respiração vem aos trancos. Um fio de baba se esgueira de sua boca.

Nunca a amei mais.

Ela melhora o suficiente para receber alta.

Acompanho Laurie e a mãe quando eles a transportam na cadeira de rodas para casa. Esse é o pedido dela: que se tiver de voltar para casa numa cadeira de rodas (os médicos temem que ainda esteja fraca demais, esgotada demais) que eles não peguem nem um táxi nem uma ambulância. Ela quer estar ao ar livre novamente. Quer ver a cidade que nós salvamos. Quer que eu fique ao lado dela, um participante invisível do desfile de volta para casa.

É um belo dia de verão. Embora a cidade ainda guarde os temores que o ataque de Arbus desencadeou, o tempo tranquiliza um pouco a mente das pessoas, pois todos valorizamos a ilusão inata de que nada pode acontecer em um belo dia de verão.

Elizabeth sorri sob o sol.

É difícil fazer com que a mãe de Elizabeth saia do seu lado, mas umas poucas horas depois do grande retorno, Laurie consegue convencê-la a ir até o mercado com ele e deixar nós dois a sós.

— Como você está se sentindo? — pergunto a ela. — Precisa de alguma coisa?

Ela está sentada no sofá. E dá batidinhas no espaço ao seu lado.

— Venha cá — pede.

Faço meu ombro ficar sólido para que ela possa se apoiar nele.

— Ainda não me lembro da maior parte das coisas — diz ela. — E me pergunto se isso vai voltar ou se está perdido.

— Não precisa se lembrar.

— Mas eu quero. Não gosto de ter esse vazio no meu passado.

— Você foi corajosa.

— Não foi isso que perguntei.

— Você foi impressionante.

— Pare.

— Você foi forte.

— Mas não fui forte o bastante.

— Definitivamente, forte o bastante. Porque ele não está mais aqui, está? Você fez o que tinha de fazer.

Ela fecha os olhos, cansada.

— Acabou — digo a ela. — Agora voltamos ao normal.

Ela solta o ar, e parte do gesto é risada, parte, suspiro.

— Você tem um conceito estranho de normalidade.

— Sabe o que quero dizer. Em algumas semanas, você e Laurie vão para a escola. Vou ficar em casa e esperar você voltar. Não é a vida normal para outras pessoas, mas vai ser a vida normal para nós. É isso que importa. Não importa se é normal para mais alguém. Mas que seja normal para nós.

A mão dela encontra a minha. Ela a aperta.

— Você tem razão — diz ela. — É assim que vai ser. Mas não acabou. Ainda tenho muitas, muitas coisas para aprender.

— Todos temos. E aprenderemos.

Ela acena com a cabeça, mas dá para notar que precisa descansar.

Dou um beijo de despedida temporária.

— Estamos seguros — digo. — É isso que importa.

— Sim — diz ela. — Estamos seguros.

E então ela fica à deriva em seus sonhos.

— —

Volto para meu apartamento. Para todos os sons tranquilos e familiares. Para toda a mobília familiar, para toda a história familiar.

Por um momento, volto a me sentir sozinho. Totalmente sozinho. Creio em uma vida que existe apenas neste apartamento, por si só. Minha vida antiga. A vida que pensei que teria para sempre.

Daí imagino Laurie e a mãe voltando para o apartamento. Imagino Elizabeth no sofá. E até imagino Millie, sozinha no magistorium, e torço para que ela, por sua vez, nos imagine.

Isso é mais do que eu jamais poderia querer. É mais do que jamais pensei que teria.

CAPÍTULO 34

DEPOIS DE TUDO o que aconteceu, quando fico doente, fraca, e muito, muito cansada, finalmente, compreendo que não sou uma super-heroína. Descobri minha fragilidade, minha humanidade.

Ao encontrar Stephen — e ver Stephen — me deparei com alguns sentidos extras. Millie me reivindicou como parte da herança mágica, que eu mal começara a compreender. Ela me deu o título de rastreadora.

Rastrear é poder fazer pouca coisa.

Eu vejo maldições. Eu as identifico. Mas quando vida e morte estão em jogo, eu desabo.

Pensei que pudesse ajudar Stephen, que seria capaz de abraçar este novo eu mágico e mudar o mundo. Mas nada mudou para Stephen desde que descobri que ele era invisível. Ainda sou a única pessoa capaz de enxergá-lo. A passagem dele pelo mundo chama menos atenção que o esvoaçar de uma sombra.

Não é justo.

Mas a vida não é justa.

Esquecemos rapidamente a lição apenas para aprendê-la novamente.

Em breve, voltarei ao porão de Millie, com seu cheiro de chá e livros mofados. Vou treinar com ela, sob o disfarce do trabalho em meio expediente como vendedora da loja de gibis que adoro. Vou ser a aluna zelosa que ela merece. Vou tentar preencher o vazio que Saul deixou. Vou ficar mais forte, melhor... e mais mortífera.

Mas não ainda.

Tenho autoconsciência suficiente para saber que não posso simplesmente me recuperar do que aconteceu no telhado deste edifício. Nenhum de nós pode. É mais que uma noção vaga dos eventos que ocorreram entre minha tentativa de retirar a maldição de Stephen e a abertura dos meus olhos para me flagrar olhando para o céu. Só que não era o céu, era o azul vívido dos olhos de Stephen.

Não sei como Maxwell Arbus morreu. Claro que sei que o que lhe tirou a vida foi a pancada depois de cair nove andares. Mas não tenho lembrança de como Arbus tomou o lugar de Laurie no peitoril. Ou do que o fez cair.

O modo como Stephen e meu irmão me afastam bruscamente do assunto sempre que tento me aproximar me faz pensar que provavelmente não quero saber. Talvez seja melhor assim — que nossa escuridão continue fechada, oculta em nossas mentes, protegida por nossos corações.

Cada um está lidando com isso do próprio modo.

Laurie dá a entender que vai trazer Sean para jantar e conhecer mamãe. Este será um território novo para meu irmão. Para todos nós. Estamos ansiosos para nossos dias de precursores.

Aos poucos, Stephen refaz os laços com o pai. Eles se falam com frequência, e Stephen conta as conversas para mim. Esta é a fronteira dele. Vejo as centelhas de esperança em seus sorrisos fáceis, no derretimento gradual do tom frio que sua voz traz sempre que menciona o pai.

Meu consolo vem de um lugar familiar. Enfrento a recuperação lenta do meu corpo com a perspicácia da mente e obrigo a febre que se prolonga em meu sangue a se fundir ao espírito. Minhas mãos estão mais firmes quando seguram um lápis, pastel seco ou carvão. Minha visão está mais clara quando uma página em branco preenche minha visão.

Tenho uma história para contar, a qual andei segurando, pensando que era só minha.

Mas eu estava errada.

Já passa da meia-noite quando mamãe finalmente vai dormir. Ela tem tirado alguns dias todas as semanas para trabalhar de casa e conseguir passar mais tempo comigo. Isso também significa que ela fica acordada até tarde para recuperar as horas no escritório virtual e compensar pelas partidas demoradas de Palavras Cruzadas que jogamos. Adoro passar o tempo com ela; quero muito tranquilizá-la de que estou bem — mesmo que estar bem seja um termo forte. Mas isso faz com que encontrar tempo para Stephen seja mais que um desafio. Quando eu não encontro esse tempo, fico perdida.

Stephen está à porta um segundo depois de eu bater.

— Ei.

— Ei.

Compartilhamos um sorriso. Ele pega minha mão livre enquanto seu olhar registra o portfólio debaixo do meu braço.

Ele me leva até o quarto. E senta-se na beirada da cama enquanto esvazio o portfólio. Stephen tem de ficar de pé para criar espaço suficiente para todas as páginas. Arrumo-as para ele. A colcha fica coberta com desenhos. Alguns têm cores fortes. Outros se parecem um pouco com uma confusão de sombras.

Dou um passo para trás e observo enquanto ele se inclina. Os olhos se arregalam, depois se estreitam. Ele conhece a história. É nossa história.

Sacolas azuis e amarelas bagunçadas.

Um quarto cheio de caixas fechadas.

Dois copos de limonada.

O anjo zelando por nós.

Uma porta que ficou aberta num corredor vazio.

Uma loja com cortinas de veludo escuras e um homem com um tapa-olho.

Mãos enrugadas que seguram um bule de chá.

Uma mulher que embala um bebê nos braços. Um bebê que não pode ser visto.

O esboço de um garotinho e a sombra cruel e comprida de um homem recaindo no menino.

Uma profusão de formas e cores: minhas colagens de maldições.

Outra mãe e outro menino. Um museu. A mesma sombra.

Meu quarto sob a luz do dia.

O quarto de Stephen sob a luz da lua.

Um quarteirão no Upper West Side, feito em pedaços irregulares.

O telhado.

O céu.

Olhos azuis e cabelos escuros.

Uma cama de hospital com dois ocupantes.

Um close de dedos entrelaçados.

A sombra longa e cruel transformada em cinzas. Espalhadas pelo vento.

Stephen fita os desenhos por um longo tempo.

— Tem um começo e um fim — diz ele, e toca a beirada da última página.

— Sim.

Ele se vira e me encara.

— E depois do fim?

— Outro começo. — Fico na ponta dos pés e o beijo.

Não digo que não desisti.

Não prometo que um dia vou livrá-lo desta maldição.

Já prometi isso a mim mesma.

Mas não sei quando esse dia vai chegar, e seria fácil demais esquecer de admirar a beleza deste momento. De todos os momentos.

Toco a bochecha de Stephen e encaro os olhos azuis da cor do céu. Ele retribui o olhar. Sua mão espelha a minha. Os dedos são quentes em minha pele.

Vemos um ao outro, e isso é suficiente.

Por hoje.

Este livro foi composto na tipologia Minion Pro,
em corpo 11,5/15,6, e impresso em papel off-white
no Sistema Cameron da Divisão Gráfica
da Distribuidora Record.